米娜/著

我的生命里
你不曾远离

中国华侨出版社

图书在版编目（CIP）数据

我的生命里你不曾远离 / 米娜著. —北京：中国华侨
出版社，2015.3
ISBN 978-7-5113-5312-2

Ⅰ.①我… Ⅱ.①米… Ⅲ.①长篇小说—中国—当代
Ⅳ.①I247.5

中国版本图书馆 CIP 数据核字（2015）第 053694 号

我的生命里你不曾远离

著　　者 / 米　娜		
出 版 人 / 方　鸣		
策　　划 / 周耿茜		
责任编辑 / 文　筝		
责任校对 / 孙　丽		
经　　销 / 新华书店		
开　　本 / 710 毫米×1000 毫米　1/16　印张 /16　字数 /239 千字		
印　　刷 / 北京中印联印务有限公司		
版　　次 / 2015 年 5 月第 1 版　2015 年 5 月第 1 次印刷		
书　　号 / ISBN 978-7-5113-5312-2		
定　　价 / 28.80 元		

中国华侨出版社　北京市朝阳区静安里 26 号通成达大厦 3 层　邮编：100028
法律顾问：陈鹰律师事务所
编辑部：(010) 64443056　64443979
发行部：(010) 64443051　传真：(010) 64439708
网　址：www.oveaschin.com
E-mail：oveaschin@sina.com

目录
Contents

"我们分手吧。"

两年前，刘岸青和米兰毕业的时候，刘岸青这五个字让米兰瞬间失声了。

她想和他毕业后有个家，不华丽，但是温暖。她想给他生个孩子，哪怕不会成为天才。但梦还没有开始做，就已经在母体里夭折了。对于在一起 7 年的感情来说，这无疑意味着是地震来了，而且还没有任何的警报。

分手对于女人来说，尤其是从头到脚每一个细胞都流淌着高贵自尊心的女人说，无论她们内心多么地渴望挽回，多么想低三下四，脸面还是要挂住的。

宁死不屈，这是米兰的风格。但是，愤怒的内心还是要再问一下这个贪婪多变的男人："为什么?"

"因为我们两个性格不合!"

这句话因为抽象，所以让米兰无话可说。毕业的时候，他们散了，像是一个本来要合起来的贝壳，肉核没了，也就没有必要再合上了。爱情从来都是个不讲礼貌的小朋友，来的时候不打招呼，走的时候也不懂告别，但是我们就是喜欢和它玩耍，被它伤害。

疼，才证明自己还活着。

"小姐，想男朋友了吧？"

米兰把望着窗外发呆的目光转向了邻座这个时尚的男青年：白皙的皮肤，眼睛小小的，很有韩国范儿。他的表是万宝龙的，鞋子是高帮古奇新款，衣服米兰一看就知道是今年佛罗伦萨时装展上的新款，露肩复古的中国风，但是她猜不到这个服装的牌子。

米兰在心里断定：这小白脸肯定是个同行！职业病让米兰看起来像是个侦探，米兰基本上每次坐飞机都是系好安全带上机就睡觉的，这次从巴黎飞北京的 11 个小时有点长，她就半途醒了。她决定破一次例，和陌生小白脸沟通沟通。

"你是服装设计师？"

"算是吧。你怎么知道的？"

万国梁像要撑爆了的眼眶暗示了他内心的涟漪：这小妮子是侦探？美国的 FBI 不会这么猖狂吧？

"你的衣服是今年意大利男装博览会的新款，我关注过，挺有概念的。所有服装界的人都知道，佛罗伦萨男装展是世界上最专业、最权威的男装展。"

"这是我自己设计的。"

米兰心中狂喜……这年头高手名人遍地飞，难不成自己孤陋寡闻却遇上高人了？米兰在脑海中飞快过滤行业名人中哪张脸跟这张雷同，但是老一号，她幻想此人不会是哪个意大利珠宝商的遗少或是谁谁谁的私生子吧？

"你是？"

"我在北京有一个自己的小清新路线的品牌薄荷糯米丛，简称'BNC'，在上海还跟朋友有一个中端路线的'栋梁'设计师集成店。你呢？对服装行业这么了解，应该也是同行吧？"小白脸看起来嫩得流水，还是款事业型的，真是人不可貌相。

"我是未来 ROSE 黑品牌的创始人米兰，很高兴认识你。"

米兰的小心脏几乎跳出来了，自己还没有到北京就先遇到贵人了，自己的梦想前景一片大好啊。

下了飞机米兰才突然想起来，好像忘了要小白脸的名片。她只能对着熙攘的人流一声叹息：萍水相逢，有缘无分啊！

早上，首都机场接机的人并没有来。韩广美和马莉莉（MARRY）还在京密路上奔驰……

韩广美一看手机已经九点五分了，就开始埋怨 MARRY："早说让你不用再捯饬了，你这大早上的把我家衣柜的衣服全倒腾出来试了个遍，像是摆地摊，又不是去走秀。米兰九点就下飞机了，看不到我们她肯定会生气的！"

"我这不也是为了让咱们米兰感觉到我们盛装迎接她更隆重嘛。米兰脾气好，放心吧，她不会生气的。"

MARRY 和米兰从高一时候起就在一个班，四年大学又在一个宿舍，在任何关于米兰的问题上，MARRY 总有最权威的定论，韩广美总是拼不过，就沉默。

这时，韩广美的手机响了。是米兰！

"喂？亲爱的，你们在哪儿？赶紧现身吧。"

"那个……米兰，我们堵车，你先去肯德基坐会儿，我们马上到。"

"哎哟，我们的大美女，法国的水土真是养人，皮肤跟那瓷娃娃似的，人比刚毕业的时候还清纯了不少呢！真是见识了什么叫作逆生长。米兰，欢迎归队！北京欢迎你！"

两年了，广美美院研究生毕业，换来一纸文凭。MARRY 小资变中产，创建了《MO 女》时尚杂志，人比毕业的时候更加丰腴性感了。米兰虽然贴上了"海龟"的标签，但是目前也只能海龟变海带了。

赵小曼没有来，米兰没有问，大家也就都没有交代，心照不宣其实挺好。大家都拣些看似热闹实则无关痛痒的话题聊。

"米兰，你在法国是被法国的小男人小鬼儿缠身了吧？"广美迫不及待地问米兰的法国往事。

"你这些年在国外过得好不好？这一走就没有回来过。"

"我还好，不是经常 MSN、QQ、邮件、微信联系的嘛，哪有那么夸张。"

MARRY 也开始见缝插针地盘问："你们服装学院有没有意大利帅哥？"

"帅哥倒是挺多的，但是帅哥旁边一般也配对着一美女。咱这横冲直撞的不人道，不符合咱中华民族的传统美德。所以，我的身边一直还是很广阔的，偶尔也拥挤一下。你们猜是谁？我们学院旁边花店的越南老大爷每天骑着个单车追在我屁股后面，甩也甩不掉！"

米兰的话逗得广美和MARRY哭笑不得："那你多无聊啊！"

"是啊，没得玩就只能好好学习天天向上了呗。别的不敢说，就这正能量，我现在绝对是呼之欲出的一靠谱女青年！"

其实这些话只是用做调侃。真实的情况是，米兰在法国认识了一位老华侨艺术家。在米兰回国前，他去世了。因为没有子嗣，他的所有财产就都留给了在生命最后两年里一直陪着自己的干女儿米兰。

他坚信米兰是个善良有梦想的孩子，只是希望米兰能够梦想成真。

"米兰，你先去我家吧，明天我们在名都园给你接风洗尘！已经通知大家了。"广美所谓的大家其实就是赵小曼一个人。

曾经她们四个是美院的"美丽烂漫"四枝花。韩广美本来属于中性女孩，短短的发型，也不太显眼的脸，但是因为她的父母是美院的教授，父亲是雕塑系老师，母亲是人文学院的硕导，所以在学校她也成了焦点人物，一举一动随时被报道并转载。

MARRY 身材火辣、野性，这也像极了她的性格。张扬是她的代名词，碧昂斯是她的信仰。

米兰算是真正的秀外慧中，当年高考美院的全国文化课状元的光环让她扣上了才女的大帽子，就再也没摘下来过。才华和外貌就好比是两个人站在一起比身高，总能有个胜负的。米兰的才华和外貌是不相上下的那种，但是仔细考究起来，因为才华确实比外貌高了那么一点点，略占上风，所以就算是长得比 MARRY 还标致，但是美丽和风韵相比起太耀眼的才华来也就黯淡了。

如果说美女在男人和女人眼里的评判标准有所偏颇，那赵小曼是正对了男人胃口的那款美女，而 MARRY 有点过了。

晚上来聚餐的赵小曼真的就一个人来了，她的身边没有米兰要等的刘岸青。

人的惯性往往会放纵了自己的欲望，如果长久地不见，一相见的时候，人会本能地相互仔细观察，像是久不进食的胃，突然见了很多的美食，必定是要饱餐一顿的。而此刻米兰看到的是一个判若两人的赵小曼。

两年前刚毕业的时候，米兰是多么恨这个女人啊！6 年前，新生军训的时候，米兰是多么羡慕、忌妒这个单纯透顶的富家女啊！

现在，米兰的心里只有疼。

晚上米兰和广美在一个被窝，两人想想以前，竟禁不住泪流满面。

"小姐，咱有点志气行不，这么多愁善感容易掉钢豆，干脆去当作家得了！"广美安慰米兰。

米兰说："这些年，他们过得怎么样？我这样漂来漂去的，也不知道是为了啥？"

"为了啥？为了更好的未来，为了明天有更大的房子，有更完美的老公，更聪明的孩子，还有越来越半老徐娘的自己呗。"

米兰有时候想不明白，自己是被逼上梁山没有了退路，才硬着头皮继续往前拱的，但是韩广美一直顺风顺水的，也这么单着，挺让人费解的。仔细想想好像还是不懂她的，或许从来也就没有懂过。

"你为什么不谈恋爱？"

米兰的问题直白得像是一根荆棘的刺，直勾勾的像是逼供。这岁月谈恋爱多了不行，碎嘴八卦天天有，今年特别多。广美想："我独善其身、曲高和寡的招谁惹谁了？"

"谈恋爱？没有合适的呗。"广美叹了一口气。

米兰总觉得广美看起来单纯，不像是个有故事的人。有人说，恋爱的人是 $1+1>2$ 的化学反应，而失恋的人是 $1+1<2$ 的化学反应。但是她从上大学那会儿起就好像是有恋爱恐惧症，男人对她来说好像是绝缘体，从来都是 $1+1=2$ 的标准物理反应，挺奇怪的。米兰天生文理偏科，当年放弃文学梦选择当裁缝，其中一个致命的原因就是总也整不明白那些翻来覆去的数学推理，总也记不清楚谁跟谁化学反应到底产生了谁。考美院是因为只有美院高考不需要考数学！

"MARRY 呢？她也绝食了？"

"她比我们俩强那么一丁点儿，她现在已经从艺术圈进入艺术圈与媒体圈的交集部分。做媒体的人不比咱搞纯艺的，天天得跟各种头衔、各种咖谈天说地，她是天生的外交家。"

"就没有物色个高富帅或是金融小开什么的？"

"前段时间有个出版社的主编叫什么赵子民的，那段时间这个老男人不是路上拦就是回家堵的，反正挺执着的，时不时的还捏着一沓纸，说是上面写的是情诗。我这还等着听故事呢，但是接着就没有下文了！"

"后来又有个去他们杂志拍照的平面模特叫什么杰克，好好的一个中国人非得整一个外国人的名字，我一开始还以为是个外国人。MARRY 带我们吃过一次饭，纯北京奶油小生一个！人家虽然行业资历是三流，但是命好呀，生下来就是贵族，父母是金融系统搞风投的，浑身上下那行头一近了吧，你都能闻到一股人民币的味儿！MARRY 跟人家拍拖不到两天，就哭着到我家来诉苦，说以后见着年龄小的小子一定绕路行走！伤不起啊！"

提起 MARRY，米兰也是最懂她的人。米兰、刘岸青还有 MARRY 从高中时候就在一起混，四年大学又在一起疯玩，那段岁月真是激情澎湃的，酷毙了！对于

MARRY 的一直挑食绝食，米兰略知一二。从高中的时代起，她们俩一起喜欢上了才华横溢、风度翩翩的刘岸青，但是最终刘岸青先向米兰表了白，所以从某种程度上讲，MARRY 是米兰和刘岸青爱情的忠实观众。但是后来故事戛然而止，冒出个天外飞仙赵小曼，她从此就不相信童话了，故事都是骗人的。所以从那以后，MARRY 算是真真切切地下定决心不再等刘岸青，但是一路颠簸下来净遇到些歪瓜裂枣，单身有时候是一种无奈！

"你呢？你在法国就真的没有找个白马王子啊？巴黎呀，多么浪漫艺术的城市啊，法国的男人又是那么的英俊体贴，你不就地取材，体验体验，真是浪费了。"广美又开始感叹。

"杰希嘉不是在《这些巴黎女人，那些巴黎男人》中说了嘛，巴黎呢，是一个享受爱情的天堂，但也绝对是一个追求爱情的地狱！法国男人温柔浪漫是因为法国女人多愁善感！法国男人只是体贴，法国真正有魅力的是我们的同类，巴黎的女人！"

韩广美惊讶："这么恐怖？压力不小！那我们这种性格孤僻、骨子里又真正八卦的人是不是特不招巴黎男女的待见？"

"反正我就是没事儿的时候靠琢磨灵感而打发日子的，两年设计图纸整整 7000 多张。这个圈子里，我应该也是少有的多产设计师了。我想就算是现在我提前更年期，江郎才尽了，地主富婆家还有存粮！"

"那你在邮箱里跟我说的你干爹是怎么回事儿啊？我还以为你在巴黎混不下去求包养去了呢？"

"可惜，法国男人好像不怎么喜欢我这款有点奢侈理想的古典型的。他们男人吧，总觉得女人谈心的时候要找深刻的，握手的时候要找简单的，结婚的时候要找平凡的。我被无情地划分到第一类，所以在法国的这两年，蓝颜知己倒是结交了不少，现在姐也是知音满天涯的人了。两年，在地球上绕了半个圈，算是没有白白耽搁了年华，浪费了才华。"

"那个人是我的大朋友，他也是我们学校的，北平艺专和靳尚谊前辈一批毕业

的学生，只身一人去了法国，后来就没有回来，自己开了个咖啡馆，还有一个在当地名声大噪一时的画廊。我后来就很迷惑，这么多年了，他怎么就一直没有回国呢？"

"他说，没有挂念了，回去也是徒伤悲，有时候隔着让自己伤心的地方远远的挺好。他最爱读的书是麦卡洛的《荆棘鸟》，他说，女主人公麦琪的一生就是他的写照。"

"传说中有那么一只鸟，一生只歌唱一次。从离开巢穴的那刻起，它就在寻找着荆棘树，直到如愿以偿，它才会停歇下来。它把自己的身体刺进最尖、最长的荆棘上，在荒蛮的枝条间放开了歌喉，曲终而命竭，那歌声竟然使云雀和夜莺都黯然失色。"

"真是一个古怪的老头！"广美叹息道。

"是呢，他 47 岁离开中国，51 年从没有回来过。不过他是虔诚的基督徒，他每天都在胸前画十字架忏悔的。挺幽默的一个大朋友。"

"他的财产真的都给你了呀？"广美的眼睛撑成了金鱼眼。

"嗯。他没有子嗣。我也曾经疑惑，他离开中国的时候怎么会没有亲人呢？中年人了，一直没有孩子？没有结过婚？那他一定是青春的时候受过什么伤害并不能愈合的人吧！什么样的伤疤会让一个人阵痛一生呢？爱的反面？总之他是一个谜。"

"天上掉馅饼？你中彩了！"

"这钱我是不想要的，但是他说，让我替他完成他的梦想，做个关于黑玫瑰传说的服装品牌。他生前没有别的爱好，就是养花，画花，而最喜欢的花就是黑玫瑰。"

第二天米兰就在香蜜湾租了套两室一厅的公寓。两年了，又回京了，米兰两年前哪怕是知道刘岸青和赵小曼劈腿的噩耗，也依旧相信爱情，也奢望挽留，渴望回归。但是，现在装在她心里的只是她的 ROSE 黑，她需要成功。

她躺在床上仔细想也没有想起昨天飞机上的小白脸跟她说的他的名字和公司的

名字，就只记得三个字母好像是英国广播电台 BBC 同胞胎妹妹的"BNC"。米兰上网搜索了一下，居然真的搜出了小白脸的大名：万国梁！

米兰琢磨着要怎么说服这个人为自己效劳与自己合作。在时尚服装界闯荡，要么单枪匹马自己单干，要么结盟伙伴，并肩而战，服装学院的导师给自己回国指了一条明路。

"你是清华美院服装设计系的？为什么现在不做设计了呢？"

"我考清美只是为了证明自己，当年在高中的时候，喜欢上了一个女孩，她说等我考上了清华美院她就跟我好，那时候单纯就真的努力了。"

"后来呢？"米兰问他。

"后来她没有考上大学，我就真的上了清美服设。"

"你们分手了吗？"

"没有。女孩是我第一次心动的女孩，也是因为她我才有了今天，我后来娶了她。"

"这样的女孩上辈子得做了多少好事儿，十八代祖宗得积多少德啊，遇到你这么专情的优质男。像你这样的硬件够硬，软件也不错，人还正当年的，要是放在大街上，肯定早就被女人抢了吧。抢劫不遂还有可能被生吞活剥！"

"但是，遗憾的是，有时候专情并不能打动上帝，我们现在基本上没有心灵的沟通，因为已经不在一个世界里了。我是爱情怀疑论者。你呢？"

"你知道达尔文吗？他也是严重的爱情怀疑论者，他结婚前，曾经把纸一画两半，左边写下结婚的好处，右边是单身的好处，结果左边战胜了右边，他就和舅舅家的表妹结婚了。"

"达尔文？就是提出物竞天择生物进化论的那位天才？"

"是呀。伟大的人物都单纯得可爱，我常常想那反过来这是不是一对必要且充分的条件，说单纯得可爱的人必定也伟大，这个推理是不是也成立呢？"

"你为什么要自己创立 ROSE 黑，凭你的资历，去个大的设计公司，不用操心，

第
一
章
又
见
北
京

到点交稿，再到点了就领钱，白花花的银子就跟白捡似的，到时候再找个长得肥而不腻靠谱点的豪门小开，放着多舒坦的日子不过，非得往劳碌命上奔，这是什么时节、什么岁月呀！长得漂亮的女人还这么能干，这不是成心出来捣乱砸我们男人的饭碗吗？还让不让我们男人活了啊！我看我就应该把你们这些又好看又能干的女人全部塞回到古代去重新进化进化再回来，好好学学三从四德！"

米兰听着这话里有话，大珠小珠落玉盘，褒贬不一的，一时接不上话儿了，仔细一琢磨才回味过来，原来是批判多于赞扬，这小子，有点道力！明明是批评，听起来像是表扬信。

她问小白脸："你知道黑玫瑰这种花儿吗？你了解黑美人和黑魔力吗？你听说过，黑色是最彻底的奢华吗？你知道玫瑰是爱的代言吗？"

米兰的疑问稠度太高，万国梁的思绪没有插入进来的空隙，听起来上扬的口气，总之像是一大堆大的问题。他回问米兰："为什么这么问？"

"我在自己最低谷的时候，在法国认识了位艺术家，他特别钟爱黑玫瑰。我之前不知道世界上居然有这种玫瑰花，我只知道有白玫瑰、红玫瑰、粉玫瑰、黄玫瑰、紫玫瑰、蓝玫瑰什么的，还真的没有听说过有这么霸气、这么特立独行的玫瑰花，那时候他就跟我讲了很多关于黑魔力和黑美人的故事。"

"黑魔力花瓣规则美丽，黑色中透着红色，红色中又带着黑色，厚厚的绒感，奢华又带着神秘。黑美人花型稍小，厚厚的，黑红并重，并带有高贵的黑金丝绒。"

"黑色是最彻底的奢华。你知道世界上为什么没有纯黑的花朵吗？"

"为什么呢？"万国梁问米兰。

"这也是一个有关物种起源与生物进化的真理，红色、橙色、黄色、白色的花朵可以反射阳光中热量最高的同色光波，而黑色的花因为不能反射，所以阳光中的热量全部被吸收，燃烧的热度损伤了它们的身体。它们在生物进化的过程中，就慢慢地被过滤掉了，能生存下来的都是坚强的'挑食主义者'。它们就像是一种精神的贵族，因为信仰所以不怕燃烧。"

"我当时一听世界上还有这种与众不同的花的时候，我就喜欢上它了。你知道吗，我最喜欢的还有它的花语，像是一句咒语。"

"是什么？"

"'你是恶魔，且为我独有。你早晚是我的人。'听起来蛮不讲理的，但是还有它的第二咒语：温柔真心。我上学那会儿就特别钟爱范思哲这个牌子，我们做设计的钟爱牌子，其实是钟爱故事，更喜欢衣服背后的那个传说。"

"黑玫瑰让我有种小范来袭的恐慌。范思哲把自己的定位和一个故事联系在了一起。希腊神话中的蛇发女妖马杜莎，头发是一条条毒蛇，发尖是蛇头，代表着致命的吸引力。她以美貌诱人，见到她的人立刻化为了石头，这个故事成就了意大利奢侈品牌范思哲。那我觉得黑玫瑰，ROSE 黑，天生也带着那么一种冷艳高贵的奢华。我把想法告诉了我在巴黎服装学院的导师，他很支持我，我就走上了一条不能回头的不归路了。"

"这个创意听起来很梦幻。黑玫瑰本身所具有的气质就像是马杜莎或是荆棘鸟，本身就是一个传奇。米兰，你真的很有说服力。你让人难以对你说不。"

万国梁比米兰小两岁，那时候，他 25 岁，米兰 27 岁。

米兰说："那以后你就是 ROSE 黑的总经理了，主要负责品牌执行运营。"

万国梁是个资料库，在国内的服装高级定制圈子里，他和每个服装路线的大牛都能扯上关系。万国梁好比那根系深广的树根，米兰是树，他们在一起搭档，注定了要长成一棵参天大树。米兰懂得他的价值。

米兰归国前把法国的干爹潘忠良的房子和画廊卖了，换成人民币总共 500 万。她想先要租个工作室才好，万国梁选择了世贸天阶，去看了一下，房租太贵。

万国梁说："舍不得孩子套不着狼，这是北京的 CBD 呀！如果把北京比喻成一个家，那 CBD 就是庭院的那门脸儿。钱投在这么寸土寸金的地方，就是真正的花在刀刃上了。要做大品牌大旗帜就要有大品牌大旗帜的底座，就像是巴掌大的地方是盖不出什么摩天大楼来的。"

米兰狠了狠心说："那启动资金就这么多，若是房租超了预算，只能到时候拆了东墙补西墙了。"

万国梁年纪轻轻就开 200 万的保时捷，住海淀郦城庄园高档住宅区。

米兰说："大梁，我问你个问题哈，你家是哪里的？是不是搞油田的？"

"为什么这么说？我长得五大三粗吗？"

"不是。你年纪轻轻，家里底子挺殷实的吧？"

万国梁说："你还真看走眼了，我家很穷的，在山西吕梁。"

"令尊不会是煤老板吧？"

万国梁开玩笑说："我若是有个有钱的爹的话，早就甩手退休环游世界去了！可惜，上辈子没踩好点，一个摔跤，摔到吕梁那山旮旯儿里去了，用了 17 年才走出来。现在终于明白什么叫穷三代，富三代。上帝让这个世界风水轮流转起来，才能生生不息，可惜我出生那会儿转到我这里的时候，刚好卡在了穷三代的第三代上，所以到我这里就只能奋发图强，力挽狂澜了。"

"那你能在暗流汹涌的江湖拼杀出这条血路很牛呀！"

"我其实当年考清华也不是为了什么爱好，就是为了一个证明。"

"证明？"

"嗯。但是让我想不到的是后来我却真正地喜欢上了服装设计，毕业了又发现自己一无所有。这个圈子高手如云，很多是你这种有海归背景的。我发现原来自己一直都是在自己编织谎言的王国里吸食吗啡，一直都在自己的谎言里自我麻痹。面对现实，再美丽的传说也会成为一坨无人问津的狗屎！"

"4 年前，刚毕业那会儿，北京的房价物价根本是我不能企及的。我估摸算了一下，如果我在以前的服装设计公司任职，我得工作 20 年才能在北京五环外的郊区买个几十平的两室一厅，这么宽的马路，这么远的距离，再买辆车，还有夫妻双方的双亲养老负担，马上还会有自己的下一代，想想我就感觉喘不上气来。灰溜溜地回到吕梁大山里，像父辈们一样继续面朝黄土背朝天地开垦地球？可是想想面子先不说，就是你问我麦子什么时候种我好像都记不起来了。没有根儿了，只能硬着头皮杀出一条血路来。"

"人最绝望的是，你觉得你包容了一件事物，但是它却反过来又倒打一耙。我大学毕业就跟我的女朋友结婚了。她没有读过大学，我也不在乎了，女人能洗衣服做饭带孩子不就行了嘛。但是，她却最终选择了跟别人跑了。人的精力就是那么多，一个人如果不能专注兴趣，那么就一定会转移爱好。我想，也许这就是我生命的最低谷了，离了吧，可以卸下包袱拼事业。感谢她的离开，像是往发了高烧的人头上猛泼一盆冷水，让我瞬间清醒了。我没有继续做设计，我的收入来自我的品牌策划，所以我是业内资深的时尚品牌策划人，人称大梁。"

"在飞机上的时候，你跟我说你要做一个新的服装品牌，我就对你感兴趣了，只是后来下机了，才恍然想起来光顾着跟美女聊天了，忘了留下联系方式。没有想到我还没有去找你你就自己找来了。好巧！"

"是呀！好巧！也许我们是注定要成就一件事情吧。我相信宿命。"

接下来公司需要招聘员工，米兰翻着简历，一个叫徐敏的 25 岁女孩儿吸引了她的目光。女孩儿简历上说："毕业的四年来，我一直在努力地找东西，对的人，对的环境，对的未来。我想，人应该是先有了渴望才会有不错的结局。渴望好比是插销，而机遇是插座，插销只有找到了插座，结局才能是不错。渴望对的插座，因为我是好的插销。"

这姑娘有意思！米兰有预感，这个姑娘能助自己一臂之力。

万国梁第二天约了这个丫头。

"你是人民大学新传系的高才生？"

"是的。"

"那为什么不在出版社继续做编辑了呢？"

"我觉得，在这个世界上每个人每个时间段都有最适合自己的环境、物品和人。当我们最苦难的时候，我们不会讲究细节。一个吃不上饭的人，像我刚毕业那会儿，有口汤喝，也就知足了。但是填饱了肚子后呢？像这些年，人会思考，思考自

第一章 又见北京

己喜欢的美食，而美食如果吃多了，人还会比较，比较到底哪些才是最对自己胃口的美食。我现在毕业 4 年了，在媒体这个圈子里有一点见地，我可能更适合一些有张力的工作。这个公司刚成立，但是它的文化理念还有未来设计框架等让我看到了未来。每一个优秀的求职者都会想要从工作中得到三样东西：薪水、价值和未来。人生就是一场赌博，那我现在想要买进，希望将来见红！我希望我能和 ROSE 黑一起有未来。"

把工作比喻成吃饭，这个姑娘有点意思！说话干净利落，这也是米兰想要的！

米兰问："那你的期望值是多少呢？"

徐敏的回答更是让她吃惊。她说："如果可以，前三个月不要薪水！"但是米兰要给她机会让她挑战自己，如果她能对公司发展有所帮助，到时候要给她最有挑战的职位。

这个比自己小两岁的山东丫头，让米兰看到了两年前自己的影子。

麻雀虽小，五脏俱全，ROSE 黑的金牌班底，米兰后来的左膀右臂到今天为止就全部入住 ROSE 黑了。

看着星空，米兰和万国梁、徐敏一起吃着露天烧烤。

米兰说："我给你们讲讲我们 ROSE 黑吧。"

"我们 ROSE 黑呀，是一股来自 20 世纪二三十年代和七八十年代的风，我们的流行元素起源于那个朴素的年代，但是我们的风格将会永存。"

徐敏问："米总，你为什么会钟爱这两个年代，这也是我最喜欢的两个时代。"

米兰说："你为什么喜欢这两个时代呢？"

徐敏答："因为这两个年代的人单纯、有信仰、重承诺，一句话就是一辈子，每个人都是一个传说。不像是现代的人，我们就像是洗衣服一样勤快地把自己丢进染缸，几天就换一个颜色，几年下来自己都快不认识自己了。这是一个信仰饥渴的年代。"

"对！徐敏你是 ROSE 黑的人！你以后就负责我们工作室的行政和企划！"

"如果我们的设计师设计出来的作品，无论放在哪个时代，无论放在哪个商场，别人不看牌子，一看风格就远远地看着我们说，那是 ROSE 黑家的衣服，永远都不会过时的衣服，那时候我们就赢了！"

"我们要做的，就是哪怕是服装白痴，他一看到、一听起来，就知道我们是 ROSE 黑，那我们就赢了！"

"奢侈是我们的信仰。那什么是奢侈？奢侈就是绝无仅有、举世无双！挑食和贵族是我们的代言，ROSE 黑必定风格永存！干杯！"

徐敏对米兰说："我在媒体圈工作了 4 年，同学朋友也都跳不出这个圈子。我想接下来先做些广告宣传，先制造一个'事件新闻'，让圈子里的业内人士先关注起我们的品牌来。很快就北京时装周了，我们先制造一个热效应。到时候肯定有很多的娱乐八卦记者和电台的人来采访您，您到时候再借助免费平台发表些类似于美国总统竞选时候的宣言什么的，先让我们的品牌在北京火起来，这是我的一个想法。"

万国梁说："这是策划非常好的一个点子，造成事件效应，圈子里所有人都在谈，大家口口相传，我们的品牌就先出名了，接下来就是需要一个兑现诺言的时间了。小丫头，孺子可教也！来，哥哥敬你一杯！"

徐敏看了一眼万国梁：这个大男孩长得真干净！万国梁也刚好在看她，四目对视，像是两个电棒突然触焦了。徐敏的笑脸顿时像是涂上了口红，红得发了焦。

米兰说："可以。那你负责联系你的资源，我们先做一些我们的宣传资料，最好是能出本内刊，先把我们的企业文化宣传到位！ROSE 黑是有深厚企业文化的品牌！加油！"

米兰那晚上失眠了，去找广美想要去美容院做 SPA，结果广美没有约上，MARRY 却哭哭啼啼地找上门来了。

MARRY 一向是风风火火，这次见面是搞喜剧，下次就能给你整出一僵尸。米

兰早就习惯了，总之还能喘气，就说明还没有什么真的大事发生！

"你说，我也一直挺努力的了，怎么就总是些歪瓜裂枣的呢！"

米兰这听出来了，这妞儿为情所困，找她来倒垃圾来了！

"你是为了那个老男人还是那个小男孩儿啊？"米兰赶紧识趣地递纸巾，"也是，不是老得发紫，就是嫩得太白，你怎么就不能找个靠近中间点靠谱的呢？"

"我也想啊！这不是等着的嘛！他们也不来呀！"

"这哪能等啊？你得主动出击。"

其实米兰心里想说的是，刘岸青，这个世界上只有一个，他已经在两年前成了自己的好姐妹赵小曼的丈夫了。法律上，他已经成了另外一个女人的合法私有物品，我们俩都不能再等了。

恍惚的记忆仿佛又回到了那个盛夏的早晨，米兰的位子靠窗，下课的时候米兰就爱看窗外，因为蓝蓝的天空能给她翅膀。妈妈说，她是插上翅膀就能飞的女孩。

那天班主任老师带领着一个长得高高大大但是清秀俊朗的男生进来了，他留着长头发，穿着草绿色的半袖格格衬衣，里面是纯白的男式蛤蟆衫。初见，这个男生好清新啊！

那时候在江城一中不到五十平的小教室居然密布着近一百个的黑色火柴头，整个长方形的盒子里就只有班长米兰和英语课代表 MARRY 的课桌旁边还有俩空位子，因为方便放作业和考卷，MARRY 在最前排，米兰在最后排。

班主任老师长得中规中矩，一看就是标准的教导处主任的风范。他扯着官腔转过脑袋来对刘岸青说："你就随便选个地方先安定下来吧。"

刘岸青看也没看低着头就走向了米兰。

米兰打量着这个从外校转来的绘画天才。学校好久之前就传开了，要转来一个专业过了美院前八的天才。米兰设想，天才应该是长成凡·高那样子，倔强地从不说话，但是他就是有种力量像是吸铁石一样地吸引着你。那天的米兰刚好穿着一件

017

铁锈红的棉布连衣裙。

绘画的人都懂红色和绿色、蓝色和橙色、黄色和紫色在一起相遇的时候，可以表现人类最可怕的激情。只是那个时候他们都还不懂。

"感觉你像凡·高。"米兰主动跟他搭讪。

刘岸青抬起他那被长头发遮着的眼眸，那双眼睛小小的，单眼皮，但是长得那么精致聚光，像是放了颗钻石，眼睫毛在早晨的阳光下忽明忽暗，厚厚的嘴唇是粉色的。初见的特写定格在那个瞬间。

"你是说我是个精神病患者吗？"刘岸青的话让米兰不够完美的恭维瞬间没有了立锥之地。

米兰有些紧张，手心儿里开始潮湿，说出的话像是泼出去的水。米兰心里像是安了个拨浪鼓：说谁不好，非说37岁饮弹自杀的疯癫凡·高！

后来，谁也没有想到，他们初遇的时候米兰的这句话就真的预示了后来这个男孩一生的命运。

"不过谢谢你这么说，其实我想成为他那样的人，我们有很多的共同特点：同样地热爱生活，同样地经历苦难，同样地孤独，最像的是我们都有很重的农民情结。我其实这辈子最大的愿望就是做个地地道道的农夫，可爱吧？你呢？你有什么梦想？"

"15岁，豆蔻年华，女孩子应该有什么梦想呢？我最大的理想就是像妈妈一样做个裁缝，一辈子只穿自己做的衣服！"

如今年少的那个自己像是站在河流对岸的影子，看着眼前的 MARRY 就像是从记忆中的那段影像中跳出来的主人公。纯真是那个年代她们的信仰，只可惜现在永远也回不去了。

如果说人生就是一场舞台剧的话，MARRY 在社会上的这两年早已经被锻炼成了最好的戏子。本来还千疮百孔，但是一个华丽的转身，她就能千娇百媚。还没用米兰安慰，她就不治自愈了。原来她是又创办了一个艺术杂志《MO圈》，这周末有创刊酒会，美其名曰有很多出版界的人对米兰的 ROSE 黑品牌推广有帮助，其实 MARRY 是需要米兰去给她撑撑场面。在商场摸爬滚打一路走了过来，米兰有自己的信仰，从人渣到人精，她能从皮囊看到一个人细胞的分子。但是对 MARRY 不一样，因为米兰想珍惜她。所以，不是 MARRY 的表演技术高超，而是米兰这里根本就没有设置门槛。

米兰总觉得时间有时候可以让两颗心越靠越近，但是有时候也可以将它们越拉越远。也许 9 年的时间并没有让米兰真正靠近过 MARRY。

周末的创刊酒会晚宴是在后现代城，米兰和徐敏一起去的时候，大家已经聊得正欢了。米兰打了招呼就要离场，但是她看到了他！

回国半年了，北京开始进入了三九天气，温度已经下来了，但是浪漫的雪花却迟迟不肯降落。他瘦了，有了胡须，虽然今天看起来是经过一番考究打扮的，但是仍能让人感受到从骨子里散发出来的一丝倦意。只是听广美偶尔说起他们，生活不怎么顺利，也没有什么作品，越来越孤僻，像是整个社会的弃婴，赵小曼偶尔去接些野模的活儿。

今天的赵小曼似乎也老了，没有了往日的光彩，比刚回国时接风的那次还颓，整个人像是镀了一层铅。但是赵小曼看到了米兰，还是去挑逗刘岸青。她跳起了爵士《No body》，撩人的胳膊在他的脸庞和脖子上蜻蜓点水一样让人梦绕魂牵。刘岸青开始像个木偶没有表情，几秒后，突然地愤然离去。米兰其实挺不解，这样的文化圈的晚宴，为什么要让刘岸青夫妇来。

米兰正要托词离开，徐敏就拉住米兰说："米总，我们专刊的事情就要搞定了，我见到我以前的主编了，他在出版界可是资深的老手呢，我给您引见一下。"

米兰心里像是安了个秤砣，她茫然地拍着徐敏的肩膀说："你搞定。"然后转身逃走。

米兰上了自己黄色的酷派，她费解，但是不想再去琢磨。米兰和刘岸青有一点也是唯一一点相似，就是他们俩进商场买衣服，总能一眼在茫茫的衣服的海洋中，像啄木鸟啄食一样地勾出最适合自己的那款衣服。

米兰学生时代只穿红英、黛英、谜底和自己做的衣服，而刘岸青只穿 LEE 和范思哲。刘岸青并不是富二代，但是他在穿衣服上总是宁缺毋滥。他一年可能就只买一件衣服，也可能一件牛仔裤一穿就是 4 年，直到衣衫褴褛。对衣服穿久了都有感情，对一段 7 年的感情两年前却说抛就抛了。

女人总爱问男人："为什么？"

赵小曼刚结婚那会儿曾经总是问刘岸青：为什么是她？

刘岸青每次都像个复读机一样地说："都复读了 N 遍了，我的赵小曼小姐！"然后把脑袋像向日葵一样地避开阴暗，寻找太阳。

赵小曼总是一副母夜叉的样子，双手叉腰，把那向日葵再强扭过来："我还想听嘛！"

女人真是奇怪的物种，又不能当肉吃，也不能当卡刷，带着谎言的那些甜言蜜语，她们却总是百听不厌。刘岸青就开始像背书一样地复读："这男人挑女人，就像是去商场买衣服，米兰和你呢，都是我一眼就喜欢的款，但是米兰穿起来没有你穿起来舒服。"

米兰对于男人就像是一个漂亮而遥远的城堡，看得见，够不着，时间久了，有时候就不想追了。

对于当年分手那件事情，闺密爱上了男友，或者说是男友勾搭上了闺密，一个人得有多么悲催才能同时失去友谊与爱情。后来广美辗转告诉了米兰那会儿刘岸青的真实想法，他是希望她也能找个硬件不错的人，可以少奋斗 10 年。

"干什么？要做买卖吗？先算计计生产成本和边际成本再算上机会成本，产出的卖价要确保稳赚不亏？"

但是，为什么今天看到他那像是被刀子雕刻过的消瘦的容颜的时候，心里会像是吃了蒜一样辣得生疼呢？先是辣到了心，然后就又蔓延到了五脏，通过血液又涌动到了全身、眼睛、发梢。

米兰觉得有些燥热，开了天窗，风像是蘸了辣椒油的毛巾一样抽打着自己。眼眶里的泪水顺着脸庞滑落，在辣椒毛巾的凛冽中很快凝固成两条带盐的河流。

很奇怪今天广美反倒没有去，米兰不解：最近大家怎么了，都是这样不按规矩出牌。米兰就一路北上，开往了顺义中央别墅区。

"怎么走了呢？"赵子民看着送走米兰背影的徐敏。

"我们米总还有急事就先走了，我们专刊的事情我跟您谈，到时候给米总签字就好了。"

赵子民的嘴立刻由圆的下半部分变成了上半部分。

"主编，您怎么会认识我们米总的呢？"

赵子民说："未来 ROSE 黑帝国的传奇女王，中国的香奈儿，谁不认识她呢？但可惜的是她不认识我。"

赵子民举起高脚杯猛喝一口，这龙舌兰的味道有些呛，前味是辣，后味是苦，最后一舔舌尖的时候，回味在喉咙的才是那么一丝香甜。

"小徐，你知道这龙舌兰吗？它是产自墨西哥特基拉小镇的酒，所以也叫特基拉酒，但是它却是整个墨西哥的灵魂。"徐敏以为主编喝多了，赶紧去找 MARRY，结果跟 MARRY 一起走过来的是一个跟赵子民一般年纪的女人。

这个女人看着虽然年长了些，但是风韵犹存。身材是后面的重量很大，腰肢纤细，站着的时候前面的重量会让身体腰酸背痛的那种。

"老赵，怎么了这是？"

徐敏没见过主编夫人，因为在出版社的时候，主编就是一个花边新闻制造者。原来夫人长得这般风华绝代！

徐敏见主编夫人来照顾赵子民就识趣地去 MARRY 身边了。她问 MARRY："在出版社这么久，从没有见过主编夫人，真没料想她还是倾国倾城的一美人儿啊！主编那么爱面子，这么诱人的夫人还雪藏着，有些不明白啊！"

MARRY 对赵子民和白玉琼的事情一直心知肚明。她不屑地"哼"了声："再漂亮也会有审美疲劳的时候。"

"老婆这么好看，为什么还要在外面花呢？真是不懂男人。"徐敏很忧伤地看着MARRY。MARRY 说："他们不需要感情，他们需要的是刺激。男人四十一枝花，赵子民这个年纪就像是人生的第二春。"

"那她老婆是做什么的呢？为什么看起来这么耀眼，像是个大明星，有点关之琳的味道呢。"

MARRAY 说："她叫白玉琼，是国家一级舞蹈演员，但是她后来腿受伤不能跳舞了，就做了自由撰稿人。她可是个才女，写过很多畅销书，那拍成电影的《罗纳河谷的夏天》就是她写的。"

"噢！白玫瑰，笔名白玫瑰是不是？我们米总是黑玫瑰，她是白玫瑰，挺有缘的呢！"

MARRY 看了徐敏一眼：这个从山东来北京寻找梦想的老乡还真是单纯，不知道是不是学习好的人脑袋都被门缝儿给挤过了，把整个世界都想象得那么天真。

"小徐没有谈过恋爱的吧？"

"我现在不想谈，我想等我经济基础好一些了再谈。"

"找个有钱的老公不就一步到位了吗？整天还这么像个男人一样地当拼命三郎，真是让人看着心疼！"

"那 MARRY 姐你为什么不一步到位啊？你条件这么好，怎么不结婚、不谈恋爱呢？"

这个丫头还真会以牙还牙，让 MARRY 顿时不会接茬儿了。MARRY 在心里嘟囔："谁说我没有谈，但我谈干吗要告诉你呀！"

这个创刊酒会，每个人的心情就像是酝酿了一整天乌云密布但是最终却没有等到一滴雨的坏天气。晚上 MARRY 给杰克打了电话，她说，她想要放纵一下。

作为一个 27 岁的姑娘，MARRY 自觉虽然一直有米兰这颗月亮在身边比着，自己不是最耀眼的那颗星，但是她的骨子里从来都没有自卑过。她觉得自己才是那件最好看的衣服，她把它做好了深锁进衣橱里，谁知道一眨眼，9年时间像是过街的老鼠一样一溜烟的工夫就不见了，再打开衣柜，自己的款式已经不新鲜了。

她对杰克说："你的心思我懂得，但是姐姐我有心上人。"

杰克知道MARRY醉了。上帝给了每个人一个宝盒，宝盒里面有两样东西，一个是惊喜，一个是遗憾。杰克盒子里的惊喜是财富，他从小就过着琼瑶小说中富家少爷的日子，但是他想要接近苦难，他总觉得MARRY的身上流淌着这样的血液。

"你会娶我吗？"MARRY躺在床上问杰克。21岁的杰克还不懂得真正的婚姻和爱的含义。MARRY望着这个比自己小6岁的男孩：眼神真是清澈啊，似乎能看到里面游动的鱼，那是心里在思考些什么吗？

"MARRY，我会永远爱你的，相信我，我跟别的男人不一样。"杰克晃着醉酒的MARRY。酒精麻醉的不是神经，而是心。

"那你告诉我什么是幸福？"每个得了恋爱饥渴症的女人听到了哪怕是谎言的甜言蜜语也像是久旱逢甘霖，激情和信心就像是热带疯长的植物。

"幸福就是我永远和你在一起！"二十出头的小嫩草才能说出这么赤裸裸的话。

"呵呵，呵呵，你说永远？也只有你这个年纪才会这么信誓旦旦地说永远，你连生活和活着都不懂，你怎么可以说永远？"

"我可以，我可以养活你。"

MARRY白天还在羞辱徐敏，其实她也从来没有真正意义上地谈过恋爱，她发现自己把自己给藏得发霉了。她觉得每个人说的话都不符合逻辑学，也严重触犯了哲学。

MARRY说："小弟弟啊，你看，幸福两个字，一土，一羊，一衣，一口田，是什么意思？有安身立命的一块地，有点钱花，有好看衣服穿，有一份事业可以耕耘，此乃幸福也！你们这些有钱人家的小屁孩，以为不愁吃喝就天天把玩弄感情当事业来做，有什么资格跟我谈什么永远？"

夜深了，北京终于迎来了那年冬天迟到的第一场雪。雪花飞舞，像是一个个来报春的使者。冬天来了，春天还会远吗？

凌晨一点的后现代城还是一个灯火通明的世界，地上慢慢穿上了薄薄的白绒衣。到他们谈完话，绒衣又换成白色的裘皮大衣了。路边的法国梧桐成了一个白色的圣诞树的支架。偶有夜间的行人挑着不明朗的灯在黑色里穿行，朦朦胧胧的黑像是一团迷雾笼罩着整个开始睡眠的城市。

刘岸青回家就去了楼上的画室，反锁着门。赵小曼像是吃了兴奋剂，开始在门外面数落这两年里他的各项罪状：从来就没有主动做过一次饭，从来也没有整理过一次家，也从来都没有给这个家里增添过一件家具，从来都没有给她买过一件真正像样的礼物，从来都没有……赵小曼的"从来都没有"有很多！

她不要求刘岸青给她多少钱，刘岸青跟米兰分手之前，他们俩就已经地下活动一年了，赵小曼愿意给这个忧郁的王子画她的身体，也愿意给这个穷困潦倒的才子钱花。

贫穷有时候就像是一种疾病，会折磨着人的神经，让健康的人失去理智。疾病久患不治，就容易消耗掉人的精神。

其实赵小曼跟了刘岸青，她没有想要过大富大贵的日子，但是他们至少要能生活。她从豪门跌落到小门小户，就像是天使从天堂坠落到人间的心理落差，让她已经纠结不堪。而她开始坚信刘岸青是爱她的，至少热爱她的肉体。可是就算是 177 的海拔，36D 的双峰，每天翻来覆去，也就是不到 2 平方米的地方。男人看女人就好比是看书，再好看的书，第一遍的时候会兴致昂扬，再看顶多是回味无穷。无论如何，回味多了，也肯定不愿意看了，因为都能倒背如流了。

赵小曼顺手提起桌子上的台灯，那是去年圣诞的时候他们一起去宜家买的。她把台灯扔在了地上，大声冲着楼上喊。有时候生气的人就像是一个被安了定时按钮的机器，一定是要等时间够了才能够自动断电停下来。而现在，她的定时按钮显然是才只旋转了一半。

"你其实从来都没有主动地亲过我。你们男人其实都是喜欢米兰那样的灵魂，却喜欢我们肉体的混蛋！"

这句话画龙点睛并起到一定的总结定论的作用，将程序推向了高潮。屋子里的刘岸青在画板前不停地吸芙蓉王。烟真是个好东西，地上零散地撒了一地的烟屁股。

两年了，他试图要努力画画，努力赚钱，努力和赵小曼好好生活，努力像是一个 29 岁的男人的样子，但是他没有灵感。画家不会画画，这就像是让作家去研究数学或是跟土木工程的人聊天文气象，真是听着荒唐！

上帝要毁灭了他吗？刘岸青看着这样的夜，这样深夜的风的呐喊，外面还有女神一样的审判！恍惚间，9 年前那个初见的夏天"你像是凡·高"，"你像是凡·高"，"你像是凡·高"，这句话像是咒语一样在这样冬夜的上空盘旋，也许注定了他是一颗孤独的星，而舒服的生活会毁了他！他要爆发了！

刘岸青推开门，看着楼下蓬头垢面的小曼像是失去了重心的跳蚤，没有规则地拖着轨迹。但是冲动已经同样支配了刘岸青的理智，没有过脑地脱口而出的竟是一个字："滚！"

等这个字经过口发出的声波拐了个弯儿经过耳朵再回到心，刘岸青才意识到自己说错话了。但是那个不能站立的人已经甩门而去，留给这个空间的是一个木头碰木头的回音。他顿时在原地化成了石像。

"完了，终于完了！"心这次传出的声波没有经过刚刚闯祸的嘴巴，而是直接一路向上，传到了大脑中枢。

结婚这几年，刘岸青和赵小曼像是经历了一次自由落体，在加速坠落的时候，心里感觉空落落的，像是在"飞"，是从楼上往楼下跳的时候那种"飞"，而不是鸟儿终于安上了翅膀的那种"飞"。恐惧和无助塞满了整个叫心的地方，因为不知道还要飞多久，更不知道要飞到哪里去！

现在终于见底了，和着这响亮的甩门声。

落的时候，总是想到要怎么停止，然后保持已有的高度，现在见底了，再怎么

行走都是向上的了。像是一个大锅，自己终于已经站在了锅底的中央，再也不能"飞"了。而米兰现在已经爬到了锅子的边沿，那是人间的尽头与天堂相接的地方，而刘岸青现在只能仰望了。

赵小曼去美院附近的香蜜湾找了徐子墨，这个男人与她的父亲同岁，年龄是她的两倍再加 2。但是赵小曼给父辈年纪的徐子墨的定位却是"爱人"。这个"爱人"跟刘岸青不同，刘岸青是自己真心实意喜欢的男人，是真正的爱人，而徐子墨这个爱人可以引申为情人。

小曼是个脑袋简单的女孩子，她是怎么认识刘岸青的，她就能怎么认识徐子墨。小曼喜欢同样的方式找同样的男人，其实谁也没有她挑食。

"跟他离了吧，跟我回美国去，我在明年开春的时候就走了。很遗憾，不能看到北京的春天了。"

赵小曼虽然绝望，但是她还没有想要放弃刘岸青。这就好比是一个人手上被划了一个伤口流了脓，虽然很丑陋，但是它毕竟是自己肢体的一部分，只是赵小曼没有找到好的药物治愈它。

赵小曼总觉得为了一个信仰她的身体像是铸了钢筋，但是现在钢筋被抽离了，她也就瘫痪了。她像是一条找不到回家路的小狗，眼巴巴地等着，又冷又饿，现在只要是个人，只要来带她回家，她就一定会走，跟着他走。

第二天的早上，整个北京城雪白得耀眼，像是披上了白色婚纱的新娘。米兰起床打开窗子，小区的湖冻结成了白白的一个椭圆，像是一面照妖镜。米兰想伟大的艺术家的心灵一定像这面镜子一样一尘不染，并且能够照见这个世界的所有阴暗。

米兰伸了个懒腰，起身冲了热咖啡，慵懒地坐在阳台的藤椅上，正要给徐敏打电话问她昨天的专刊有没有拿下，就看到楼下有个人的身影，怎么那么像是昨天酒会上的那团橘红呢？

"赵小曼？她来这里做什么？"米兰眼珠子都快掉出来了，也没有看清楚她身边挽着的那个人是谁。

"难道是赵天意，印象中赵天意是个人高马大的人，又粗又壮，像是西北卖和田玉出身的商人。这个人大冬天一袭黑大衣，还戴着一顶红色的鸭舌帽，一看就是文艺圈的人。"米兰看得眼睛都快贴在窗玻璃上了，终究也没有认出来，"这个人是谁呢？"

米兰赶紧下楼，可惜等她下来的时候，人已经不在了。米兰觉得不对劲儿给广美打了电话。"广美，我今天早上起床在我家小区看到赵小曼了。"

"看到就看到呗！香蜜湾又不是你家开的。"广美心不在焉，但是说完了她才反应过来，赶紧从床上蹦起来，"她去找你秋后算账了？"

"哎呀，你别瞎想，我和她的内战早结束了，再说她还不知道我住香蜜湾的吧。我看到她跟一个中年男人在一起，我感觉不大对劲。她养父赵天意是又高又壮的来着吧，这个人不是赵天意，我没有见过，感觉像是搞文艺的。"

米兰的这最后一句话倒是提醒了韩广美，前几天她去美院买了一些油画颜料和画布，走过杨飞云老师工作室的时候，听到有人在画室里面谈笑娇嗔，广美听着声音像是赵小曼就扒了门缝儿，看到确实是赵小曼，还有一个 50 岁左右的老男人。那男人虽然已经不再年轻，但是举止谈吐很是绅士，旁边还有几个美院的毛孩子。

广美当时很纳闷儿赵小曼怎么会又来美院？这个男人她也从来都没有提过，她想今天再去趟美院，看看小妮子在背后捣鼓什么把戏！

广美说："也许就是她家一亲戚，她们家有钱，什么海外关系都有，你们小区不是住着很多的老外商人吗？"

米兰听到广美这么一说，心里的石头算是着了地。

白玉琼晚上也没有回家，本来今天去参加酒会，就是看着 MARRY 的面子，只不过 MARRY 刚好既是她的朋友又是赵子民的朋友罢了。

MARRY 曾经问白玉琼："白姐，你跟赵哥还有感情吗？你们这冷战关系敢像真理一样公布于众真是有气魄。"

白玉琼感叹："我刚跟他认识的时候，他还是一个不到25岁的小伙子。幸运女神总是会偏爱年轻的小伙子。那个时候我看他横竖都是不顺眼，二十几岁的年轻人就秃顶，没有青春期就直接从少年奔着中年去了。我那会儿爱美呀，但是他很执着，每天都能到歌舞团来等我。我不理他，他就跟着我，也不爱说话，那个时候我跟他还是有感情，也有感觉的吧。后来我们就有了我们的孩子赵天奇，她也学了舞蹈，不过我跳民族风，她学了芭蕾，现在在巴黎。"

"那孩子知道你们的事情吗?"

"怎么可能不知道？但是我和老赵都商量得很明白，为了孩子，也为了稳定的社会关系网，婚姻就这样像是个空头支票一样的契约也挺好。我们都有自己的世界，互不干扰，因为本来感觉就蒸发了嘛。感觉没了，感情也就飞了。"

白玉琼到三里屯的时候，大卫已经在工体等她了。夜里十点以后的工体灯火通明，噪声弥漫着整个空间。在这样飘着雪的夜，暖黄的灯光洒在人的脸上，还有"纯天然"牌的洁白地毯，白玉琼的鞋子踩上去，吱吱吱吱，这是最浪漫的油画写真。

大卫是在舞蹈团做化妆师的时候认识的白玉琼，他没有上过大学，懂得这个圈子的规则。38岁和21岁相遇，白玉琼没有把持住。

米兰心不在焉地在办公室发呆。

记忆总是将她拉回到以前。在她21岁生日的时候，她第一次郑重地把刘岸青介绍给她的朋友，因为她跟刘岸青认识6年，好了3年了。在美院她们的宿舍，刘岸青男扮女装混过了舍管阿姨的火眼金睛，进了她们的520宿舍。那个画面里所有人的笑容都还能变成声音听得到，笑声混合着笑脸一起在脑海中回荡。

MARRY很无耻地说："这个米兰太霸道，刘岸青这样优秀的人必须要经常地拿出来晒晒一起分享的嘛。她一霸占就6年，最可气的是刘岸青从进我们江城一中就奔着米兰一个人去了。只羡鸳鸯不羡仙，说吧；要怎么惩罚这两位神仙眷侣?"

刘岸青的脸一直红扑扑的，像是他的唇。如果说那会儿的"美的烂漫"是"挑食主义者"的先驱的话，那刘岸青就是她们都想珍贵的那一款。

米兰不爱喝酒，但是那天她喝了很多，人在极端快乐和极端痛苦的情况下是醉不了的，因为不愿意醉去或者不能醉去。那天大家都没有醉，只是 MARRY 一直喋喋不休，开始讨论宿命。

广美也是激动万分，说她挑食，她只爱一个人，顶多是一种人。

MARRY 说："说这种话我才最有发言权！"然后，米兰看着她的眼神扫了坐在她身边的刘岸青一眼。

赵小曼说："挑食的人最容易营养不良，你们这群疯子就都等着得病吧！"

想起以前，米兰就脑袋生疼，像是已经硬盘损伤的电脑，有时候卡机，有时候会丢失文件，并发出严重的程序混乱的提醒音。米兰冲了杯热咖啡提神儿，徐敏刚好敲门进来。

"小徐，昨天的谈判怎么样了？"米兰问。

"米总，主编那天喝多了，后来主编夫人带他回家了。他说改天让我约一下你的时间，他当面跟你谈。"

"跟我谈有什么不同吗？你不能搞定吗？你可是我们 ROSE 黑的企划总监呢，大胆去做就好！"

"但是……"徐敏今天显然有些失常。米兰放起手中的合同，抬起头来看着徐敏让她坐下说："怎么了，有什么困难吗？"

"主编就想要见您，跟您本人谈，我倒是可以谈，但是他就是想要见您一面才答应签合同。"这个要求听得米兰有些一头雾水。

"真是个怪人。"米兰说，"行，就定在明天吧，明天下午三点准时让他来公司的招待室等我。"

徐敏这才像是一个捡到了宝贝的拾荒者一样："收到，yes madam！"米兰笑："一大早的跟我玩什么神探俏娇娃！"

"好了，去忙吧！"徐敏转身离开，刚好跟万国梁撞了个满怀。

　　万国梁在米兰的面前有些羞涩。他说："最近我们的电商运营开始正常、规范，这是这个季度的财务报表。但是接下来我们需要一次脱壳，因为要做实体店，我把上海的'栋梁'集成店股份盘出去了，这样在徐汇可以重新来运作一家上海的ROSE黑旗舰店，就像是我们ROSE黑的上海分部一样。"

　　米兰说："大梁，我们这两个季度，第一笔贸易商订单是你的资源走的日本订单，我们第一次新品发布会有三分之一是你的作品，我们的启动资金是你拆了你的'BNC'这面东墙换来的电商稳步运营，如今再让你卖掉你的老底做我们的旗舰店，我真得受宠若惊了。"万国梁这样努力地帮助米兰，米兰心里不是没有顾虑。万国梁前两天有一个要求，就是这周末她能跟他一起回吕梁看一下他的父亲。他父亲51岁了，但是得了肝癌晚期。

　　万国梁说："我不想让父亲失望，你就当是帮我演一场戏，让他老人家别带着遗憾走，因为我离婚的事情对他们打击挺大的，我也一直没有喜欢上别的姑娘，就这么继续单身贵族着。"

　　米兰看着这个长得清秀但是内心正派上进的男孩很奇怪，站在眼前的这不就是米兰内心的那个条条框框吗？但是真的是一点都不触电，米兰的世界里的色彩已经调和了普蓝加群青，浓烈的冷色调已经不能再轻易放暖。

　　"好的，赶紧订车票，我答应你。"米兰决定做一次糊涂的好人。

　　在火车上，大梁说："谢谢你，米兰。"今天大梁的称呼不是米总而是米兰，第一次相识是这样在飞机上的肩并肩，这次还是这么肩并肩，万国梁对着米兰笑。

　　米兰说："你笑什么？"

　　"笑你好看。"

　　"油腔滑调！"

　　"你为什么跟我来呢？你就不怕万一遇上了什么骗子？"万国梁咧着他特有的大嘴，露出整齐而洁白的小白牙，眯着韩国式的小眼睛，像是阴谋得逞了的小孩子，得意地笑着。

　　米兰说："因为我从小就没有父亲，是母亲一个人靠一台缝纫机把我拉扯大的。

在我的记忆里，在我已经进入梦乡的时候，母亲还在亮着灯给别人赶衣服。后来这台老式的上海缝纫机又供我上学、画画，考上了美院。在我印象里那台缝纫机就是万能的机器，它创造了一切。你跟我说，你没有母亲，从小父亲既当爹又当妈地把你拉扯大，他在你的生命里应该像棵树，所以我跟你回来，不能让你的树倒了。"

生命中有些事情早已经烙上了里程碑一样的记号。米兰跟万国梁回到吕梁那座山里的小屋的时候，父亲已经离世了，但是有一封遗书，这封信让米兰彻底相信了宿命。

儿子：

　　看到信不许哭！

　　等你看到这封信的时候，我已经不在这个让我留恋的世界上了。活着的时候没有勇气告诉你，现在我必须告诉你个秘密。其实你不是我的亲生儿子。你奶奶说，当年有一位北京来写生的艺术家叫潘忠良，后来在吕梁写生的时候就有了我。但是我因为小时候性格孤僻，就一直没有结婚生子，后来就去临汾抱养了你。你曾经问我为什么我们俩长得一点都不像，我总是没有办法就说你长得像你妈，现在你知道了吧。但是17年了，从你离家你就没有回来过，是我管得太严了，让你总在外面疯狂寻找自由，现在终于回家了，爸爸也要走了。下辈子再和你做一回真正的父子吧，下辈子我做你的儿子，我调皮，你还债。

父　万里浪

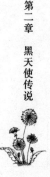

第三章
一条癞皮狗

　　米兰回京后又去了墓地，她站在了潘忠良的墓碑前，上面白色的"义父潘忠良
之墓"几个大字在阳光下有些刺眼。

　　两年前的夏天在法国的那个老式别墅里，米兰像往常一样下了课去看潘忠梁，
但是他已经安详地在藤椅上永恒地闭上了眼睛。

　　留在桌子上的是一纸遗书。

亲爱的米兰小姐：

　　当你看到这封信的时候，我应该幸福地离开这个让我留恋的世界了。请不要为
我难过，我的心是快乐的，因为我最终是在"家里"离开的。我非常感谢上帝在我
弥留之际赐予了我一个可爱善良的孩子。我46岁离开中国，已经有51年没有回去
看看了，因为已经没有亲人和牵挂了。人生最痛苦的事情就是没有牵挂，没有回
忆。我思念中国，但是又害怕回去。你是上帝赐给我的最美好的礼物。我知道我已
经很老了，这两年若是没有你，我甚至无法正常生活。我这辈子总的说来是个善良
正直的人，做任何事情也算问心无愧，也应该有个善始善终。我最近总是感觉身体

032

快要退休了，虽然我的灵魂还很活泼。如果能在你回国前让自己和你一起飞回故国，那么我的心是开心的。落叶归根，这是我唯一的心愿。

至于这些遗产，我的画室还有这栋房子你若是觉得在巴黎还有用处就留着，若是没有什么用处，就变卖成欧元，回中国创业吧。你是个坚强勇敢有梦想的姑娘，我这辈子没有儿女，你就是我唯一的孩子和希望。我希望这能对你的梦想 ROSE 黑服装品牌有所帮助。祝你梦想成真！

做了 51 年的基督徒，其实我也不确定是不是真有上帝和灵魂的存在，但是我宁愿去相信。因为这样的话，我们又能约定再见了。我在天国那个没有烦恼和忧虑的地方等你。永别了，我的孩子！保重。

你的大朋友　潘忠良

米兰想："我该怎么做呢？大朋友，你告诉我，我该怎么办呢？现在 ROSE 黑这个品牌才刚刚起步，我要不要让万知道这个秘密？"

世界原来就像一只碗口那么小，自己一直努力地奔跑，都是在跑圈！

米兰开车回到世贸天阶，停车的时候居然看到了 BT666 的车牌号！这个号码徐敏曾经跟米兰说过，他们主编这个人有时候很爱慕虚荣，做事情有时候挑剔得让人发指。他的车牌号码选了个类似 BTV 的字母，开车去外地采编，尤其是还在发展中的二三线城市，小地方的人见识少，一看是北京的"京"字，还有唬人的"BT"，再加上中国人的幸运数字三个"6"，每次他的奥迪 A6 到了地方招待所，都像是奥巴马访华一样引起不小轰动。主编对这种子虚乌有的崇拜总是沉溺其中，让人费解！

赵子民是 20 世纪 80 年代去俄罗斯留学的大学生，莫斯科大学历史系的高才生，后来就当起了记者，偶尔做些生意，不然的话，他的这辆奥迪 A6 光靠着他那点微薄的薪水估计得等他入土的时候才能攒够首付！这个人曾经在徐敏刚入行的时候提拔过她，小姑娘踏实勤奋，就是有时候有些死脑筋。他给她面试的第一道题就

第三章　一条癞皮狗

是问她怎么看新闻。

徐敏那会儿刚毕业不懂得社会上的水深水浅，就开始复述课本上的理论。"停，停！让我来告诉你什么是新闻？新闻不是狗咬人，狗咬到了人，那很正常，人咬狗，那才是新闻！正常的人＋正常的事＝新闻价值为零。"

"那，不正常的人＋非正常的事＝轰动新闻！"徐敏麻利地接招。主编看姑娘虽然先天畸形，但是可塑性强，就留在了社里。无奈此人看起来不起眼，实则内功深厚，难以洗脑。

米兰停好了酷派，就上了楼。

"米总，您可来了！主编都等了一天了！"

"好，我马上来。"

米兰去总经理办公室换了衣服，就去了招待室。她要跟这个非要见到自己才能签合同的人过过招。

"赵主编，您好！"

职业病的米兰扫了一眼这个男人的装束：黑呢子大衣，留着大背头，身材袖珍，脸上的横肉和身体中部像是怀胎十月的孕妇一样鼓胀着。

赵子民见到了米兰，像是老鼠见到了大米一样地瞪圆了眼睛，伸出那流着肥油的黑爪子想要跟米兰握手。米兰顺势递了杯热咖啡："天冷，喝点热饮，暖暖身子！"赵子民那黑猪扒一样的手不情愿地接过了一次性的杯子。

"我们想做一个类似于杂志一样的企业内刊，因为我们也要发行，所以想要一个合作者，听 MARRY 说，您是热心肠帮过她不少忙，又是我们企划徐敏的老领导，在媒体圈子里德高望重。要是没什么问题，您这边就开个合作价，祝我们合作愉快！"米兰总觉得这个人的身上有股刺鼻的味道熏得自己很不舒服，因为他的眼睛总在盯着自己的胸部看，她想开门见山赶紧完事就让他走人！

"呃……"他的嘴角开始演绎圆的下半圈，"我们不要钱！"赵子民晃晃悠悠地说出让米兰吃惊的话，做生意的人从来都不拒绝廉价，但是也比正常人更相信世界上没有免费的午餐，免费的后面一定是跟着一个陷阱。

"不要钱？那你们要什么？"米兰的敏锐显然让赵子民更加兴奋。没错儿！这个丫头就是这么聪明。

"我就想要经常地和你吃个饭！"赵子民的那种表情让米兰想起一个词，就是东施效颦！四五十岁的人了，还学二十出头的愣头青小伙子，毛毛躁躁的。米兰明白他的意思，但是米兰是商人，她不会伤害任何一个没有必要伤害的上帝。

她说："好的，我考虑一下您的方案，然后让我们企划与您联系，不送！"

赵子民像是偷到了米的老鼠，不管怎么说，今天算是有了进展，虽然没有碰到她的小白手！

赵子民是不会放弃的，他当年就是凭着一股狗皮膏药一样顽强的精神拿下白玉琼这朵冰花的。什么白玫瑰、黑玫瑰、冷艳的、霸气的，还有 MARRY 那种野性的，到时候都得跟他乖乖招安！

在自己的意淫中，赵子民嘴角的弧度开始上扬。

米兰给 MARRY 打电话，说晚上去她家。

米兰还没有说自己的问题，MARRY 就让她帮自己拿主意。杰克给她准备了一份意外惊喜！

"什么意外惊喜？"米兰问她。

杰克在大望路的珠江御景 D 区给她买了栋房子，200 平的 LOFT！

对于 MARRY 的单身，米兰总觉得自己是有罪的，现在无论如何，看到有人对 MARRY 如此心疼，也算是自己的心灵得到安慰了。

"挺好，其实他可能就是年纪小，等再过几年，等他成熟了，也会是个不错的潜力股。"

"米兰，可是我不想要。"MARRY 的眼神莫名地黯淡了，米兰的心也跟着沉了下去。

"为什么不尝试一下呢？女人终究是要相夫教子的。女人可以为了爱去吃苦，

但前提是不会一直苦下去。你现在有这个机会不要再让自己沉沦了。"

其实她们俩的心里都还有句心照不宣的话，她们都想问问对方，是否还爱着那个叫作刘岸青的男人，她们都单身到现在是不是还是因为放不下那个男人！

"如果……如果刘岸青现在单身了，你还会要他吗？"MARRY 终于第一个撩开了禁地的帷幕。米兰本来就乱成一团麻，她答非所问。

"我想先跟你打听个人，你必须要如实地回答我。"

米兰的表情太过严肃，MARRY 说："说吧，只要我知道。"

"赵子民这个人是个什么样的人？"

MARRY 虽然已经做好了心理准备，但是当米兰提到这个人的名字的时候，她还是有些吃惊。她定格了几秒钟。

她心里想："这个老狐狸，不会这么快就下手了吧？"

一年前 MARRY 创刊《MO 女》时尚杂志的时候，这个老狐狸就想揩油，幸好她机灵。前几天的《MO 圈》创刊酒会上也是猫捉老鼠，不过如果现在他又盯上了米兰，对自己脱身也许有利无害呢。

MARRY 说："他这个人就是看起来挺邪恶的，其实心眼不坏，挺老实的一人。"米兰心里还是不安，总怕有一天养虎为患，她问 MARRY："这个合作找别人来弄吧，你有没有什么关系？"

MARRY 说："我若是有关系的话，我早就不找他了。这时节咱女人想做点事情真是太难了，本来跟那些铁打的男人相比就不占生理优势。整个世界战争形势也一直是雄性操刀，咱想铆足了劲做点事情吧，还有几条癞皮狗时不时地蹦出来捣乱。"

米兰在酷派上望去，整个北京城的马路上每个人都包裹得像个速冻丸子。她一直是相信因果报应的，不称心的起点，过程再不济，如果不好好靠脑力和体力填补差距，结果就注定了还是在金字塔的底层。但是现实有时候像是春天里的螃蟹，打开蟹壳，看到的全是失望。

刘岸青也不知道怎么样了？二人怎么会成了如今这种关系？生活到底是怎样的一个怪胎，越长越变了模样！万国梁居然是潘忠良的嫡孙！当年毕业时，刘岸青说出那五个字的时候，米兰的巴掌想要去和他的脸发生力的相互作用，但是她压制住了探出火苗来的怒气，她问："你真的不会后悔？"

他答："永不！"

如今，才过了短短的两年，誓言是如此经受不住生活的层层剥离。

将米兰从痛苦回忆中拉回来的是法国文艺女歌手伊莲娜的《我叫伊莲娜》。是徐敏的电话铃音。

徐敏说："米总，赵主编打电话问我合作的事情，你考虑得怎么样了？"

米兰跟徐敏说："我再想想办法吧！这个内刊我们先不考虑了。很快就北京时装周了，你和万国梁先准备一下服装和联系公关公司模特的事情。"

米兰最近压力太大，病了，一连好几天起不来床，一个人在家里也不爱做饭，几天下来整个人成了红烧排骨吃剩的那根排骨。想给身边的人打电话，看了看通讯录，居然没有一个可以叫到身边来的人。按了刘岸青的号码，终究是没有勇气按下通话键。

算了。想了想还是打给广美。

"喂？"

"喂……"米兰因为已经吐了一天了，身体虚脱得像是一张白纸，一时间没有拿稳，电话居然从手里滑脱到了床底下，她扑通一下子也跟着掉了下去。

广美这会儿在云南采风，她跟MARRY打电话，MARRY刚好去天津出差了，万国梁和徐敏的电话她又不知道，她就给刘岸青打了电话。

刘岸青正在床上睡觉，赵小曼已经有一周多夜不归宿了。他也有七天多不分昼夜地只是吸烟喝酒，他想他一直就这样下去会不会醉死。广美的电话打破了他平静如湖的梦幻生活。他来不及梳理他天线宝宝一样冲天的头发，随手披了件外套就打车来了香蜜湾。

真正要敲门的时候，他却退缩了。他把拳头砸在墙上，头顶着墙，在心里痛骂自己："真是个混蛋！"他没法面对米兰，正要离开，广美的电话又打来了，问他："到了没？米兰还没有接电话！"

刘岸青赶紧敲门，里面没有反应，他就在外面喊："米兰，是我！我是刘岸青！我是岸青啊！"

有本书上说，人这一辈子其实是靠灵魂活着的，也是为灵魂而活，人的知觉只不过是感性或是理性激发的灵魂深处的悸动。

刘岸青的这句话把沉睡的米兰唤醒了。米兰说："我在这里，青，我在这里！"

刘岸青听到里面有回应，就继续敲门。他说："兰，你开门，我来了。对不起，我来了！"

米兰爬起来开门的时候，就站不住了。刘岸青一把抓住正在倒下的米兰，一个扑空，居然没有抱住。2年了，是他自己太安逸，雄性本能蜕化了，还是因为太陌生，没有了默契？

刘岸青把米兰从地毯上抱起来。米兰瘦了，轻得像是只病猫。米兰家的厨房是开放式的，他想去给米兰熬点粥，自己这两年肠胃不好的时候，小曼就是给他熬粥喝的。

米兰和刘岸青分手的时候，刘岸青只留了一张他们俩的照片，其余的所有他们俩的物品都归了米兰。米兰出国的时候暂时放在了广美家保管，回国后米兰又全部搬回了香蜜湾。刘岸青目睹着房间里每个角落里都是他们俩以前在一起共用过的物品，又像是回到了2年前。他们一起买过的书，买过的布娃娃，买过的各种纪念品，米兰都留着。

他翻开那本有些泛黄的相册，米兰在美院操场的那棵法国梧桐下的照片是他给她拍的，那是他们在美院的第一个秋天。

米兰说，她喜欢秋，因为秋天是个温暖的季节，不冷不热，整个世界的色调像是过了暖黄的滤镜：柔和，温暖。

米兰醒了。

她看着这个自己生命里曾经那样不可替代的男孩现在居然是那么的陌生。她的身体不能动，肚子像是挖塌了一个洞，四肢酥麻麻地疼，脑袋木木的像是刚刷了白粉的墙壁，唯有眼珠子还能像是水晶球一样灵活自如。

刘岸青放下手中的相册说："广美说，你生病了，我怕你没人照顾。"他走到米兰身边来问她要不要喝粥。

米兰没有力气说话，但是眼睛还好用，两条透明的小蚯蚓就直探头探脑地想要掉出来。

刘岸青把米兰扶起来说："什么都不要想，先好好把粥喝掉，我有生以来第一次下厨煮粥哦！"人总是珍重自己的第一次，第一次牵手，第一次学会骑单车，第一次逃课，第一次撒谎，第一次脸红，第一次心跳……

米兰张开嘴巴，看到了那双手，那双曾经握着自己的手，帮自己算过命运的手。

大一那年暑假，刘岸青和她们四姐妹儿一起去凤凰岭。一个老道士跟他们五个说，这个姑娘剑眉薄唇，能成就一番大事业。这说的是 MARRY。

看了一眼赵小曼。第二个姑娘嘛，柳眉大眼，长发飘飘，姑娘是个好姑娘啊！

广美说："那我呢？"

老道士捋着自己的山羊胡说："你呀，眉清目澈，童心未泯，如果是做文艺工作的话，一定会成为一名小有成就的艺术家。"

神啊！超级无敌准！

米兰想："那我呢？"

老道士看到了手牵着手的米兰和刘岸青。他说："问世间情为何物，一物降一物！"

米兰说："老道士，那我呢？"

他说："你恬静淡然，必定秀外慧中，只可惜不食人间烟火，过于浩然。"

米兰从来不相信算命先生的八卦，但是老道士这么说，她还是心有余悸。

第三章　一条癞皮狗

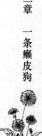

他们走的时候，老道士又再重复那句别有用意的话：问世间情为何物，一物降一物！米兰跟刘岸青说："他就唯一没有给你算，你再进去问问老先生，他最后那句话是什么意思？"

刘岸青进去问老先生，为什么要说最后那句话。他说："缘分，缘分！你既然又回来，就是天意。那个恬静淡然的姑娘是你女朋友吧？"

刘岸青说："您怎么知道？"后来一想，他们进来的时候手牵手，是地球人都知道，他正要转身离开。老先生说："姑娘是好姑娘，小伙儿是好小伙儿，可是你们不是一个国度的人。姑娘心气太高，你的心太小，容不下这个姑娘啊！好好珍惜吧！"

那时候，刘岸青和米兰都刚考上美院，还在热恋期。他愤然离去，哪有这样的人！

当时米兰看到刘岸青出来后闷闷不乐，问他："老道士说了什么？"

他说："胡说八道！"

如今快 7 年了，他跟米兰说了那天老道士的话。

米兰想，命运这东西，她彻头彻尾地信了。努力只是一方面，最终的定锤之音永远得由上帝发出。

爱情的王国里，努力从来都是支垃圾股。真正的爱情不需要努力，这是米兰的爱情观。

刘岸青的电话响了，是赵小曼。刘岸青看了米兰一眼。米兰朝他笑了笑："接吧。"

"喂？"

"你死哪里去了？"

刘岸青本来好久没有见到赵小曼，并且还因为最后一次分开是说了那样一个不该说的字而深深地内疚着，听了这句话，本来热气腾腾的心一下子凉了半截。如果说刘岸青之前因为内心愧疚对赵小曼还有那么一丝藕断丝连的好感的话，那么现在丝也断了！

"与你无关！"

赵小曼一个人在偌大的房子里像是一个孤魂野鬼在原野上游荡，北京香颂这栋大复式是他们结婚的时候赵天意送他们的婚房。爱像是水，房子像是水做的泥巢，没有爱的房子，就成了挖塌的家。

　　赵小曼开始后悔，自己这次回来本来是想要好好跟刘岸青和好的，怎么就说了那么冲动的一句话呢？

　　她去了卧室。

　　床头上是刘岸青画的他们结婚的时候去云南丽江度蜜月的时候，她在一个纳西族的姑娘家里，在赭石色的卧榻上摆的一个泰坦尼克号中露丝的造型。下面的题字有些晃眼：2008年夏小曼岸青丽江蜜月留念。

　　小曼一头栽进软床上，刘岸青喜欢睡软床，软软的枕头，就像是躺在女人的身体上。时间久了，赵小曼也开始迷恋上了大而软的床。整个人掉进去，就被白色的床淹没了。

　　她迷迷糊糊地给刘岸青发了信息："对不起，我错了，我想你了。"

　　可惜这次的她没有立刻收到安慰的回复。

　　她像个哈巴狗一样俩眼珠子望着一动不动的手机。她失眠了，一个人的房间，静得掉根头发她都能听到回音。忽然想起家里柜子里还有安眠药，她前段时间生活压力大，出去接私活儿，被同行们当成了新闻话题。赵小曼去医院看医生，医生给开了一小瓶安眠药，自己没有按时听医嘱现在反倒派上用场了。

　　她吞了几片，没有什么感觉。安眠药小小的，赵小曼怕是药效太小，一股脑儿就全吞了。

　　第二天，米兰的身体好多了。公司落下了太多的事情，昨晚赵小曼的电话也让她不安。她对刘岸青说："谢谢你。"

　　刘岸青说："晚上我想给你画张画，好久没有画你了。"

　　"下次吧。"米兰深知，悲伤要适可而止，而没有结果的快乐也要节制，不然都会减少上帝的赐福。

第三章　一条癞皮狗

"为什么?"

"回家吧,回去看看她。她需要你。"

刘岸青没有权利要求留下。他想问,他想奢侈地知道:他们还能有未来吗?但是,他没敢。

刘岸青回家看到了在床上已经奄奄一息的小曼,他的身体也像是长了长毛,他抱起小曼就去了望京医院急诊。

医生说:"幸好抢救及时,若是再晚送来半天,人就没得救了,做丈夫的怎么能够这么大意!"

刘岸青就在一旁耷拉着脑袋像是秋后霜打的茄子,说:"是是是。"

好在有惊无险。

医院里每个角落都弥漫着一股消毒水的味道。刘岸青从裤兜里掏出芙蓉王,想想自己这两年是进了个什么怪圈,总感觉是上了一条加速下滑的不归路。

"先生,你太太醒了。"

隔壁的病友好心的提醒让刘岸青想要静下来反思自己的打算飞了。

赵小曼醒来后在床上的表情居然跟两天前米兰躺在床上的一模一样!

刘岸青说:"小坏蛋!自杀还不带我玩儿,人品也太差了吧!"

小曼就笑。她让刘岸青依偎着她。

"我们能不能永远不再分开、不再吵架,我们好好生活,好好赚钱。"

刘岸青对她说:"对不起。"

"为什么对不起?我们谁都没有对不起谁,是生活本来就是错的,我们只能将错就错。婚姻也是一道没有解的方程式,那些能解出答案来的,都错了。"

刘岸青说:"小曼,我们去西藏吧,北京这个城市太过浮夸,我也没有什么创作灵感。我们去西藏,去那个离天堂最近的地方。我们在那里重新开始,好吗?"

刘岸青这几天想过了,在北京这个城市,他已经疲惫了,丝毫提不起一点精神来。面对着米兰,面对着 MARRY,甚至是广美,他都感觉像是有种心理的劣势。

他总感觉自己像是矮了半截，这不是江城的那个刘岸青，他一直躲在一个壳子里走不出来。

赵小曼不喜欢西部，她从小就生在北京，长在北京，并且她吃不了苦，她只能留在北京。

"我不喜欢西藏，我可以去看你，你也可以经常回来，我可以等你。"

"可是……"刘岸青绝望了。

北京时装周很快就到了。

米兰问万国梁："设计作品和服装订制的事情怎么样了？"

万国梁说："一切尽在掌握中。"

米兰并没有告诉他生病的事情，因为米兰怕像是滚雪球一样地欠他的感情债越滚越多，到时候怕是窟窿太大，填不上了。

万国梁是个聪明的人，米兰不说，他就不问。但是他会一直在她背后做他能做的。他像变魔法一样地从背后拿出一张照片来。

八只拉布拉多小狗并排着趴在一起，其中最中间那个爪子还是伏在地面上的，像个小王子。米兰抬起头来迷惑地看着万国梁说："今天是什么狗节吗？"

万国梁答："外面天气这么好，早上的新鲜空气把整个人都喂得趾高气扬的，咱能说点吉利的话好吗？说吧，看上哪只了？"

米兰弱弱地指着中间把爪子伏在地上的那只。

她说："这只，这只霸气。"

谁知到了下午，万国梁就真的拎着一只拉布拉多犬来了，身上还穿着小贝经典的 11 号球衣。前面的主人大摇大摆，后面的跟班当然也肆无忌惮。

两人摇头晃脑一齐进了总经理办公室。米兰赶紧把门一关。

"万国梁！这是在公司，你是打算卷铺盖走人吗？"

万国梁说："你看真的更了！真的更了！"

"更什么更？"

"更年期啊！我最近看新闻说，这女的吧，若是一直单着，她就容易提前更年期。为了给你调整一下这阴盛阳衰的气场，我决定给我们米总买一只伴侣犬，名叫阿布，人家可是带着户口来的噢！还有，已经做好了结扎，您就放心地收养吧！"

米兰是被万国梁整得哭笑不得。她破涕为笑："砸了不少银子的吧，今儿什么日子啊，让你破财消灾的！下个月发工资，我把钱划你卡上。"

"你的生日啊！"

米兰这才想起来原来今天是自己的生日！记得小时候，自己过生日看上了一个布娃娃还有一双红皮鞋，就跟小朋友说，谁若是给自己买了布娃娃和红皮鞋就跟谁走。如今，有人给自己买了真的玩偶，还不要自己以身相许，真是舒坦！

"晚上去我家吃饭吧，叫上徐敏，我们一起过生日。"

从吕梁回来之后，万国梁就开始经常性地犯二卖萌，米兰直怀疑这是不是一个人悲伤过度的回光返照，好比是鸟之将死，其鸣也哀。

心情像是香水，是能够传染的。米兰的心情就像那万里的碧空，是清澈的蓝色。可惜，上帝给了人一个甜枣，后面往往还跟着那么一棍子。米兰刚跟阿布玩了不久，徐敏就把跟赵子民刚签的合同送进来了。

米兰有点紧张。她说："这个人以后尽量不要再联系。"

徐敏问："为什么？"

"危险。"

徐敏听得一头雾水，也没再多问，看到了可爱的拉布拉多，就跟狗狗玩了一会儿。

"米总，我想给它起个名字。"

"已经有了，阿布。"

"阿'不'！这不是《玻璃樽》中求爱的海豚的名字吗？"

"求爱的海豚？"

"嗯。因为海豚在求爱的时候，就会发出像是长长的'不'一样的声音。"

　　米兰望着窗外，最近的事情像是一个火球正在愈演愈烈朝着她步步紧逼，她已经感受到一股炽热烤得自己皮开肉绽地生疼。她双手抱住头部，蹲了下去。两年了，她又开始神经衰弱，又开始半夜失眠。

　　伊莲娜的文艺伤感的声线又响起了，是广美的电话。

　　"喂？你回来了？"

　　"米兰，我今天早上刚到的北京，我先跟你说件事情，天大的事情！你先答应我你得挺住！答应我。"

　　广美的话让米兰有些懵。她想起了两年前，自己刚毕业的时候，父亲突然车祸离开、和刘岸青7年的爱情以及赵小曼4年的友情鸡飞蛋打。还有什么比两年前更让人崩溃的呢？

　　米兰说："说吧，我答应你。"

　　"我今天又看到赵小曼了，在美院。"

　　"她去美院做什么？"

　　"我实话跟你说了吧，我一个月前就在美院杨飞云老师的画室看到过她。她是和一个老男人在一起，估计你那天在香蜜湾看到的那个男人就是他。他叫徐子墨，是个旅美艺术家。他回国是为了准备在画廊的一批作品拍卖的事情，他是赵小曼的地下情人。"

"什么！"

两年前，米兰觉得自己的世界塌陷了，父亲在毕业前的几个月的出差路上发生意外，出了车祸。严重的大出血使得青岛人民医院下了病危通知书，母亲为了不影响她顺利毕业就暂时没有告诉她。直到她想要跟爸爸通电话，妈妈才告诉了她实情。那时候她想跟刘岸青一起回去看看父亲，但是刘岸青还是留在了北京没有回去。

米兰的父亲本来也是准备了一肚子的话想要对刘岸青说的。米兰爸爸那会儿就已经没有力气说话了。他看着米兰，就写在纸上。

他写道："都说女儿是父亲上辈子的情人，我是个幸运的人，有骄傲的女儿兰兰，有你妈妈凤水。舍不得你们啊，以后好好和刘岸青过日子啊。男人就像是女人的孩子，有时候要学着包容男人，兰兰……"

父亲写完这些话，眼角滚出一滴浓浓的浊泪，就走了。他临走的时候，眼睛是睁着的。

妈妈对米兰说："他是没有看到刘岸青来，他心里遗憾，难以瞑目啊。"

父亲的话，带着遗憾。

妈妈说："他是准备了一肚子的话对未来的女婿说，放心不下你呀，兰兰。"

米兰回京后想找赵小曼谈谈。刘岸青太大男子主义，他、赵小曼还有米兰之间的事情，米兰一直被蒙在鼓里，赵小曼也一直都是躲在刘岸青的背后，赵小曼和她之间欠了一个解释。赵小曼需要亲自给她讲讲她和刘岸青之间的爱情故事。

毕业前，米兰在学校的咖啡馆约了赵小曼。

米兰说："小曼，你扪心自问，我米兰对你怎么样？从我们 4 年前一起军训的时候，你冲着我傻笑，我们就说是一辈子的好朋友。我们和广美还有 MARRY，一个宿舍，我们一起喝酒，一起画画。你考试不会我给你递答案，你不爱画画，我帮你交作业，你交男朋友被甩了，扑在我和广美怀里哭，你说我们是一辈子的好朋友的呀……"

米兰说着一辈子，自己也哭了：是呀，有谁能够保证要一辈子会怎样呢？

赵小曼那天像是在天庭被上帝审判的罪人，她许久才低着头对米兰闷出一句话："对不起，米兰。我真的很喜欢刘岸青，请你把他让给我吧。我跟你不一样，你那么优秀，现在又马上要去法国学习，你的未来太灿烂，岸青在你的世界里不过是个装饰品，但是他在我的世界里对我来说就是我生命的全部。"

两年前，米兰就这样稀里糊涂地放弃了。只因为赵小曼告诉自己，刘岸青是她生命的全部。她以为自己会生气，甚至报复，但是她没有，因为刘岸青对赵小曼来说是生命，但是对她来说真的不是。生存，体面地活着，梦想，也许比爱情对她来说更饥渴，所以她被比下去了。因为她没有追求爱情的权利，她觉得那太奢侈，所以她就去了巴黎。

可是如今赵小曼居然又玩弄了他们，米兰真想去扇她一巴掌！旧账新账一起算。

"米兰？你还在听吗？"广美扯着嗓子在喊她。

米兰说："等我，你在哪里？我过去找你！"

冬天就像是一个从不动心的冷面美人，无论你对她多么真诚，哪怕是付出了所有，也不会将她打动。这刀子一样的寒风，也许就是寒冷冬天那凛冽的冰心吧。

米兰想先把事情搞清楚。如果知道这个贱人又在外面瞎搞，一定让她死得很难看！

广美见米兰的脸都被气绿了，她开始有些后悔。现在的事情复杂得像是一张网，网住的都是她的好朋友，她怕事情万一搞得鱼死网破，到时候收不了场了。

"说吧，怎么回事？"米兰有些六神无主，直勾勾地盯着广美画室窗台的那盆海棠。

第四章　赵小曼出事儿

"你还好吧?"广美有些怯怯的。

"怎么回事?告诉我。"米兰的平静让广美有些害怕。

"我今天去美院找同学,我这次去云南采风有很多的意外收获,我们想一起筹划个展览。在画室我又看到了赵小曼和那个老男人,大清早的就在画裸体,我这是第二次看到他们俩在一起暧昧不清了。我当时一冲动就进去了,后来她就跟我交代了事情的真相,那个人是她已经进行了一年多的一个地下情人。"

"真是那什么改不了吃屎,玩地下恋情还上瘾了!"米兰表示情绪很稳定,但是她要见那个臭婊子。

韩广美待在原地像是一具化石。

"臭婊子,接电话!"米兰打了赵小曼的电话,半天没有人接,估计还在美院画室里。她去了美院,没人。

香蜜湾他们偷情的具体住址她也不知道,所以,米兰就给刘岸青打了电话,问他赵小曼有没有在家,刘岸青以为她是不是知道了赵小曼吞食安眠药的事情。

他就说:"她现在身体已经痊愈了,不久就可以出去找朋友玩去了,不要替她担心。"

这些话听得米兰泪流满面,到现在了,刘岸青还像是个傻瓜一样地蒙在鼓里。米兰刚挂了刘岸青的电话,就看到了赵小曼和鸭舌帽男一起在楼下有说有笑的。她给赵小曼打了电话,赵小曼接了。赵小曼知道好消息永远是足不出户,坏消息永远是一日千里,这么快米兰就知道了。好吧,该来的总会来的。

她犹豫了一下,接了。

"喂?"

"臭婊子!我给你 5 分钟时间来香蜜湾 1 号楼 3 单元×××室!"

徐子墨问:"谁呀?怎么这么凶?"

"没事,我有事去见一朋友,你先回家吧。"其实赵小曼所谓的家就是徐子墨在香蜜湾给她买的一套不动产,房产证上写的是赵小曼的名字。赵小曼的家里是资产上亿的珠宝商，按理说是不差这点小恩小惠的。但是从她嫁给了刘岸青，她缺少的不只是像粪土一样的金钱，还有一个像父爱一样的男人的关怀，而徐子墨刚好满足了她的心灵缺陷。

赵小曼就在1号楼楼下的湖边，但是她感觉这条路好长。她想，米兰原来就住在香蜜湾？怎么会这么巧？那她以前有没有看到过她和徐子墨？有没有像广美一样地跟踪过他们？

她摁了门铃。再长的路，也会有走到终点的时候。

"啪！"米兰开门，赵小曼左脸就挨了一巴掌！

"啪！"还没等她反应过来，右脸又是一巴掌！

也好，左右对称，就势均力敌地让疼痛抵消了。像是农夫挑扁担，只有一头的时候，感觉担子沉重得像是拖着整个世界，但是两头势均力敌的时候，反倒轻松多了。

脸的神经是在几秒以后才有了烧伤般皮开肉绽的阵痛，泪珠子居然不争气地蹦出来。赵小曼从小到大从没有挨过打，更别说是扇耳光了。

"那个男人是你情人？你还能更贱点吗？你要羞辱我们，能找个长得对得起大众点、不出来影响市容的吗？你看看，他都能当你爹了吧？你还是看上人家的财产了，等人家赶紧死了，你好继承啊？你还是缺少父爱？那当初某人就别说刘岸青是她的生命啊！一个命都不要了的人，还在这里可以谈笑风生的，真能对得住自己的良心啊！"

为了强调心情，米兰骂了句脏话，说话也像是吃错了药一样地变得尖酸刻薄起来。

"对不起。"赵小曼只是低着头不停地说对不起。

又是这句没营养的话！又是两年前那张酸菜脸！摆着还真挺让人同情的。

米兰说："抢走了好朋友心爱的东西就扔吗？你算是哪门子朋友？滚！"

赵小曼披头散发像具僵尸一样地走在凛冽的寒风里，这风冰冷刺骨，像是刀子一样在削割着她的皮肤和灵魂。

"你干脆把我杀了吧，直接割断我的喉咙！"赵小曼一个人走在马路上，她没有去徐子墨家，她也不打算再去了。

赵小曼手机关机了。徐子墨不停地打她的电话，打不通。他就开始画画，吸烟。

刘岸青也纳闷，赵小曼刚恢复了身体就出去玩，答应说今天早些回来的，这都晚上快十二点了，手机还一直关机。还有，米兰突然怎么会给他打电话问小曼的事情，她们俩自从毕业就像是最熟悉的陌生人一样，很少搭话。刘岸青越想越不对劲儿，他有种不祥的预感，一定是发生了什么事情，而且是他不知道的。

刘岸青鼓起了勇气按了米兰的电话号码，现在不知道是怎么了。刘岸青感觉人应该是有磁场的，两年前，他和米兰的磁场是势均力敌的，现在他弱得基本上没有了自己的辐射范围，而米兰的磁场电波却能直接攻击他的磁芯。

米兰一看是刘岸青。

"喂？"

"米兰，你见到小曼了吗？她说今天早点回来，可是到现在了还没有回家。"

米兰的脑袋"嗡"地一下，她从床上爬起来，披了外套就往外走，她想赵小曼走的时候两眼呆滞。她应该不会再去那个鸭舌帽男那里了，那她会去哪里呢？

米兰去车库开车，她给广美打电话，问她有没有去她那里。

广美一听就急了，她担心的就是米兰把持不住。赵小曼从小娇生惯养惯了，受不了别人的羞辱。米兰也开始后悔，自己当时实在是太生气了！

她在刚出小区门口的时候，就看到了小曼躺在小区门口不远的草地上。零下10度的温度，小曼又穿得那么少，米兰有些后悔自己刚才对赵小曼的态度。米兰把小曼抱上了车，她不知道是因为昏睡还是冻僵了，米兰怎么摇她都不醒，身体冰冷得像块坚冰。

米兰给刘岸青打电话说，赵小曼在她家，明天给他送回去。

那天晚上刘岸青也失眠了，米兰的语气有些柔软，又带着些伤悲，她们之间到底发生了什么？他又想起前几天赵小曼吞食安眠药来，是不是也是米兰在背后说了些什么话？思绪像是蜘蛛在织网，左一条右一条杂乱无章，一颤一颤地鼓胀着脑神经。

第二天，赵小曼醒了，她睁开眼睛打量了一下房间，原来是在米兰家里，恍惚间又想起昨天米兰的那些话。米兰不在，她起床去洗了一把脸，看了一下手机已经是下午一点钟。

桌子上还有一张米兰留下的字条。

小曼：

昨晚的事情对不起。好久没有这么叫你了。昨晚我是真的很生气，我无法原谅你这样亵渎我们的友谊还有你和刘岸青之间的感情，所以我出手打了你。但是当我把你从马路边的草地上抱起来的时候，我想原谅你。我知道走到今天你也有你的无奈，刘岸青也有他的不是。总之，不愉快的过去我都忘了，希望你也不要记得。重新开始吧，就像是从来都没有受到过伤害那样。

我去公司了，你醒后厨房有姜汤和热粥。希望你能吃点饭暖暖身子再走。

米兰

赵小曼开了机。21个未接电话，有11个是刘岸青的，10个徐子墨的。还有3条未读信息，2条是刘岸青的，1条是徐子墨的。看来关键时候在这个世界上最疼他的男人还是刘岸青。

刘岸青说："曼，你在哪里？手机为什么关机了？看到信息后，请马上回电。还有就是我想你，你的身体刚恢复，要好好地在家养病。"

徐子墨说："宝贝，你今晚还来不来？手机为什么关机了，那个女人是谁？"

小曼哭了，怎么会这样？她看着房间里很多刘岸青和米兰一起的照片墙，自己

的丈夫原来还一直寄居在另外一个女人的梦里，那笑容是那么清澈，能看到心里开出的花儿来。

她不忍心再看下去，穿了衣服就走了。

刘岸青睡在了沙发上，房间里一片凌乱。刘岸青听到房间的木门响，一看是妻子回来了。

他问赵小曼："亲爱的，你到底去哪儿了，昨天晚上为什么关机啊？不是说要早点回来一起吃晚饭的吗？"

赵小曼像具僵尸一样没有说话，身体飘到了卧室的床上，掉进了柔软的白色里。

刘岸青感觉不对劲儿，他上楼来看她。

良久，赵小曼有气无力地说："青，我们离婚吧！"说完后就闭上了眼睛，她太累了。爱这个男人爱得她已经透支了。

刘岸青怔住了。

他说："为什么？是因为米兰吗？她找过你？告诉我，曼，到底发生了什么事情，最近大家是怎么了？我不同意。"

赵小曼已经没有力气说话，像个婴儿一样蜷缩着在床上睡去。

"喂？"

"喂，是我，我不知道你跟赵小曼说了什么，但是我希望你能清醒一点，不要再来打扰我们的生活了。"

什么？米兰真想找块豆腐一头撞死算了！今天太阳是从西边出来的吗？这赵小曼是人渣吗？怎么能不识好歹，还恶人先告起状来了？米兰脖子后仰成 45 度，有点当年阮玲玉无语问青天的味道。

米兰把手机往沙发上一摔！想了想还是觉得憋屈，这个没心没肺的超级大混蛋居然还倒打一耙骂起自己多管闲事来了。他自己的头上都冒绿光了，还在这里一身清高，分不清敌我，真是不可思议！

呵呵呵，米兰想笑，笑自己真的是吃饱了撑的，才狗拿耗子多管闲事。脸上的神经抽了几下，实在笑不出来。就冷笑了几声，又从沙发上把电话拿起来。

"这闲事我还真管定了。刘岸青，这个王八蛋！不仅是个大混蛋而且还是个大笨蛋！"米兰心里边骂着混蛋，边按了回拨建。

"你还有完没完？有意思吗？"刘岸青的口气高傲冰冷。

"我觉得没有意思，你也不要自作多情。但是我希望你能明白真相，你老婆在外面跟别的男人瞎搞，我想你不会这么宽容吧！我就是好心，实在是老同学了不忍心看你最后落个众叛亲离的下场，希望你好自为之。"嗯，这些话说完米兰的心里算是舒坦多了。难过了吧，戴绿帽子了吧！真过瘾！

米兰的话像是柔软的刀子，听的时候没有感觉，但是说完了，心已经感觉到刀尖的锋利了。刘岸青看了看已经在床上半死不活的小曼，他似乎明白了赵小曼昨天和米兰交谈了些什么，也似乎明白了赵小曼前些天连续一周多夜不归宿是去了哪里，更明白了她的眼神时常游离，精神恍惚，可能是在想另一个男人，也终于明白她为什么不愿意和自己要孩子，为什么不愿意跟他去西藏。他终于醒了。

一直以来，刘岸青都生活在一种自我感觉良好的城堡里。米兰理所当然地爱他，MARRY理所当然地崇拜他，赵小曼也应该理所当然地迷恋他。他就像是那干涸沙漠中的一株沙漠将军，他没有居安思危，沙漠中其实还有绿洲。

哭吧！刘岸青上楼去了画室，反锁起来。

自从他和赵小曼结婚，这个画室就是他一个人的禁闭室，他没有在里面画出什么满意的作品，反倒是经常在里面抽烟。一个人喝酒，就算是一个人在家的时候，他也经常反锁起门来。不知道是防御谁，防御什么，只是习惯了，习惯了反锁，让自己处在一个封闭的空间里，从心灵到身体。

他猛吸一口烟，他想知道自己的女人到底是迷恋上了什么样的男人。真的像米兰说的那样跟赵天意一样腐朽得快要发臭了的老头吗？都怪自己太不争气了，一点战斗力都没有，想想这两年小曼跟着自己过的日子就心酸。

第四章　赵小曼出事儿

刘岸青的泪吧嗒吧嗒地滴在地板上。离了吧。

米兰呆坐在办公室。人生难得糊涂，她在反思自己跟现在已经快要崩盘的刘岸青夫妇又插了这么一杠子，两人现在回旋的余地估计都没有了。自己为什么要这样呢？真是恨死自己的这臭脾气了！

正在自我批判，电话就响了。是赵子民。

米兰按了关机，真是天要下雨，娘要嫁人。对于赵子民这个无聊分子也一定要提前做好布战准备，早点斩草除根！

一会儿，MARRY 来了，风风火火的，像是当年大观园里的王熙凤，未见其人，先闻其声。

"哎呀，米兰，你这里就是气派，不愧是去国外见过世面的。"

MARRY 一向是无事不登三宝殿的主儿，今儿不知道是什么风又把她给刮来了。米兰笑面相迎，像个外交官。

"赵小曼和那个老男人的糗事我听说了，我们不能坐视不管啊！"MARRY 嗲声嗲气的样子让米兰觉得有些烦躁。广美这张嘴，嘴上没个把门的还真是没出息。米兰想立马轰她走人。但因为她是 MARRY，跟自己认识了 9 年的 MARRY，米兰没有这么做。

"怎么管？"米兰假装平静地问。

"她赵小曼凭什么这么对我们的刘岸青啊？她以为她家有几个臭钱就可以为所欲为了吗？当年我们若不是看她是真的爱刘岸青，我们怎么可能把刘岸青让给她。现在她怎么能这么对待我们？太狠了，这个女人心太歹毒了。"MARRY 居然哭了。

米兰听出来了，这话里一句一个"我们的刘岸青"，是她心里还没有放下他。是呀，从 9 年前在江城一中的那第一眼，她也许就同时和米兰喜欢上了这同一个男孩。就算是今天她们都没有得到他，但是她们的心里都还有某种责任，就是不能轻易放弃他的责任。今天 MARRY 的哭虽然带着七分的作戏，但是毕竟也还是有那么三分真情的。

"米兰，你应该把刘岸青从赵小曼那里再抢回来，刘岸青应该和你在一起的。"

米兰想，两年前，她是很爱刘岸青，但是发生了这么多的事情之后，她已经没有办法再快乐单纯地和他在一起、有未来了。他们都像是已经受伤了的狮子，他们需要时间疗伤。她相信赵小曼的事情也不是她一个人的责任。刘岸青太颓了，哪个女人都希望自己的男人强大，赵小曼寻求援助，只是因为丢失了女人的安全感。

"你先回去吧。他们的事情得由他们自己解决，别忘了关起门来人家才是真正的夫妻，我们都是门外人。"米兰的最后一句门外人，提醒 MARRY 别做白日梦了。就算是刘岸青和赵小曼真的掰了，还有米兰候补着，她永远是排不上队的备胎。剃头刀子一头热的买卖，算了吧。

"米兰，我真的希望你俩好。其实当初赵小曼和刘岸青好的时候我知道，我曾经看到他们俩在学校的图书馆热吻，但是赵小曼当时求我说不要告诉你。她说，她以后再也不了，我就相信了她。"

米兰想，MARRY 真是可爱，这种男欢女爱的事情从来都是两情相悦，哪有一个巴掌拍得响的道理。她不怪 MARRY，也不怪小曼。她怪命运，是命运注定了她们之间有这样残忍的较量。

赵小曼醒了，这些天她总感觉整个世界昏昏沉沉的，像是要死去一样。她睁开眼睛，刘岸青在厨房做饭！从他们交往开始，刘岸青就从来都没有下过厨房，他总是一副大男子主义蛮不讲理的样子。每次小曼嘟囔他，他就理直气壮地还击，男人要一心钻研学问做事业，怎能天天跟个娘们儿似的围着锅碗瓢盆转。

赵小曼从此就没有再喊他洗过碗，做过饭，就是择菜这样的简单差事也是自力更生。看着刘岸青给自己做的很蹩脚但是很温暖的家常便饭，她就哭了。

刘岸青过来给她擦眼泪，小曼一个劲儿地说："对不起，对不起……"

赵小曼还想说什么，她要告诉他，她其实跟徐子墨之间就是寂寞了，她其实从来都没有想过要跟他分开，她真正爱的人是他，而不是那个老男人。但是，他还会相信她吗？

刘岸青也害怕，害怕她再说早上那句话，害怕她说她喜欢上别的男人了，害怕她再说离婚吧。他已经一无所有了，他不能再丢了这个女人，虽然现在的他们已经千疮百孔，但是总比一个人孤独至死要强。他害怕，他捂住了她的嘴……

"不要说，我都懂，都是我的不是。请你原谅我，不要离开我。"刘岸青像个小孩，他需要赵小曼这样温柔又性感的女人。

赵小曼本来想要告诉刘岸青，让他和米兰复合吧，她不该勾引他。她想要和徐子墨去美国洛杉矶，不是因为爱这个老男人，只是因为不喜欢北京了。北京这个城市就像是个伤城，已经把他们都伤害得伤痕累累。但是，刘岸青的行动和语言让她把这些呼之欲出的话又都咽回到肚子里。

月底了，徐子墨有一周没有赵小曼的消息了，他的作品这次在保利拍卖了不少人民币，他也准备回美国了。他又一次拨通了小曼的电话，被转到了自动语音信箱："我要走了，房子钥匙留在了物业。你想好了，若是想要跟我走，就周末之前告诉我，我订机票。年纪大了，这次走恐怕是以后再也不会回来了。若是选择留下来也没有关系，这栋房子留给你做个纪念吧。"

北京这个城市充满了梦想和希望，但是有时候残酷的现实和青春也可以将人生打击得落花流水。这对有的人来说是座激情四射的城市，但是对有些人来说也是伤心绝望的城堡。

赵小曼听到留言，没有说话，她不知道说什么。她只能说，对不起。

刘岸青在旁边没有说话，若是以前，他一定像是被拔了苗的庄稼，大男子主义地抢过电话来大骂一通。但是现在他没有，因为他发现他比电话那头的那个禽兽还畜生。

接下来的日子，赵小曼像是坐月子的女人，很少下床。除了吃饭和上厕所，她都在床上睡觉，像是要把这辈子的觉全部睡完。有时候她也出去，打扮得花枝招展地去和几个野模蹦迪。25 岁了，有时候有些体力不支，也许真的老了。

刘岸青也不再问她，问她去哪儿，见谁。刘岸青还经常地下厨做饭，越来越投入做个体贴的好丈夫的角色。小曼想，自从结婚，他们的日子就像是被上帝诅咒了，他们的爱也在残酷的现实里一点点地消融掉。晚上，小曼去浴室冲了热水澡。她滴着水的头发没有完全擦拭干，一抹白色的浴巾从胸部一裹就出来了。她踮着脚去卧室放了CD，是莫扎特的《婚礼进行曲》，然后点上了薰衣草精油。

刘岸青听着音乐，就上了楼，闻到了清新淡雅的香气，看着垂涎欲滴的尤物，他的下面马上就有了反应。他走到小曼的身边，用鼻尖抚摸着她的长长的黑头发。

"你擦香水了？"

"好闻吗？"

"想听实话吗？"

"当然。"小曼娇嗔着背过身来。

"没有你自己的味道好闻。"刘岸青开始用唇在小曼的脖颈上游移。好久了，他没有好好地闻闻这个女人的味道了，那么久违。小曼的脖子白皙、没有细纹，身体的每一寸肌肤都像是天鹅绒，柔软光滑，散发着女人特有的肉香。

"我想给你生个孩子。"赵小曼把手伸向了他的下面。刘岸青一把把她扔在了床上。卧室的顶棚是一个长四米宽两米多的椭圆形的天窗镜，镜子的周边是一圈镶嵌着钻石的灯罩。在别人家是钻石恒久远，一颗就破产，但是赵小曼家的钻石却可以用来镶嵌这并不怎么经常用的暗灯的灯罩。

北京香颂的这个200平的大复式是2008年他们结婚的时候，赵天意送给他们的结婚礼物。因为小曼家是做珠宝生意的，所以当时他们家的装修从家具到灯饰很多都是钻石镶嵌的。

当年装修新房的时候，刘岸青一定要卧室的顶棚装修上这样一面镜子。他总能想起米兰昆德拉的小说《生命不能承受之轻》中娜塔莎在托马斯面前的那面镜子来。刘岸青望着镜子中俩扭曲的灵魂，清醒了。

"我还没有做好准备。"

"你需要准备什么？"小曼生气地推开刘岸青。

刘岸青坐起来，他说："我们现在这个样子适合要孩子吗？生了孩子谁带啊？是你会带，还是我会带？我们没有固定的收入，我们连自己都养活不了，怎么养孩子？"

"我们还有房子，在香蜜湾。我们可以把那房子卖了，至少可以卖150万元，那是一个 LOFT。"

"呵呵，是那个禽兽留给你的吗？用那个禽兽的钱来养我们的孩子？那孩子长大了还是一禽兽！"刘岸青说话的语气让赵小曼心口生疼。

她也不想呀，她也想理直气壮地花自己男人挣的钱，不用每次都低三下四地去求赵天意，不用绝望没有出路了就去找徐子墨，但是刘岸青不争气啊。他毕业快3年了，没有作品，也不见朋友，每天在这个大复式的画室里，反锁着自己。他以为自己是路易十六吗？可以不用在乎王国的兴衰，不用在乎自己的吃穿？

"最后，这样混沌下去我们会送上断头台的！"赵小曼说，"这个孩子我会生下来的，我今天没有吃避孕药。"

赵小曼起来清理了一下战场，换了身睡衣就打算睡觉。她是铁了心了要生下这个孩子。

刘岸青说："你就那么肯定你一定会怀上？"

她说："我考验你呢，看把你吓的。"

刘岸青长吁一口气，然后就又想贴过来亲她。

"什么时候学得这么淘气了？"

"刚才你的脸可真的绿了哈！"赵小曼躲开他。

"你为什么不想和我要孩子？你当初选择娶我的时候，难道没有想清楚吗，还是你现在后悔了？现在米兰又回来了，她还在一直等着你，你去找她好了。"

刘岸青何尝不想好好地生个孩子，好好地就这么按部就班地生活。可是，他是个画家，他是需要灵感来生存的物种，他是创造美引领人类灵魂的导师。现在的他像是进了一个迷茫的沼泽地，他走不出来，并且在里面打旋儿，越陷越深。

"再给我一点时间，一切都会好起来，相信我。"

赵小曼背过身去假装睡着了，然后流下了一滴泪。

"你决定了吗?"徐子墨后天就要走了,他给赵小曼发了最后一个信息。

赵小曼感到最近的日子像是在做自由落体,那就加速堕落吧。堕落的惯性继续推着她向下坠落。她又去了迪厅。

现在迪厅里都是些红毛绿女的新新人类,赵小曼在这群孩子中显然已经不合时宜了。灯光摇曳的舞池里人还真多,就跟下饺子似的,孤独的灵魂在拥挤的人群中往往会有种莫名其妙的安全感。小曼正陶醉在梦幻中,一个金鱼眼突然跑过来磨蹭了一下她的身体,他接着贴着她的耳垂想要跟她搭讪。赵小曼一个耳光就扇了过去,其实只能怪那金鱼眼运气不好,碰上了小曼心气儿不顺的时候了。

"你打我?"

"打的就是你,大色狼!"

那个金鱼眼还真是小肚鸡肠,居然和小曼吵了起来。小曼心情更糟糕了,她像一条深海的人鱼,想要游离,但找不到方向……

这个迪厅是一个四层的独栋,地下一层是迪厅,一层是餐厅,二层是 VIP,三层娱乐,四层住宿。也就是说,你只要想玩,在这个地方一条龙到底了。在这个 V

盛行的年代，二层其实就是一对一的豪华小间，并有一个桌球区，旁边有个 80 年代怀旧感觉的水池子，水池子旁边有个人造台阶。大学那会儿，赵小曼和米兰她们几个经常来这里消耗青春。青春在赵小曼的眼睛里是用来消耗的。她的青春是越来越贬值的，模特这个行业就是 20 岁左右的年纪当红，这个时节若是石沉大海了，以后就只能越沉越深了。

小曼恍惚间走上了二楼，这段路程她像是从地狱的十八层重回到人间来。刘岸青和她在这里有了第一次，在这里他们有过地下偷情的刺激。恍惚间短短几年的事情，居然像是上辈子一样遥不可及了……

2007 年夏，刘岸青的作品获了中国美展的入围奖，他们一起又在这里狂欢。那天他们都喝多了，刘岸青去水池旁洗手，赵小曼也过去了，她看到在拐角处居然有一个人造的台阶。

"没有用的东西，为什么要造在这里呢？仅仅是为了好看吗？"小曼举着高脚杯问正在水池旁洗手的岸青。

刘岸青对赵小曼的挑衅一直不是没有感觉，他定睛看着眼前这个尤物，他们去了四楼。四楼是住宿区，并且楼顶有个大露台。那天的小曼得逞了，她俘虏了这个女人们眼中高傲忧郁的王子。如今，同样的地方，同样的露台，人怎么就都变了呢？

刚才在吧台喝了金鱼眼递过来的一杯冰水，小曼的头现在有些微痛。一只手递给她一袋小小的白色透明物。

小曼想："上帝要毁了我吗？真是天意，连上帝都不帮她，向着米兰吗？她明明才是真正爱刘岸青的女人啊？怎么上帝就看不到呢？"

小曼回家就开始吸食，飘飘欲仙的感觉，有点若即若离，有点醉生梦死。接下来的几天里，只要刘岸青不在家，小曼就一个人溜冰。她什么也不愿意去想，饭也慢慢开始吃不下。

接下来，她就开始掉头发，原来浓密的乌发几天下来开始变得稀稀拉拉。刘岸青想小曼是不是得了什么怪病，无精打采的。他带小曼去了医院。

医生说:"你是他什么人?"

刘岸青说:"她是我妻子。"

医生说:"这个女人的心脏、肝、肾、胃、脾、肺都出现了严重的问题。呼吸气息太弱,一点都不像是一个 25 岁女孩了。肝肾几乎没有了造血和循环功能,脾胃功能也已经衰竭。"

刘岸青两眼冒星:"您没有看错病历?她身体一直还算是不错,就是最近一直掉头发而已。噢!最近一周也不怎么吃饭,怎么突然间就五脏都衰竭了呢?医生您再看看,是不是哪里弄错了?"

"你妻子在吸毒,这是我们的检查报告。"

医生的话像是晴天惊雷。

"去戒毒医院吧。"

"什么时候的事?"

"什么什么时候?"

"你是从什么时候开始溜冰毒的?"刘岸青两眼快瞪成了三角形。

"你为什么要这样自甘堕落?我们不是说好了要好好生活的吗?你任性耍小脾气我都可以原谅,但是你吸毒我接受不了。"

小曼哭成了一张白纸。她和刘岸青就这样掰了。

刘岸青一个人把自己锁在画室里。他觉得如果真有上帝的话,那么现在上帝是睡着了吗,还是上帝也病了?如果说两年前他和赵小曼犯了一个错误,但是现在上帝的惩罚也应该结束了吧?难道非要殉情吗?

地上的烟屁股歪歪扭扭,就像是刘岸青此刻扭曲变形了的灵魂。

刘岸青躲在屋子里把房间的窗帘都拉得严严实实的,他现在怕光,哪怕是窗帘的一丁点白光透过窗帘缝儿洒进来,他就马上去把窗帘再拉好。也就是不到 3 年前,他还是一个天之骄子一样耀眼的阳光大男孩,现在却像是社会的阴暗面一样见

不得光。他看安部公房的《砂之女》，感觉自己像是男主角一样掉在了一个封闭木屋，不停地攀爬却总也爬不出那个流沙一样的旋涡。看宫崎润一郎的《春琴抄》，听左小祖咒的歌，人在心情不爽的时候，就容易看这些同类的作品，像是物以类聚一般。

刘岸青翻开了《通往加勒比西亚的桥》，这是米兰在他生日的时候给他的生日礼物，她说这里面的主人公跟他们俩好像啊！其实，这本书他一直都没有看，他不爱看书，而米兰爱书，也爱读书，这点上他们的价值观也严重地不统一。

小曼就像是那朵娇艳欲滴让男人欲罢不能的红玫瑰，而米兰是高贵典雅的白玫瑰。刘岸青想，曾经他像顾城一样拥有英子和妻子两个世界上最爱自己的女人，那最后他的结局是不是也应该像顾城一样鸡飞蛋打，最后自缢呢？

家里只有米兰的一张照片，是她和他在 2005 年夏去西藏的时候拍的。在雪顿节上，在临时搭建的帐篷里，他们一起等待大昭寺晒佛的时候，米兰在地上席地摆好了好吃的西藏酸奶。当地的藏民说，雪在藏语中就是酸奶的意思。

西藏对米兰和刘岸青来说是一个天堂，他们俩在大学的时候曾经去过 3 次，那是唯一一个去了还想去的地方。

"为什么总有遗憾？"米兰问刘岸青。

刘答："不遗憾无法体味幸福。"

米说："为什么下雪总是在不经意的夜晚？"

刘答："不经意的时候人们总是会错过许多真正的美丽。"

在西藏雪域高原的那片蓝天下，他们曾经在天使湖纳木错许下他们爱的誓言，然而所有的誓言都随着照片中米兰的笑容定格了。

三天了，刘岸青在画室里，他感觉自己已经死去了，他需要重生。

在这个世界上，他现在是死去还是活着，其实没有一个人真正地在意了，除了他自己。

他收拾好行李，想要流浪，只带上简单的一张法国经典歌曲的 CD 和米兰留给她唯一的一张照片。CD里面有《我的名字叫伊莲》《法国香颂》等，在米兰去法国的这两年里，他就是靠听这张法国专辑来打发时间的。2008年他决定要在望京西的北京香颂和小曼结婚，而没有选择它隔壁的银领国际，也是因为"北京香颂"名字中有脱胎于法语的"香颂"。

桌子上有一纸"遗书"是刘岸青写给小曼的"遗言"。

曼：

　　我走了，还没有想好去哪儿，可能是新疆，因为那里有很多美女。虽然我现在对美女已经失去了免疫力，但是终究是看了养眼可以健康长寿的事情，再就是考虑到那里有肉汁可以让手指头黏在一起的哈密瓜和吐鲁番葡萄。我还是改变不了我的脾气，爱美食爱美人。原谅我的自私，这样子的生活让我的神经已经崩溃，我不再奢望你还能留在我的身边。

　　也可能会去丽江。2008年我们的蜜月在丽江古城的那些回忆都刻在了我的骨头上，流淌在了我的血液里。记忆这玩意儿就像是天空的那朵白云，遥远模糊但是美好。

　　美好的日子啊，为什么这么短暂？眼下的生活像是已经被拔掉了刺的刺猬，千疮百孔的，血肉模糊中带着快要麻木的疼。

　　也可能是西藏，一个你说是牲口才去的地方，但是那里对我来说却是天堂。你的心脏不好，不能适应高原反应，真是遗憾。亲爱的，你知道我是多么喜欢那片蓝天啊，这才是人间的天堂，人间与天堂最近的地方。那是我唯一一个去了还想去，走了还想来的地方。

　　曼，不要怨恨我，我真的努力过。也许我们的相遇就是一份孽缘，那样不太光明地开始，也应该这样不太完美地结束。你好好配合大夫治疗，然后跟那个男人走吧，去美国，去一个新鲜的地方，开始新鲜的生活。

　　我们都太久没有好好呼吸了，呼吸和挑毛病是这个世界上最容易的事情，但是

第五章　拯救堕落

我们连最容易的事情都没有学会。所以一直以来，我们俩像是保温箱里早产的婴儿一样，免疫力太差，挑食已经让我们营养不良了。

好了，不说了。其实想说的话太多，好久没有和你聊天了，都不知道要先捡哪头说。千言万语如今真的只能无语了。

珍重，姐姐。

青

写完这些话，刘岸青居然泪流满面起来，居然有种人之将死的感觉。男人过了三十，就感觉像是女人过了二十五，恍惚间就老气横秋了，感觉懵懵懂懂地像是到了晚年，突然间就大彻大悟了起来。

他走到房间里的那个橘红色的试衣镜前，9年前江城一中的那个穿着草绿色格子衬衣的阳光大男孩真的成了相片儿中的人像了，如今自己的面孔甚至自己看着都陌生了。又下雪了，片片飞舞的精灵，像是在挥手与他送别。

早上七点，刘岸青坐在了首都机场的候机室，候机楼上空的扬声器中缓缓流出罗大佑的歌《光阴的故事》："发黄的相片古老的信，以及褪色的圣诞卡，年轻时为你写的歌，恐怕你早已忘了吧……流水它带走光阴的故事，改变了三个人，就在那多愁善感的初次……流泪的青春，遥远的路程昨日的梦，以及远去的笑声……"

记忆是个漏斗一样的盒子，过滤不下去的都是曾经大哭或是大笑过的碎片。里面有三个女人：米兰、MARRY，还有妻子小曼。现在他都要丢了，连漏斗一起丢。

飞机的终点是拉萨，下了飞机才感受到高海拔的咄咄逼人。刘岸青调整了一下呼吸，打车去了唐卡酒店。一天的车马奔波终于可以舒舒服服地休息一下了，刘岸青到了房间把行李往床上一扔就去了浴室。身体像是衣服一样，是需要经常洗洗的。

噢！米兰还有一个习惯就是必须要天天洗澡，刘岸青总是觉得只要不招虱子不就得了嘛，干吗要让皮肤遭那罪？皮肤若是也会说话就好了，米兰的皮肤一定早就抗议了。忽然想起以前他们的聊天内容觉得好玩得不得了，又一想现在没人管的自由真是爽极了。

"叮铃铃，叮铃铃……"

他擦了身子，去猫眼里看外面的人。

门外站着一个女生，整得跟女作家三毛似的，留着女王中分头，齐腰的俩文艺大麻花辫子，不施粉黛的脸，一袭红色的呢绒大衣，里面也是红得像火一样的铁锈红羊毛衫。

"这个女人？"

他问："你是谁？"

"一个朋友。"

刘岸青努力地刷新自己的记忆，生怕遗漏了在哪里见过这样一个像是丁香花一样脱俗的姑娘，最后确定自己是没有见过的。

他说："我不认识你，你走错房间了吧！"

"还记得你在飞机上的《瓦尔登湖》吗？"

刘岸青这才赶紧去翻旅行背包，IPHONE、IPAD，还有佳能 5D Ⅲ 都还健在，还有几本以前米兰送给他的书《麦田的守望者》《通往加勒比西亚的桥》……

"噢！该死！"

《瓦尔登湖》不翼而飞了，是自己落在机场了吗？

刘岸青开了门！姑娘手里拿着他的《瓦尔登湖》。他有些尴尬，因为自己的身上还在滴着刚才没有擦拭干的水珠，他有些不好意思，又披了件外套。

"你是诗人？"

这句话就让刘岸青有些不知所措。诗人在他眼里是崇高的，像是哲学家一样。国外的康德、尼采、叔本华、柏拉图啊，国内的海子啊、徐志摩啊、顾城啊，总之

第五章　拯救堕落

哪个人都是他的偶像，这些人在刘岸青的灵魂高处就像是毛爷爷一样的神。

刘岸青想："已经枯瘦如柴、不修边幅的自己在这个脱俗的女孩眼里原来还这么伟大。"他喝了口苏打水，压制了一下自己的兴奋和紧张。

"我有那么颓吗？"

"在首都机场的时候我就注意你了，我感觉在像是蚂蚁搬家一样的首都机场，你是最与众不同的一个人。"

直言不讳让刘岸青倒是有些害羞了。那天他们在一起聊了很多，25岁的北京姑娘，17岁去了欧洲最自由的国度荷兰留学，之后就一直做旅游编辑。年纪轻轻的她，在地球上的两百多个国家，一大半都有她的脚印了。这个特立独行的丫头片子自称真正的身份是堕落派诗人，笔名是"梦摇"。

"为什么叫梦摇？"

刘岸青懂她们这些诗人、作家都爱整个笔名，也一般都有个与笔名有关的故事。

刘岸青想："这样一个对人生意义探索不止的女孩，背后一定也有个像史诗一样的故事。"

"人生如梦，摇曳无依。"

"好一个人生如梦，摇曳无依！我叫刘岸青。如果你是堕落派诗人的话，那我的真实身份就是流浪派画家！"

刘岸青觉得跟这种女人聊天真好，没有负担，整个心像是飘到了这片高原的上空，顿时感觉像是脱了缰的野马。自由真好！

"你是画家？"

女孩的眼睛瞪得圆鼓鼓的，像是电影中的龙猫。

"嗯哼。"

"那你以后可以教我画画吗？"

"嗯哼。只要你愿意。"

"我当然愿意！梅子，崔陈梅子。很高兴认识你！"

"你的名字像是个日本名字，川端康成，村上春树，你的真名字就像是个笔名。"

"呵呵，我是1985年产的正宗的北京丫头片子一枚，本想出口转内销，可是最终没贴好标签，所以一直也是半红不紫的。现在圈子里提起梦摇来，大部分人都以为是《摇啊摇，摇到外婆桥》中的小金宝。有时候我想现代人的想象力真是天马行空，这个笔名让人第一感觉居然是联想到一只被阔老爷包养的金丝雀。一度想过要改名字，但是出道多年了，发现已经不能改动。就像是明明是自己的一张脸，突然间换了别的就感觉像是一张面具了。"

真实的东西有时候有瑕疵，甚至是丑陋，那也比那漂亮得像泡沫一样的假货要实在些。

刘岸青从来没有跟这么深刻的女人一起聊过天，感觉像是把自己已经烂成一摊泥一样的脑袋丢进水缸里揉了几下，再提溜出来，一下子清澈干净了不少，恍惚间居然有种茅塞顿开、大彻大悟的灵动。

"梅子小姐，你为什么来西藏？"

刘岸青一本正经地问这个口若悬河的姑娘。

"因为它！"

梅子指了指怀里梭罗的《瓦尔登湖》。

"就是一本书？"刘岸青不解。

这本书是上大学的时候，一次他和米兰一起去地坛书市，米兰买的。那时候米兰嘱托他一定要看看。她其实喜欢过书中这样的生活，而不是一定要经商致富，或是做什么有钱人或是有权势的官太太。米兰她只要简简单单的快乐。那时候米兰还转过她那楚楚动人的脸来告诉刘岸青，快乐其实很简单！

刘岸青文化课不好，他也从来就不爱看书，像是《乌龙院》一样对他有点吸引力的还能勉强地凑合着读读，并且还是漫画性质的。哪怕是世界名著在他的眼里都像是古板而没有情趣的老女人，像字典一样实在是无趣。

但是现在不一样了，他想要看书。他想看看米兰曾经心驰神往的是什么样的生活。可是他还没有看多少就把书丢了，看来真的不是真正爱书的人。

"这不是一本普通的书。"梅子若有所思的样子像是有个长长的故事要讲。

"难不成它比《圣经》还神圣？"刘岸青在心里反问。其实就连《圣经》他也从来都没有读过，他不信神，不信上帝，曾经他还信自己，如今他觉得自己也不可靠，他已经是个彻头彻尾的无信仰者。

"那它是什么书？"刘岸青问梅子。

"你知道 1989 年 3 月 26 日是什么日子吗？"

刘岸青想自己那时候才 8 岁，虽然看到了这个并不是很美好的世界的很多美好的色彩，听到了乡下的百灵鸟和乌鸦的叫声，但是，他还是想不起那天到底是怎样的一天来。

"那天是什么日子？"他问梅子。

"那天是我的偶像海子卧轨自杀的日子，他走的时候身边就带着两本书，其中一本就是梭罗的《瓦尔登湖》，徐迟译本。"

"徐迟也是我的偶像，他是 82 岁梦游从窗户跳楼坠落而死的。"

这些不是自杀就是梦游的作家逸事听得刘岸青有些毛骨悚然。在外人看来，他虽然是个异端一样的人类，但是他知道自己还是心理承受底线正常的一个正常男人，一个见了美女会六神无主，30 岁血气方刚的男人。见了美女他也不能坐怀不乱，但是听着这样一个神神道道的女人不停地说些不合时宜的话，穿着也这样不合时宜，像是从民国时候走出来的富家大小姐，刘岸青有些害怕，他感觉梅子有些像是李碧华《胭脂扣》中的如花。

他说："你不会是从下面上来的吧？"

梅子全然不听他的疑问，开始走火入魔一样地吟诵海子的诗："梭罗这人有脑子，像鱼有水，鸟有翅，云彩有天空……"

送走了这个女人，刘岸青想明天一早就走，不再和这个女人联系。从考美院考了六年才考上，他就明白了一件事情，就是宿命。有时候人生努力是一回事儿，而宿命才是真正的问题。他相信宿命，他已经够堕落、够摇曳了，而这个叫梦摇的女人只会像小曼一样加速他的毁灭。也许注定了他就是一个孤独的人，女人只会将他引向毁灭。

"你好！真巧！"

刘岸青这次的旅行是想要流浪着给自己找个新家的，他结婚后这些年基本上不与外界联系，语言也基本上有些障碍了。他忽然想起上大学的时候曾经和米兰去普兰的一个藏民小学支教过几天，那个陈校长当时还跟他喝了不少的青稞酒。

"又是你！你怎么会来这里？"刘岸青边收拾房间边假装不在意地问梅子。

"我怎么就不能来这里呢？这里的陈校长是我的一个老朋友！不要忘了，我可是职业旅行流浪者，西藏我已经来过 14 次了，这次我是打算来西藏定居的。"

"天啊！这个世界到底有多小，怎么转来转去就还是这几个人，不是抬头见，就是低头见的，活见鬼了！"

无奈刘岸青现在是寄人篱下，他也只能就这样先忍气吞声下来。

刘岸青教美术，梅子教语文，梦想小学里一天就来了俩又年轻又有文化长得还都养眼的老师。孩子们乐得炸了锅，每个孩子脸上都笑出朵花儿来。

陈校长也乐得合不拢嘴的，说："现在的年轻人都太物质了，不愿意到这偏远的小地方来。当年我也是大学毕业了来西藏支援西部大开发，90 年代，那个时候我就一腔热血地响应祖国的号召来了。这一来就 20 多年过去了，如今整个人像是一棵树一样已经在西藏扎根，不愿意再挪窝了。"

"您不是藏族人？"刘岸青明知故问已经被藏化了的陈校长和夫人。他们的脸长期在高原已经有了传说中的高原红。

"我们是纳西之子。呵呵，我们老家是美丽传说一样的丽江古城。"

这不由得又勾起了刘岸青和赵小曼在丽江度蜜月的日子。

他问陈校长："那你有些年头没有回老家看看了吧，家里还有什么亲人吗？什么时候想回去了，我跟您一起回去看看吧，那个城市让人很有灵感。"

"父母已经不在了，不过叔伯都还在。再过几天就是我母亲的十年祭日了。好，就这么定了，我们一起去古城。"

其实刘岸青是想到时候就在古城不回西藏了，他这趟西藏之旅认识的这个女人气场太强大，他有些喘不过气来。他暗暗准备好了所有的行李，就不打算回来了。

赵小曼看到了信，把信撕得粉碎。徐子墨走了，刘岸青也走了，她在最孤独的时候一个人在医院里。医院的小护士很是机灵，一看她没人照顾，就经常去跟小曼聊天。广美也经常去看看她，MARRY 也经常拎些水果来。米兰知道了情况，为避嫌，就让广美把些补品什么的代她送过去。

她不爱说话，变得更加自闭，有时候根本就不愿意配合医生的治疗。小护士跟广美打小报告，说最近她病情更厉害了。以前跟她讲话她还能静下来听别人讲话，现在心烦意乱地老想摔东西。

广美进去的时候，她就刚好摔了小护士送她的万年青盆栽。医院里消毒水的味道太重，广美带了一束百合。赵小曼突然想起了她和刘岸青第一次在酒吧的二层VIP 的约会，他就是送了她这样一束纯纯的百合。

小曼发疯一样从广美怀中抢过那束百合，然后不停地踩。广美气得甩门而去。

"真是太不珍惜自己了，就这样作践自己，真是无药可救了。"

那是怎样一个病入膏肓的日子啊。

广美找米兰，米兰居然也病倒了。

最近的北京时装周，徐敏已经把 ROSE 黑的广告声势造得像是新闻联播一样全民皆知。现在所有圈内的大牛都在瞪着俩眼珠子眼巴巴地等着看他们的品牌力作，而米兰最近的力不从心让所有准备有些赶鸭子上架的无奈。这像极了已经夸下海口的厨师列出了长长的菜品单子，但是却又站在厨房里束手无策一样的恐慌。压碎一个人的头骨大约需要 500 英磅的力气，而一个人的神经却脆弱得多。米兰病了。

米兰因为两天没有下床了，可能脑袋血液循环不畅，像是供不上营养一样地昏昏沉沉的。自己的作品还没有公布，各种小灵通一样的剧透文章已经在网上传得沸沸扬扬，就连米兰和刘岸青的那些陈年旧事居然也公布在网上被大家围观。

"现在的人都拥有特异功能吗？可以潜伏到人脑电波中破译思维的语言吗？"米兰想。

米兰的人生才刚开始呢，网上像是传奇一生的传记回忆录一样的文章就有了：《ROSE 黑帝国女王秘密情史》。现在的年轻人都是什么口味，只要是贴着私密或是色情标签的文章，不管是三俗还是十八禁什么的，网络的点击和转载率都让人喷血。米兰干脆关了手机。

徐敏和万国梁进来了，米兰不想说话。本来只是让他们做推广，却让 ROSE 黑的绯闻如今闹得满城风雨。用她以前的"风流韵事"来做噱头，太让米兰恶心。其实米兰根本就没有什么值得无聊分子饭后作为谈资的八卦，倒是关于小曼和刘岸青的爆料，给她的传奇故事"增色"不少。

小曼，天意珠宝未来继承人居然在戒毒医院，而丈夫还逃离流浪了，而这都是因为这个 ROSE 黑的女人米兰。

米兰真是百口难辩，一个字，冤！她若是真有让满世界的人都围着自己转的本事，她当年就不用一个人孤零零地去法国了。她都好久没有见到刘岸青了，甚至他现在人在哪里她都不知道。

米兰问徐敏："你们学新闻的最懂得一个词是不是以少胜多、四两拨千斤？"

徐敏心里想："米总，这是两个词。"

米兰前后矛盾没有逻辑的话，明显话里有话，徐敏知道她和赵子民的这个宣传推广做过了。

她说："不管怎么说，现在我们的 ROSE 黑已经在圈里引起了一阵黑色的旋风，虽然大家都还没有看到我们惊艳的作品，但是大家都在翘首以盼了。米总，宣传推广就是这样的，当明星就要做到无论什么时候到一个新的环境里，都能让大家一眼就认出我们来！在这个信息量爆炸的年代，只有非正常的人＋非正常的事才能推出爆炸性的轰动新闻。米总，我们必须为了目标付出应有的代价！"

第五章　拯救堕落

"大家都盼的是等着我们 ROSE 黑出丑吧，所有的竞争者都在等着抓我们的小尾巴呢。代价？代价就是满世界地招摇我米兰是一个抢人老公并且私生活糜烂的女人吗？你们太幼稚了，这个世界虽然不像我们期待的那样完美，但是它的运行规则一定不是靠你们说的这样脑残的逻辑。"

"米总！"徐敏好像意识到了问题的严重性，她刚要说什么，却被米兰挡了回去。

"好了，你们先回去吧。"

广美像是一根木头一样杵在原地，她想："今天一定是命盘出轨，出门撞哪都是灰头土脸的"。

"米兰，你知不知道刘岸青去了哪里？现在小曼在医院快疯了，刘岸青走的时候就留下了一封信，这个男人太不靠谱了。"

米兰正被这些莫须有的八卦新闻缠身，大家好像每个人都在翘首以待，但是大家期待的不是他们伟大的作品，而是等着看他们是怎么光打雷不下雨，雷声大雨点小。

米兰虽然有在法国的 7000 多张设计稿，但是因为最近实在是太忙了，所以大部分作品还是万国梁来准备的。米兰怕这横空出世的第一拳万一踩空了，以后翻身就更难了。做品牌尤其在意的就是声誉。所以，每个设计师、每个企业家都像是鸟儿爱惜羽毛一样地爱惜自己的声誉，而现在北京城里大街小巷都在谈论她那莫须有的私生活吧。

她有些理解了那些明星的无奈，其实有一件事情非常地恐怖，就是到底那些娱乐记者是怎么知道得这么详细的。她的那些青春的记忆甚至有些自己都记不清楚了，这些八卦记者居然还能翻了个底儿朝天！

徐敏负责做这次推广策划。米兰纳闷："本来是 ROSE 黑的品牌推广会，怎么弄成了她的隐私大揭秘了，徐敏又是怎么知道自己的那些往事的呢？万国梁？也不可能。小时候妈妈就跟自己说，商场如战场，如今算是体会到了。可就是琢磨不明白到底这些消息是从谁嘴里说出来的呢？"

"MARRY？"

米兰想了想只有 MARRY 最了解详情，对自己知根知底，但是她应该不会做这样无聊的事情吧，对她有什么好处呢？再说她最近刚办了新杂志，应该在四处拉拢资源以防止到时候脱刊才对。不是她。

"刘岸青？这个男人为什么要害自己呢？人心隔肚皮，他是不是最近因为太自闭了，所以脑子也憋屈坏了。"米兰想。

"不能，他这个人虽然没有什么大出息，但是关键时候特别有原则，这样伤害自己的事情，就是到了下辈子他也干不出来！不是他。""广美吗？"她看了一眼正在给自己削苹果的广美。她的眼睛还是像刚毕业的时候那样清澈单纯，她是这三个姐妹中与自己距离最近的那个，不可能！

"我是怎么了？"米兰有些神经混乱，"自己从什么时候开始变得这么脆弱，谁都不相信了？到底是什么人在我背后捅黑刀子呢？"

米兰问："刘岸青走的时候留下的信上说什么了？"

广美说："小曼没有提，就说只有一封信，但是我感觉肯定是诀别书加忏悔录一样的离别书或是休书吧，不然小曼怎么会这么绝望。女人选错了男人就选错了后半生，其实你当初没有和刘岸青在一起也未必不是什么好事情。"

米兰："你就知道站在一旁说些风凉话。说说你吧，毕业都有一段时间了，你还在美院继续读博啊？"

"嗯。不读博我还能做什么呢？"

"你说，人家研究原子弹的学问深，读个博士、博士后什么的，你个小石匠也学人家文化人弄个博士学位摆着看吗？"米兰挖苦广美得到了一丝快感，脸上开始露出了点病态中的笑容。

"这你就不懂了，当年我爹是留洋的大学生，所以就在美院当了教授，那我要子承父业，现在我们就进化成留洋的研究生或是国内的博士才可以的。你们这些做衣服的裁缝，你说你也贴着个留法海龟的大标签有用吗？还搞什么新闻发布会，北京时装周、巴黎时装周的，还不是忽悠着媒体让有钱人看看你们的那几块变着花样的布，然后到时候好给你们多扔几个散发着铜臭味的人民币？"

"噢！看你那小德行！几天不见还真的如隔三秋了！有点 MARRY 的感觉了，舌战水平已经脱离地平线水平了啊！"

"可是最近 MARRY 在忙些什么呢？"米兰试图打探一下这个丫头的消息。

"她？她最近不是刚弄了《MO 圈》嘛，整个办公室找了一群刚毕业的毛孩子，天天抱着电话给艺术家们打电话呢。我一进她们办公室就脑袋嗡嗡的，这不是催着跟那些大学教授说'拿钱来'嘛！她以为大学老师都多有钱呢，一页广告你知道她们杂志要多少？封面十万，封底四万，内页五千，内页跨页八千。人家小姑娘特敬业，也特专业，还跟你说这封二封三多少钱，然后第一跨页多少钱，第二跨页多少钱。我说什么是第一跨页，人家就慢条斯理地跟我解释。估计她们心里都乐傻了吧，什么大学老师，居然连这种简单的常识都不懂！她们还真敢要，这不是抢劫吗？还真以为我们这些不入流的艺术家是暴发户呢？"

"人家就是这个档次，国家一级刊物，并且还挂着专业期刊，怎么自己的姐妹儿赚点钱你就这么一大肚子的火气呢？"

"唉，你是没有接到她们杂志社的那些毛孩子的电话啊！接到我保准儿你也得崩盘！"

"怎么啦？人家还能对你性骚扰啊？"

"差不多！他们就像是没事做的无聊分子，若是盯上你了吧，隔着不到三五分钟就一通电话，电话前几天都打爆了。MARRY 带出来的兵，我算是体会到了，要知道从来都没有接电话接到关机过。问题是那些毛孩子好像经过专门训练了一样，他们说话不说主题，总是跟你绕圈子。我接了半天电话，都是套近乎的，你还不好意思挂电话。最后，我说，还有事情吗？没事就先挂了。人家这才着急跟你点正题。"

"你怎么回的人家啊？"

"我就说，你们马总是我朋友，我找她亲自谈发表作品的事情吧！那头的毛孩子的脸我是看不到，我估计脸都耷拉到脚背了吧！"

"哈哈哈！"

"回头我就跟 MARRY 说，必须在社里给下个通告，韩广美的电话和名字上黑名单，此人不能碰！"

第六章
左膀右臂

    北京时装周如期而至，这短短的一个月，米兰有些紧张，但是真正开始了也就没有任何不适的感觉了。这像是小时候的赛跑比赛，比赛没有开始的时候总是担心害怕，万一有人挤掉自己摔倒了怎么办，万一在起跑线就磕倒了怎么办，总是在比赛开始前心脏几乎要飞出来。因为害怕输，所以紧张。

    这次为期一周的时装周，专场发布、新闻发布、论坛讲座等专业活动40多项，来自国内外的品牌达150多家，有22位中外著名设计师，100多位设计和模特新秀，23场时装发布。

    "那个人是我同学！"时装秀上，坐在米兰旁边的万国梁凑过来跟她说。

    米兰说："你说什么？"

    万国梁说："我喜欢的动感小天后一会儿就出场了！"

    小天后给现场带来了一场激情澎湃的热力表演。被国内外多个大牌、杂志所宠爱的时尚女王今天看上去也是足够具有国际范儿，上座的明星个个看着都眼熟，只是真人比杂志上的照片都好像小了一号。

    徐敏说："那个明星怎么那么矮？"

万国梁说："明星又不是巨人，你以为他们都是靠身高吃饭的啊？我上次坐飞机头等舱还遇到了一个，那家伙居然又黑又矮，让我直佩服现在化妆师和摄影师的功力确实了得。"

徐敏虽然一直在媒体圈子里混，但是之前都是传统的报社和出版社，对时尚圈子没有怎么接触过，想到自己刚才的语出惊人，脸一下子就红到了脖子根儿。

米兰说："我们的作品是排在哪里？"

万国梁说："压轴。"

"这么好的出场顺序？"

"像这种服装界的盛会，我们内行人看门道，他们这些外行人都也只能看热闹了。我们担心我们的作品到时候被误读！手心儿都湿了。"

米兰还是有些紧张，万国梁看出了米兰的心思，并且她刚刚大病初愈。

他说："要不你先回去休息一会儿，你就等着看现场报道吧。"

米兰说："我怎么总感觉心里惴惴不安的呢？最近总是莫名其妙的，时装周的事情还没有开始，我就开始担心明年开春儿的'中意时尚峰会'了，最近压力大得根本睡不着。"

万国梁说："放心吧，我懂。这次我是做了万全的准备的，我把我在清华的那些时尚品牌策划的资源全端出来了，就是以后江郎才尽了，也不能让这次出丑。他们想看我们 ROSE 黑出丑，那是需要耐心和勇气的。"

米兰说："谢谢你，最近的事情都多亏了你和徐敏。"

米兰看着痴痴傻笑的万国梁就又不由自主地想起了潘忠良来，她想等以后时机成熟了，就要带着他去八宝山看他。

米兰的 ROSE 黑上场了，万国梁这次做的系列作品叫作《米兰的春天》，这些作品把女人的美诠释得仪态万千。这些薄衫红裳把米兰看得都呆了。

"这都是你自己设计的作品吗？"米兰问万国梁。

"嗯哼。"

"你是怎么做到的？太震撼了。"

"我早就说过啊，我最擅长的其实不是服装品牌策划而是服装设计啊！只要真正'你想要'的时候，你就会'致力于'。"

"你怎么可以这么完美？"米兰一直觉得自己的那些设计图纸珍贵，不舍得拿出来，如今看是没有必要拿出来了，因为万国梁的设计作品已经压在了她的上面，拿出来也是班门弄斧自讨没趣。

"难道是天意？"

"嗯？"万国梁不懂米兰在说什么。

徐敏也觉得万国梁这次必定能在圈内引起不小的轰动，不，应该说是 ROSE 黑，ROSE 黑没有让大家失望。

"大梁，你了不起！"

"这没有什么，我的毕业论文是《把眼球扔到国际上去》，当时这篇文章在服装报上连续登载了一个季度。"

"那么说，你是天才？"

"天才？"

"爱迪生是天才吗？哪有什么天才？有的话也是在艰苦的生活和汗水中磨炼出来的。"

"你相信天意吗？"万国梁转过头来望着一脸迷茫的徐敏。这个丫头总是一副励志姐的样子，让人看着像个爷们儿毫无怜香惜玉的冲动。

"相信。你呢？"

"我也相信。"

"赵子民？"

米兰感受到有个人拍了一下自己，后头一看是赵子民。

"好久不见，米兰小姐。"

这个快要腐朽的男人脸上的肉都是令人讨厌地横着长的。

"怎么回事？在这样时尚的圈子里，他怎么会跳出来？"米兰心里正在七上八下地打鼓。

"赵主编。"徐敏的热情招呼喊得米兰有些心惊肉跳。

米兰开始又想到了前几天的那些八卦新闻不会与这个人有关吧，心里正琢磨着，赵子民又狗皮膏药一样地贴过来了。

"米小姐最近可好？"

"不劳赵主编挂念，最近还算顺利。只是这样的时装盛会不知道赵主编怎么有闲情逸致来散心？"

米兰的话带着棱角，赵子民的脸一下子就晴转多云。米兰有些害怕这个男人，因为她感觉这个人太危险。做生意的不怕失败、不怕亏本，但是怕偷怕抢怕小人。她不明白这个人老像幽灵一样的阴魂不散，到底是想要干什么。

"米兰小姐最近可是消瘦了不少啊！比初次见面在'音乐之声'的时候简直是瘦了整整一圈。不过女人还是瘦了才更楚楚动人，男人更有保护的欲望。"

米兰正要离开，赵子民拿出一个牛皮纸的档案袋。

"这是什么？"米兰问。

"你自己看看就知道了。"

赵子民把档案袋推过来，米兰接的时候，他的手指触碰了米兰一下。米兰触电一样地缩回手来。

赵子民舔了舔嘴唇，心想："就喜欢你这装正经的小样儿！看吧，看完了你不跪在地上求我才怪！"

原来是两篇稿子：《ROSE 黑帝国女王背后的男人——狠心抛弃 9 年男友，毛遂老人为干爹》《ROSE 黑的女王手腕——时尚策划才俊为其抛家舍业变卖品牌》。

米兰的后背都出汗了。她不能让这个男人得逞。

"原来是你！"

赵子民没有说话。

"你想怎样？"

第六章　左膀右臂

"其实，我就想借用米兰小姐几个晚上。我希望你能陪我去国外度个小假，就那么短短的一个小假就行。其实我是给过米兰小姐机会的，就是你们上次搞期刊合作的时候。我说米兰小姐你是不需要出钱的，而你非要坚持自己的原则，那就坚持吧，但是我想让你知道一个道理。"

"什么道理？"米兰只恨自己身边没有个剪子、菜刀什么的，不然的话非一刀剪了他不可！

"我只是想让米兰小姐知道一句中国老话：姜还是老的辣。"

米兰已经听不下去了，她假装去洗手间，给 MARRY 打了电话。

"喂？"

"MARRY，你有没有那个叫什么白玉琼的女人的电话？就是在'音乐之声'的时候，你给我引见过的那个女人。"

"怎么啦？"

"现在那个狗皮膏药又来时装周了。我真是不懂了，他这老阴魂不散的到底是想干什么？"

白玉琼与赵子民的感情虽然没有了，但是她还没有打算跟他离婚。离婚对女人来说，永远都是不占什么优势的事情。果然不出米兰的判断，白玉琼接到米兰的电话就来了。

赵子民用脚指头都想不到去洗手间的是米兰，走出来的却是白玉琼，两个女人二十几分钟的工夫就给他整了一出偷梁换柱、大变活人。

这次的时装周《米兰的春天》火了。米兰欠万国梁的情又多了一份。白天的时候，赵子民的稿子米兰虽然没有仔细看，但是一想到这样的稿子若是随着《米兰的春天》一起做新闻报道的话，那一定是徐敏所说的轰动性爆炸新闻，足以吸引所有人的眼球过来。

想起这些，米兰的后背就一阵虚汗。

"米总，你不舒服吗？"徐敏问米兰。

"没有。"

"那您的脸色怎么那么苍白呢？"

"是因为身体还没有痊愈吧。"

发布会非常成功。

米兰说："我们一起去餐厅聚餐吧。"

他们晚上去了三里屯的餐厅。徐敏看着那天蓝色的梦幻门脸一时间走了神儿。虽然自己来北京有7个年头了，但是这种场合第一次进。跟米总这样的人吃一顿饭就能长不少见识。

上次是去塞纳河吃法国大餐，算是了解了法国人的精细和考究，这次是吃异域风情的大餐，徐敏总感觉自己像是一个乡巴佬一样。

他们进去的时候里面刚好有惹火的姑娘在跳舞，背景音乐是异域风的撩人歌曲。整个大厅全部用金色的沙雕组成，螺旋形的墙壁，镂空的拱形吊棚配上晶莹剔透的水晶吊灯，还有角落里不经意摆放的小饰品。

徐敏说："米总，您会不会跳肚皮舞，改天我带您一起去四惠的肚皮舞俱乐部跳肚皮舞吧！"

米兰这才想起来自己前几天办的俱乐部的健身卡一直闲置在家，自己这次病倒精神压力大是一方面，还有就是自己太久没有好好锻炼身体了，什么身板儿也扛不住这压力。"好呀！刚好我们俩可以相互督促呢。"

"就是，你得好好塑塑你的S身材。现在的男人都是上半身视觉，下半身禽兽。有米总这种天生丽质也行，相貌平平的女人还在天天死拼事业，最是没救喽！"万国梁玩世不恭地说着风凉话。

徐敏请求米兰利用职权采取打压政策，米兰就乐呵着当和事佬装好人。

米兰说："你们两个呀，就是我的左膀右臂。北京时装周这最让我寝食难安的一周我们算是熬过去了，不过，我现在告诉你们，打江山容易守江山难。现在我们顺风顺水的，有多少竞争对手对我们虎视眈眈啊。香奈儿那句话是怎么说的来着，

第六章 左膀右臂

要想不可取代，就要与众不同！"

"来，让我们为 ROSE 黑的特立独行干杯！干杯！"

"这次的时装周，我这个领头羊很惭愧，推广宣传的时候都是徐敏在忙里忙外，设计和作品还有财务都是万国梁在帮我撑着。我在关键的时候却病了，我自罚一杯！"

说着说着，米兰回忆起这快一年的路居然忍不住掉下泪来。她心里苦啊，这是怎样翻雨覆云的一年啊，她居然摸爬滚打地过来了。

"米总，你是不是有什么事情啊？"徐敏问她。

"徐敏，你跟我说说，你私下里有没有跟你以前的赵主编有过私下交易？这个人我建议你以后不要再联系，不要问为什么，我怕他会毁了我们 ROSE 黑。"

"有那么严重吗？"徐敏显然是有些心虚了，说话开始底气不足。她想："米兰不会是知道了赵子民给我钱的事情了吧？"

徐敏刚在通州买了套两室一厅，每月还房贷四千多，她有些吃不消了。老家的妈妈身体也不好，她打算多攒些钱，然后年底的时候就可以把妈妈接过来了，所以她就答应帮赵子民无限期提供米兰的消息给他。徐敏现有些纠结，米兰一直对自己不错，自己这样是不是算是一种背叛呢？徐敏心里开始七上八下，她抿着小嘴，只顾低头吃，可惜这油炸的豆腐渣怎么也尝不出来是豆制品。

"我们的上海旗舰店的事情您考虑得怎么样了？"万国梁又开始说他卖股盘店的事情。米兰想起赵子民的那篇稿子来就生气。万国梁看米兰有意回避，就不再提，更何况现在是有徐敏在。徐敏对万国梁的好感他不是没有知觉，只是他真的不想去伤害她。

"你在顺义德国印象的房子怎么样了？"万国梁扯开了话题。

"已经装修好了。里面的木头是墨西哥的实木，我在厅里设计了一个酒吧的长桌子，完全按照我的想象设计的一个家。我跟广美还有 MARRY 打招呼了，这周末一起去我家聚聚呢。还有她们要带朋友噢，你们到时候想把自己推销出去的，就最好提前去美容院捯饬捯饬，别到时候软件还没有来得及推销，硬件就先被淘汰了！"

万国梁低头不语。他是多么想告诉她，无所谓，他眼中根本就很难再去看别的雌性动物了呢。

结账的时候，徐敏傻眼了，2700元？一顿饭就是她刚毕业时候的工资！

米兰看了一眼眼睛瞪成弹珠的徐敏说："没事，就是酒水贵，我们要了两瓶45度的马爹利蓝带。今天万国梁喝多了，我也喝了不少，你一个人坐地铁回家有问题吗？出去不远就是呼家楼地铁站。"

"没问题。"

米兰给万国梁打了的士，万国梁扯着她的手。

他说："我想要去你家。"

米兰深知这次万国梁是帮了自己的大忙，这个男孩从初见她就不讨厌，但是她真的没法儿喜欢上这样的一个男孩。她心中的伤痕太重，她感觉到生活像是一个巨大的石盘压在自己的后背上。她只能低头做事，实在是没有精力再去纠结男女之情。

她说："对不起，我今天要去朋友家。"

米兰是真的约了MARRY和广美，她是不放心赵子民，她想尽快斩草除根，得想到一个万全之策才对。可是毕竟他是帮过自己的人，并且与自己的朋友都有着千丝万缕的联系，这件事情就有些麻烦。

聚会是在MARRY家，她打车去了大望路的珠江帝景D区。其实MARRY最后答应接受杰克的这件昂贵的礼物，一个重要的原因就是目睹了刘岸青、米兰和赵小曼之间的三角恋之后对婚姻和恋爱彻底地绝望了。她想人生不过是找个伴儿而已，不过是活得轻松舒服些而已，吃得好一些，住得好一些，穿得好一些。现在爱情和婚姻在她眼睛里的标准却变成了三个"好一些"。

一起等她的还有赵子民的妻子白玉琼，等她进屋的时候，她们已经麻将桌上三缺一了。米兰进门换好了鞋子就开门见山。因为酒精已经让她开始到处找床了，她

第六章　左膀右臂

083

想赶紧趁着清醒把这事儿给说开了。

其实白玉琼对赵子民在外面拈花惹草的事早就已经熟视无睹，但是自从"音乐之声"那次不眠夜之后，她发现赵子民整个人像是第二春复苏了一样。按理说38岁的人了，35岁后的男人应该是靠品位和胸怀来吸引女人的年纪了。但是赵子民提前达标的是中年人的外表和衣着，至于内心还是时常像个二十几岁的莽撞男孩。白玉琼向米兰道歉说，男人有时候就像是孩子，孩子总会有调皮的时候，等找到机会把他们将顺了就好了。

但抛开白玉琼的那些风情往事不谈，单就这个漂亮知性的女人来看，其实不是很讨人厌。难怪MARRY经常跟她在一起，原来她是个通情达理的人。

白玉琼其实也不了解自己是怎么了，她就莫名其妙地觉得米兰这个孩子一身正气，跟MARRY不同，她不想要丈夫把脏水泼到这个女孩子身上。有些污点一旦沾上了就是一辈子，她的本能想要保护这个女孩。

米兰看着这个女人的眼睛，她的眼神迷离没有定力。米兰始终相信眼睛可以传递出一个人的内心，但是白玉琼的眼睛像是裹上了一层薄纱。

她看不清里面的风景，她想探索，但是对方躲开了。

"你需要我做什么？"

"您的丈夫手里面有关于我的两篇文章的稿子，我需要您把稿子毁了，并且电子版也删了，然后让他以后不要再做这种无聊的事情了。"

"放心吧。"

白玉琼的这三个字话音刚落，米兰已经提到嗓子眼儿的心脏算是复了原位。

晚上米兰和广美一起回了顺义。

路上米兰问广美："你说这个白玉琼为什么要帮我？她是在帮她自己吗？"

"因为你们都是女人。"

"我们？难道你不是？你父母到底有没有催你赶紧结婚啊？"

"你现在一切稳定，干吗委屈着自己啊？"

"我有心上人，你不懂的，我一点都不觉得委屈。"广美终于酒后吐真言，几杯北京张裕下肚，她就开始晕晕乎乎。人这一辈子其实真醉是很难的，真正的清醒也不容易，就是大部分的时间都在不知所云地半醒半醉着。

广美和米兰在出租车的后座上相互依偎着。广美迷迷糊糊地说："米兰你知道吗？你走到哪里都让人羡慕嫉妒恨。"

米兰说："为什么？"

"你呀，上学的那会儿，你学习好；毕了业，你事业好；作为女人，你长得好。在感情上，你让男人们够不着，总之就是，你像是彼岸一样成了一个符号，女人的符号。"

米兰听着广美的这些酒后真言，似乎能够推断出今天她没有去之前她们三个女人之间的谈话，她肯定跟时装周一样成了她们麻将桌上的话题。

是呀，她们都只看到了她站在舞台上表演获得满堂喝彩的时候，她一个人孤独地布景的那段路程她们从来都没有想过。她一个人在法国，不舍得吃，不舍得穿，只为了能够省钱去看看巴黎时装周的时候，她们在做什么？她一个人在陌生的国度想要找个聊天的人却只能自己给自己打电话、自己给自己写信的时候，她们又在做什么？她一个人生病了，不舍得去医院，但是又没有一个可以叫到身边的人来，一个人默默地在被子里强忍着疼痛和疾病作斗争的时候，她们又在做什么？她一个人坐着飞机去法国的时候，如果不是旁边的旅客给了自己一本《西藏生死书》，她是多么希望这趟班机会半途坠机的时候，她们又都在做什么？

米兰望着办公室外面往东看是一片繁华，往西看却是一片颓败。有时候她想想这国贸就是这样神奇的一块巴掌大的地方，但是这就是北京的门脸儿。有多少白领以在这里工作自豪，因为这里的公司大多是世界五百强的公司，而ROSE黑这北京本土的时尚品牌却铤而走险走出口转内销的大牌国际路线。米兰有些犹豫了，尽管最近去进修MBA强大了不少，但是她依然感受到现实这个巨大的洪水猛兽的无奈。

第六章 左膀右臂

店是越做越大，但是都投在了品牌推广和实体资本运营上，资金链一直还是个短板。现在中高端路线已经有了一定的知名度，但是资金链短板的压力使得她想要放弃原则多管齐下，想要经营一些低端路线，扩大消费群体。

但是又怕走像当年某品牌的蹩脚国际化路线那样，她怕自己的不坚持会带来多米诺骨牌效应。

米兰正在对着预算纠结这一季度的收支，万国梁又带着关于上海徐汇分店的项目建议书进来了。

"你为什么不同意我的方案？"万国梁有些生气。

米兰没有说话。说实话，现在在上海开一个实体店确实有些风险。做生意讲究一个全局观念，如果这个地方赔钱，另一个地方就要更多的钱来弥补这个钱窟窿。现在他们的贸易商的订单还不够稳定，而电商也是刚好持平。至于高级定制，虽然北京时装周业界评论不错，但是真正要接受住考验还是需要一段时间。

"现在时机还不成熟。"

"那怎么才算成熟？一定要等到我们资金链上有空余资金？"

"我们不能让更多的方面都在冒险，现在我们的根基还不牢固，不能盲目扩大地盘。"

"你为什么总是想到我们会亏损呢？为什么就不想想上海店会是一个领头羊的项目呢？这样缩手缩脚的还怎么做事业？"万国梁的内心好像有一股莫名的火气，那是一种日积月累的火山喷发。

说完了，米兰定住了，他也傻了。这是怎么了，自从时装周回来，万国梁居然有种主人翁自居的不安分心态。

万国梁说了一句对不起，就回到了自己的办公室，米兰也有些莫名其妙。相处快一年了，万国梁从来都没有急眼过，这次的火气有点积怨已久的味道。

看着桌子上的建议书，米兰仔细翻看了一眼，从预算到风险评估，每一笔账都算得清清楚楚，一看就是用了不少工夫写的。今天的事情虽然万国梁有些冲动，但是总体说来，他是真心实意为了公司好的人，米兰为有这样的搭档而心中不由一暖。

"咚咚咚。"

徐敏端着一杯白咖啡进来了。徐敏一直以来是个懂事贴心的姑娘，虽然有时候有点死脑筋，但是正是这股傻劲儿让米兰看到了自己的影子。

她送了咖啡就站在那里不说话。

米兰说："怎么啦?"

她居然扑通一下子跪在地上哭了，米兰顿时脸就变了色，她赶紧把徐敏扶到沙发上。米兰问："怎么了，徐敏，是谁欺负你了吗?"

徐敏就直摇头，她不说话，就是不停地掉眼泪。米兰其实从来都没有仔细打量过这个姑娘，徐敏虽然说算不上那种惊艳的姑娘，但是仔细打量起来，还居然是个耐看的孩子。

她说："ROSE 黑的女人不相信眼泪，告诉我，发生了什么事情!"

徐敏这才抬起头，眯着那相望的泪眼，说："米总您先答应原谅我。"

米兰说："好，我答应不怪你。"

徐敏说："您答应不会赶我走?"

米兰说："好，我答应你。"

徐敏这才一个字一个字地蹦出几个字来："赵主编给过我钱!"

米兰顿时惊愕了，她怎么也没有想到赵子民安插内线居然都已经深入到她的心脏了，敌人之狡猾让米兰有些措手不及。

"他给了你多少?"

"不到一万，上次推广给了我八千，时装周说完事儿之后会再给我一万，但是后来不知道怎么他就搞砸了，他以为是我告了密，所以他说那钱就不能给我了。"

"他让你做什么?"

"什么都不需要做，就是告诉他你的近况，和你交往的男性都是什么身份的人之类的琐碎小事。还有他还问过，你平时的爱好什么的，以及你的一些小习惯。"

米兰说："徐敏你知道为虎作伥这个词是什么意思吗？你知道帮老虎引诱人的那个伥是怎么死的吗？被老虎咬死的。你真是名牌大学的高才生啊！"

"米总，我错了。你知道我刚在通州买了房子，每个月要还房贷，我的工资就只有五千多。我每个月都是紧紧巴巴地苦哈哈过日子，没有漂亮的衣服穿，也不舍得去下馆子，每次万国梁讽刺我的时候你知道我这心里有多难受吗？"

"是啊，现实这个洪水猛兽会把大家逼疯的。"

刘岸青和赵小曼的倾心爱慕在现实的洗礼中长成了畸形，MARRY 在现实的压力下跟一个长得像是芭比娃娃的小白脸成了恋人，自己和万国梁也是因为现实，心已经包裹上了厚厚的壳子。

米兰说："起来吧，我不怪你。从这个月开始你的工资是每月六千，你欠赵子民的那八千我替你还一半，剩下的一半你需要自己付出代价。你要永远记得人犯错误就在一瞬间，以前的事情我忘了，你今天开始也是一个新的徐敏。记住，人可以穷，但是志不能短，否则人就真的穷了，并且永远地穷下去。真正能脱离贫穷的人不是靠着别人可怜巴巴的施舍。记住，不要再试图寻找捷径，这个世界上根本没有捷径，好的东西从来都不容易轻易得到。"

"谢谢米兰姐。"

徐敏居然喊了她一句米兰姐。

米兰想："也许自己这次是因祸得福了，以后赵子民休想再阴谋得逞。"

"把眼泪擦干，然后去叫大梁来趟我的办公室。"

"刚才的事情对不起。"万国梁刚坐下就像是犯了错误的小学生一样主动地低头认错。米兰说："我答应你和你一起冒一次险。"

听到米兰这么说，万国梁的眼睛里面就开始有了光芒。

"你看我的预算和未来规划了吗？"

"还没有。"米兰轻轻地笑了，脸上的俩大酒窝是那么迷人。

"你有酒窝哎！"

"这有什么问题吗?"

万国梁:"我也有深深的酒窝啊!你看!"说着他就开始嘴角上扬,有了一个弧度。

他说:"人有三生三世,但是去投胎的时候要过黄泉路的孟婆桥,喝下孟婆汤才能忘掉今生今世的记忆。而总有人不愿意忘掉今生今世,这样的灵魂就不能去来世投胎。而孟婆觉得这样不愿意轻易忘掉今生的人都是重情重义的人,所以她不愿意看着这些有情有义的灵魂在荒野中变成孤魂野鬼,为了留下印记,孟婆就在他们的脸上使劲儿地摁了个窝窝,就是酒窝了。这样在来世的时候,他们就能够认出对方来。"

故事很美很动听。

米兰说:"我没有看你的建议书,但是我相信你已经用心筹划了这件事情,我决定赌一把。虽然我觉得现在时间不是很成熟,但是我愿意赌一把。像是时装周一样,我希望看到一个惊喜的结局。"

"我不会让你失望的。"

米兰盈盈一笑。其实,她想这次就算是失败了,她也不会怪罪万国梁,有时候成功是需要有失败做铺垫的。万国梁最近太顺了,他需要碰碰壁,因为他们都是那种不撞南墙不回头的人。

最近晚上,米兰总是想起在法国的那段日子,偶尔也会想起潘忠良的那张脸来。但是无论她怎么用心回忆,就是想不起那张脸具体的模样来了。潘忠良的脸轮廓总是那么模糊,并且眼神不明确。他佝偻着驼背还在床上作画的样子也是经常浮现,但是具体画了些什么,米兰却总也想不起来了。阳光在那个老式别墅里洒满了,在他的身体上种下了一片金黄。想着想着,米兰就睡着了。

第七章
罗马湖邂逅

"米兰，后天我生日，你的德国印象的房子不是也装修好了吗，要不我的派对就和你的乔迁之喜一起在你家举行得了！"广美一大早的就来制造噪声。

米兰还在床上迷迷糊糊地睡觉。

"好，你们决定！"

等到广美生日的时候，米兰才开始有些后悔，他们这哪里是来庆祝自己乔迁之喜的呀，简直就是来抄家的。广美身后还带着一个大部队，不过全是清一色的男孩子，看起来都是高富帅。米兰开门的时候，嘴巴张成了大 O，双眼成了俩小 O。

米兰想："广美这是带着男子选美团来了吗？不过那个皮肤黝黑一点的、长得像是佟大为的男孩是做什么的？从身边走过的时候居然还有一股高级古龙的味道，檀木香混合着植物草叶的味道，真是个有品位的小子！"

"别傻愣着了，我们帅哥靓女驾到还不赶紧的茶水伺候？"今天的广美有些嘚瑟得发抖，真是给她点阳光她就灿烂。明明是在米兰家，搞得广美成了东道主一样。也难怪，谁让认识她的人比认识米兰的人多呢，朋友多了气场就足，这点什么时候看来都是个真理。

米兰就说："客厅有碟，柜子里有麻将，你们爱怎么玩怎么玩，但是女人们必须下厨！"前面的话有点低头的味道，后面的一句话说得才够狠、够过瘾！

米兰说的女人其实就是指广美一个人，因为除了米兰就只有广美一个女人嘛。男生们就开始哈哈大笑，然后一个长头发的男孩子就开始真的翻箱倒柜。米兰想这广美带的都是些什么人啊，真实诚！

脏话刚开始准备在心里狂飙，门铃就又响了，是万国梁和徐敏。还是他们懂规矩，手里面大袋小袋地拎着各种盒子。

米兰不好意思地说："就来吃顿家常便饭还这么破费。"

万国梁说："大部分是给阿布买的狗粮！知道你自己都照顾不上，阿布平时肯定也缺了不少油水，这次干爹来，好好给它补补！"

"原来这么一大活人终究还不如一条狗有面子！算了，今天心情好，不跟他一般见识。"

男生们坐在家庭影院前看《唐伯虎点秋香》，然后那个长发男孩就说要看《乱点鸳鸯谱》！活脱脱一群没有长大的孩子！

徐敏和广美在厨房里忙得乱了手脚……广美 25 岁了，基本上没有下过厨房，因为他们家有保姆阿姨的嘛。米兰也是一直凑合着过，有时候用盒饭打发自己，有时候几袋康师傅就能扛一周。现在上了岁数，学着养生开始换吃五谷道场了。

徐敏说："米总，那再养生的快餐面它也是垃圾食品，它的类别就决定了它的命运。你见过哪个丐帮的帮主比土财主有钱花的！"

米兰想："这丫头，有点力道，这是给我上课来着！"

最后闪亮登场的当然是 MARRY，她总是喜欢做压轴，就是来吃个家常便饭也浓妆艳抹的。这次总算有进步，没有一个人来，身边还挽着一个小白脸。其实按理说，是 MARRY 攀上了高富帅，可是不懂行情的外人看起来就是 MARRY 包养了一个小白脸，所以私底下她们都叫杰克小白脸。

这小子就是有钱人家的孩子，随便带点东西就上千。米兰接过两盒马多利白兰地，请他们进了屋。

MARRY 的登场引起了不小的骚动，首先是因为今天 MARRY 穿得够风骚。她前面的俩半球体刚好露出来标准的三分之一，明显的事业线把那俩半圆给衬托得让人浑身发热。男人们往往都是会情不自禁地去看一些花枝招展的花儿，MARRY 的风骚装扮让杰克有些不太自在。杰克蓝精灵般袖珍的身材，在这群高富帅眼中反倒失了他的光环。

今天 MARRY 主厨做了很多中餐硬菜。

广美啧啧地说："只要一有帅哥在场，MARRY 的雌性激素就会井喷。"

广美和米兰基本上都是打下手的，米兰最后怕丢人，也做了几个在法国留学时候半中半西的像是汉堡一样的麦多馅饼。很奇怪，那天他们具体谈了什么，米兰好像都记不起来了，印象中最深刻的就是广美那天自始至终地都很兴奋，像是打了鸡血，和她的生日派对比起来，米兰的乔迁之喜已经被忘得无影无踪了。

噢！最让米兰难忘的是那天广美站起来像是大学生答辩一样按着顺序给他们下定义。她从她右手边开始：第一个人叫韩迈图，广美传说中的哥哥，30 岁，清华大学建筑学院的高才生。他的学习成绩从小学时候起就没考过第二，现在是名字一长串儿建筑事务所的国家一级建筑设计师。大家就开始笑，居然还有这样的事务所？

广美说："那家建筑事务所是德国人开的，名字很纠结，记不住啦！"

米兰想这个人跟刘岸青一般大，但是看起来却比刘岸青成熟稳重多了。他长得干干净净，像梁思成一样的大脑门儿，还戴着厚厚的像是啤酒瓶底一样的黑框眼镜，难道搞建筑的都要长得又考究又大瓢吗？这就是广美那高傲的哥哥啊？他们俩为啥怎么看都不像呢？广美是圆鼓鼓的苹果脸，俗称大饼脸，整个的五官像是没有长开。而他却是一张何润东一样像是被锥子凿过了的明星脸，最关键的是他那寓意着聪明的大脑门儿怎么看都跟广美联想不到一块儿去。

"你们搞建筑的难道都得长着像是梁思成一样的大脑门吗？怎么看都看不出来你跟广美是亲兄妹。"眼尖的 MARRY 也发现了同样的疑问。

"呵呵，梁老师是我的偶像，我们只是皮囊像，不过我会继续努力的。"

"说话还挺文雅。"米兰心里想。韩迓图的脸都红了。平时广美说他这哥哥是个冰山王子。

"还有！还有！你们怎么不觉得奇怪呢？我哥哥怎么起了这么一个生僻的名字？我父母给我们起的名字都是与美术有关，我叫广美，听着有点像是日本名字，但是父母的本意是中国的八大美院啦，你们懂的。而我哥哥迓图呢，就是迎接美好画面的意思。好了，下一位。"广美喝了口我们自调的鸡尾酒接着介绍韩迓图右手边的香水男。

米兰对这个男孩子印象不错。他穿着白色的亚麻衫，还有淡淡的古龙香，眼睛小小的，让人感觉很舒服。他的皮肤有点黑，但是感觉很健康。真是个有魅力的小伙子！

"咳咳！"广美咳了一下嗓子继续说，"这位像明星一样的帅哥呢，是我的青梅竹马元野，小名野子！26 岁，北京电影学院毕业，搞电影的。"

"元野？怎么起了这么一个名字？像是日本人。"

"这人没有别的，就是爹牛，走到哪儿，只要跟人家一报他爹的名字，有时候还能免费蹭顿饭吃。"

这广美过个生日够隆重的，把两小无猜都搬出来了。

"他爹就是著名导演元国强啊！就是导演《故城·殇》《故城·色》在柏林拿大奖的，真是笨到家了！"广美又喝了一口自制鸡尾酒，那可是用 45 度的内蒙古成吉思汗干白对的呀！

米兰在心里想："她若是介绍一个人就喝一口的话，介绍完就倒地了。"

长发男孩原来叫幕矫健，是中央音乐学院学二胡的，但是他却喜欢流行通俗。他的偶像是中国爵士音乐教父唐朝乐队的老五刘义军。当年刘义军退出唐朝，他曾经逃学躲在角落里哭了一天鼻子，被老爸抽了一晚上屁股。

"哈哈哈哈……"

这种趣事最适合在这种聚会上拿来调侃，广美曝光他的糗事，他也不生气。这

个男孩子心还挺宽的，跟谁都不记仇，挺好。

米兰打量着这个一身骷髅头，衣服上还带着铆钉的霹雳男孩儿，不知道他们这些做音乐的都喜欢像刘欢、迪克牛仔一样留长头发是不是也算为艺术献身。以前刘岸青也是喜欢留长头发，别人一看就知道是搞艺术的。无论走到哪里，这种标新立异的感觉特酷。但是现在米兰不知道是自己做生意世故了，还是上了岁数，开始喜欢抓住一些实质的东西。比如说冯小刚不需要留长头发一样是个好导演，张艺谋不需要染头发也是个好导演。这个男孩在米兰眼里还太年轻。

在他的右边就是太子杰克。这个人广美就只知道人家是如假包换的富二代，别的就一概不知了。看他身上的行头就知道人民币是什么味道了，随便一块欧米茄6万人民币。

这个介绍说得杰克有些不好意思了，好像走到了哪里他的标签也就是富二代，他倒是挺爷儿们地接过了广美的话茬说："我叫王世杰，杰克是我的艺名，我是一名平面模特。"

在杰克的右手边就是MARRY了。

"这是我们美院当年的'美莉兰曼'四枝姐妹花儿的一朵。长得不用说，像是歌后碧昂斯，身材也是让人喷血的，最重要的是人家事业爱情双丰收。"

"这位?"

广美接下来就介绍米兰了。米兰就赶紧打住。她站起来说："米兰。广美和MARRY的大学同学，目前在做服装ROSE黑。这两位是我的金牌搭档，万国梁，ROSE黑的副总，是韩迱图的学弟，清华服设的，一直在中国服装行业做品牌策划，曾经有自己的品牌和概念店。而这位是我们ROSE黑的行政兼企划总监，是人民大学大众传媒系的高才生，我和MARRY的老乡，山东青岛姑娘。"

"噢! 还有这位，这位是阿布，是我的伴侣狗，拉布拉多犬。"阿布像是听得懂米兰在说什么，扇着俩大耳朵像是在跟大家问好。万国梁给它递了一块香蕉沙拉。

"今天我是非常非常地高兴，大家能一起在我的新家给我的好姐妹儿广美过生日，我也不会说什么话，大家就敞开了吃喝玩乐吧!"

她们那天是玩疯了，后来广美还觉得不够过瘾，她说要带着帐篷去罗马湖一起郊游！好吧，谁让她是今天的寿星呢，今天她最大。

　　那是春末夏初的季节，在他们看来这才是真正改朝换代的时候。

　　"一年真正的开始应该是在盛夏之前。"米兰感慨。

　　那年夏初的风也随着温度开始变得柔软，扫在肌肤上像是天鹅绒在挠痒痒。

　　"我觉得夏天才是一年真正的开始。"元野过来跟米兰搭讪。

　　其实他们从在德国印象的时候就四目对视过了，那一刻米兰的心里触电了。她觉得与他不到一米的距离有些窒息，他们应该保持在一米之外。

　　但是她还是接了他的话。

　　"为什么呢?"

　　"因为真正改朝换代的季节是盛夏。像是人洗心革面一样，生活的洗心革面是在盛夏。"

　　米兰感觉这个穿着白色亚麻衬衣的男孩子从侧面看去像是一个人！噢，是9年前的那个江城的盛夏，那张被阳光镶上了光圈的脸。

　　"你喜欢穿亚麻布衣服?"

　　"嗯。我喜欢这种布料的感觉，很朴素，很舒服，也很精致。为什么问这个呢?"

　　"因为我是裁缝啊！对衣服讲究是我的职业本能。"

　　"我看你家的装修风格很与众不同，感觉……"

　　"感觉什么?"

　　"感觉像是进了香奈儿的旗舰店。"

　　"香奈儿是我的偶像，我曾经向往像她那样传奇的一生，但是……"

　　"但是什么?"

　　"但是我后来改主意了?"

　　"为什么?"

　　"因为她的光鲜是后代的，她自己的一生却不怎么幸福。我是道家学派的，我

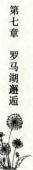

不相信来生，我相信现世报，我想要好好过好今生。"

"你呢？你有什么信仰？"

"信仰跟梦想都是奢侈的、华而不实的东西，我信仰我所理解的生活，就是要找个可以谈得来的女人，有份自己喜欢做的事情，像小猪一样简单地活一辈子。"

"像是小猪？"

"嗯。你没有听说过那句话吗？就是人这一辈子只有两种活法，一种就是做快乐的猪，一种就是做痛苦的哲学家。"

"呵呵，你真逗。"

米兰跑开了，这个男孩子已经让她有种莫名其妙的感觉，她不想让自己轻易地陷进感情的旋涡。因为她还没有找到刘岸青，赵小曼现在在医院也不知死活，她觉得自己是没有权利快乐的。这种感觉就像是找不到脉的医生，满身扎得已经全是窟窿了，但是就是取不出生活幸福的真经。

罗马湖因为靠近美院和莫奈花园，所以虽然是在村里，但是却在靠湖的一圈有一排繁华的小二层。每年夏天来临的时候，有些有情调的艺术家会在这里钓鱼，还有的支起画板就开始搞创作。广美曾经打算在这里办个画室，顺便招几个考前班的学生挣点外快，但是后来愿望未遂。在白色的小洋楼的前面往往也会停着些不错的好车。

元野说："这才是人过的生活，低调的华丽。"

所有男生都在准备烧烤架和支帐篷。

广美提议说："要不我们一会儿一起来跳交谊舞吧，我带了 DJ 的噢！"

说着拿出了她从埃及带回来的收音机。那个收音机非常奇怪，每次搜索到的总是些靡靡之音的电台，从来不会有医院痔疮广告或是变态情感讲述的频道。

"我和 MARRY 还真的挺像的，很稀罕这个绿色的小玩意儿，像是一个有灵气的宝贝。"广美说。

"这叫物以类聚，我们爱的东西得有我们的基因。"

男生们不干了，一是他们不怎么会，二是他们累了，三是他们居然一致无耻地认为取悦人的事情都是女人的义务，所以他们一致抗议，要四个女人跳舞给他们看。

米兰有些紧张，但是也不好推脱，好在前两天跟徐敏去俱乐部学习了点肚皮舞。MARRY说："想让我们女生跳也行，但是我们女生跳得好的话，你们必须举双手争前恐后地来跟我们跳舞！"

男生们一致通过！他们巴不得有个机会靠近女孩子呢！MARRY看了一下慕矫健："该死！刚才居然在饭桌上顶我话！这回，你死定了！"

MARRY在高中的时候跟音乐生经常厮混，所以民族舞跳得不错。她跳了一段杨丽萍的《雀之灵》，所有男生们都傻眼了，MARRY坏坏地扫了一眼长发男孩，然后一个转身把他从帐篷坐垫上拉起来。MARRY那天很奇怪，她的装束是跟街头装束很搭的牛仔风，这种短短牛仔迷你裙配上白色抹胸吊带儿的感觉很拉风。前面的风景随着舞动的身姿此起彼伏，她把长卷发一甩，然后坏坏地贴着慕矫健的耳边说了一些话，他就红着脸回来了。

接下来是广美。广美平时咋咋呼呼，真正上场了才发现自己居然没有跳过舞。在美院的时候，广美曾经跟她们几个一起去过国标舞的一个社团，可是还没有开始跳，她就灰溜溜地回来了。因为她看到跳国标还得找舞伴，还得跟舞伴手拉手的，自己从小到大还没有跟男孩子牵过手，自己的第一次可不想就这么轻易地便宜了别人。

"赶鸭子上架，来吧！"广美就把两只手举到头顶，学了两下兔子蹦，就算是跳了兔子舞。大学时代他们一起去山里篝火晚会的时候，大家都是这么围着圈然后一起跳兔子舞的。广美有些尴尬，汗珠子探头探脑地想要冒出来。

"不算不算，这算是什么舞蹈嘛！"长发男孩就在下边抗议。

"这是兔子舞啊！也是很经典的呢！"杰克就主动为广美解围。

"这也太小儿科了吧！"

第七章 罗马湖邂逅

"我们男生举手表决，不同意广美过关的请举手！"

大家居然没有一个人主动举手，只有长发男孩一只手孤零零地在半空中举着有点要英勇牺牲的悲壮。

他看没有人举手，居然把另一只手也举起来了！

"你是要投降吗？"广美问。

"罢了，罢了！就是连脚丫子都举起来也还是寡不敌众啊！这不公平嘛，你若是问同意过关的请举手，我保准儿连一个都没有呢！"他一个人在下面嘟嘟囔囔，显然是对杰克的陷阱一样的游戏规则严重抗议。

接下来就是米兰。米兰的头一后仰，看到了倒立的元野，然后就开始前胯扭扭后胯扭扭。那天的米兰穿着一件波西米亚风格的橘红色的长裙，像是一只美丽的花蝴蝶落在了绿色的草坪上。她的大黄色的酷派已经换成了路虎发现。美丽的女人配着很爷们儿的越野，男人们的血压又上来了。

元野居然跑了上来。"这种舞蹈又不需要舞伴，他来做什么？"米兰心乱了。

他贴到米兰的耳边说了一串的数字，说："我的电话，记得给我打电话。"

真是自以为是的家伙，凭什么让我给他打电话啊！再说了，米兰对数字一向是头大。数字跟绘画本来就是一个理性一个感性，一串11位的数字又不是数数一二三四五，她还真记不住。

这时候，元野的电话响了。他一个人到湖边好像很生气的样子咆哮了很久，然后就回到了这里闷闷不乐，大家都不知道发生了什么。

等徐敏跳完舞，烧烤也熟了，大家就围在草地上准备饱餐一顿。这时，远处飘来了一团红。先傻了的是广美，她呆呆的，然后用手指头戳了元野一下，指着远处让他看。

元野跑过去跟那团红色在那里纠缠了一会儿。

"那人谁啊？"大家都问广美。

"唉！还会有谁呢？还有哪种女人能满世界地追在男人屁股后面找男人呢。元野哥哥的女朋友呗。"

"人长得怎么样？"杰克问。

"中戏表演系的。前段时间的《古城女孩》，就是元叔叔导演的那部文艺感觉的电视剧，就是她演女主角。"

"噢噢噢！"杰克像是想起了什么。

"那干吗不让她一起来玩儿嘛。"杰克的话音刚落就感觉说错话了，他看着大家都用一种想要吞了自己的眼神望着自己，他知道自己又在该淡定的时候没有淡定住。

"哎，你们看他们真的走过来了啊！"杰克像是那偷到了米的老鼠一样开始莫名其妙地兴奋。MARRY 就掐了他一下。

MARRY 曾经问杰克，当她马莉莉的名字从他的脑海中飘过的时候，她首先想到什么的时候。他居然说是母老虎！

远处看是一团红，走近了看也是一团火！

这个女孩子让米兰马上想起了赵小曼来，一身的香奈儿、迪奥，拜金女郎的味道十足。耳朵上明晃晃的迪奥大圈子昭示着她的娇气，低胸的裙子恰到好处地若隐若现，皮肤真的像是牛奶那般光洁润滑，两只大眼睛忽闪忽闪的，睫毛在上面灵动得让人心动。

"大家好，我叫路环环，是元野的未婚妻！"她嗲嗲地说道。

大家的眼珠子一齐跌倒在地毯上。

"这个姑娘是台湾妹子吗？"徐敏问元野。

元野显然是尴尬得要命，想要掐死她的想法都有！真是丢死人了！他看了米兰一眼，米兰也刚好在看他！他们这是第二次四目对视，原来眼睛真的是连着心的，米兰的脸上莫名其妙地就开始热辣辣的，但是心里莫名其妙地也有种失落。

那天广美跟米兰一起去了德国印象，女人的第六感一向是那么灵验，广美好像察觉到了米兰的反常。

米兰的家有一个近30平的露台，被米兰装修成了一个花园洋房，这个花园洋房里有一面全是马蹄莲。在整个的高中时代，米兰最喜欢的花儿是马蹄莲，她曾经因为在宿舍养马蹄莲而被老师罚站一个下午，从那后同学们给她起了一个绰号叫"马甲"。这面花墙上是各种颜色的马蹄莲，玫红、白、橘红、大黄、紫罗兰。

另一面花墙是白玫瑰。米兰对白玫瑰的喜爱跟黑玫瑰同等，她觉得白玫瑰是圣洁的、典雅的、高贵的，而红玫瑰总是有了那么点庸俗，而她喜欢脱俗的东西。

迎着客厅落地窗的最大的一面花墙全是黑玫瑰。当那一面墙映入眼帘的时候，广美整个人都傻了，自己同米兰近7年的交情了，她也知道米兰是个脱俗的女人，但是这般懂得享受生活，还真是让她有些大吃一惊。

在露台的一脚居然还有一个流水的小假山，假山旁边有一个鸟笼，里面是白色的小樱珠，还有一个实木的茶海。

广美说："米兰你也太奢侈了吧！我今晚要睡阳台啦！"

米兰从里屋拿出一个红白条纹的吊床来，然后往天花板一挂，居然还真有吊床！

广美问米兰："为什么会有三种花？"

米兰说："因为这些花都有我的回忆。马蹄莲是我的清纯时代，无论我的青春已经走了多远，我永远怀念。知道我为什么喜欢马蹄莲吗？"

"为什么？这种花我很少见呢。"

"因为它的花语。它的花语是忠贞不渝。曾经我生命中总是渴望永恒的东西。西蒙·波伏娃的《第二性》，周国平的《人与永恒》，还有《各自的朝圣路》，我在江城的时候总看这类书。那个时候学习成绩很好，课本上的东西没有浪费我多少时间，大部分的时候其实都是在读一些课外的书。"

广美当年能进美院是从美院附中直接晋级破格录取的。她曾经开玩笑说，如果是真的要参加高考的话，她估计都过不了一百分。大家调侃她，不会那么悲催吧，米兰一门语文就一百三十分。

爱读书的人总是带着那么点清高，像是陈道明，一个只肯在戏中低头的人。他曾经说一个人如果随和其实是很容易的，因为你只要弯下腰就可以了，但是，如果你要是清高的话，你必须要有些资本挺在那里才好。米兰的才华让她有资格挺直腰板。但是上帝创造了每个精灵来到人间都是让他们有机会成为明星的，米兰的光芒让大家的色彩变得暗淡，这多多少少让人心里有些不爽。

"米兰，我跟你说件事情吧！你不是一直想问我为什么不找男朋友吗？"

"嗯哼。"米兰喝着大红袍装作心不在焉地附和。

"我是一直暗恋一个人。"

米兰心中着实惊了一下，心想："这个整天没心没肺的家伙藏得够深的啊！都7年的老熟人了，一直都说跟男人是绝缘体，原来心中有这样的小算盘呢。"

"多久了？"

广美的脸上开始泛起了沉醉的笑容。

"他是我的发小，我们从5岁开始就在一个院里。他，还有我哥，我们三个小时候就像是连体人。我们一起去荡秋千，一起去郊外抓蝈蝈，一起去挖老鼠洞，还一起烤过老鼠肉呢？"

广美的这些话让米兰也想起了自己的小时候，自己的童年曾经也有一个这样的玩伴，是个小姑娘叫露露。小时候，她们一起手牵着手去海边捡贝壳和鹅卵石，然后在沙滩上晒太阳，直到晒得黑乎乎像是泥鳅一样，但是在她考高中的那一年，这个女孩子就得了一种怪病去世了。露露临走的时候，突然间就变得很胖，水肿得像是一头牛。她父母带着她去上海和北京看病，但是医生说在国内目前没有发现这种病的病因，这是一种非典型的怪病。

露露就这么走了。米兰那段时间正在读村上春树的《挪威的森林》，然后她就理解了木月的死亡和直子的痴狂，死从来都不是生的对立面，而是作为活的一部分永存。

想到这些像是前生的记忆，米兰就不由自主地掉下眼泪来。天堂到底有多遥远，为什么去天堂3年了的爸爸没有遵守诺言给自己捎个话回来？人间和天堂真的就是两个不可逾越的时空吗？

"你还在听吗？"广美的话将米兰从悲伤中拉了回来。

第七章　罗马湖邂逅

"他就是元野！"

"你说谁？"米兰的脑袋立马黑了屏。

"我说他就是元野哥哥！从小他就学习成绩好，他的好跟我哥不一样，我哥就是纯粹的书呆子。他若是学习不好，那老天爷就是瞎了眼睛了。但是元野哥哥的好就有些不学而有术的感觉了。"

"不学而有术？"

"嗯哼。元野小哥哥的才华是天才，他也像我们这些坏孩子一样逃课，不交作业。小时候还经常因为没有按时完成作业，老师打电话到家里向他爷爷告状，然后他就被打得皮开肉绽的。这个时候，他妈妈就过来跟爷爷说，孩子只要学习成绩好不就得了吗，干吗一定要去完成作业呢？"

"后来呢？"

"后来爷爷一想也对，不做作业就能考第一的才是他的孙子呢！"

"那他真的能不复习功课就能考第一？"米兰从小也是在第一名的光环下长大的，她知道第一名虽然光环耀眼，但是那背后付出了比别人更多的汗水。这个广美口中的元野，不学而有术的话，那不成了明天就要去领诺贝尔奖的天才了。

"其实这个问题我也疑惑过，我曾经问过他，我说，元野哥哥你跟我说说呗，你怎么能够上课睡觉不听老师讲课，然后课后不用做作业还能考第一的呢？你知道他跟我说什么？"

"说什么？"米兰非常想知道这个元野的故事。

"他不屑地哼了一声，说，我上课睡觉就一定没有在听老师讲吗？有些人明明是在睁着眼睛，但是却像是睡着了。但是有些人是看似睡着了，其实在用心听，睁眼闭眼其实只是形式。不做老师布置的作业就是没有用心复习功课吗？真是天方夜谭。"

"真是个桀骜不驯的家伙！"

"刘岸青有消息了吗？"米兰突然转了话题问广美。

"米兰，有时候我觉得你们这样子真的挺累的。你说你明明是关心刘岸青的，但是现在却连打听他下落、关心他的话都这样偷偷摸摸的，怕什么呢？你们又不是有什么见不得人的事情，真是不可理喻。"

米兰回到了楼上的工作室去做衣服。她的工作室里有一面墙壁全是布，各种材质、各种颜色的布料，一面墙全是没有成型的服装样板，还有一面墙上是各种抽象了的玫瑰布艺。在布艺花儿的那面墙上有他们 ROSE 黑的广告语：你是恶魔，且为我独有。

工作室的吊顶是黑色的实木，唯有这个房间她设计成了古朴的感觉。米兰骨子里其实是一个想回到古代的女人，那个时候，男耕女织，男主外女主内其实挺好。现在的女人像男人一样坚强，男人却像是女人一样，这真是一个乱了套的世界。

在工作室的中央是两个白色的实木大案台，上面有卷尺、图纸、剪刀、各种颜色的线头、迷你缝纫机，还有喷雾电熨斗、划粉、时装杂志等各种零星散落的小玩意儿，花花绿绿的。

今天看到元野的那件白色的亚麻衫，她想起了几年前自己给刘岸青做的那件原白色的亚麻衫来了，还有那首莎拉布莱曼的《斯卡布罗集市》。她去放了 CD，今天她想再做一件白色的亚麻衫，虽然她还不知道做了给谁穿。

"你要去斯卡布罗集市吗？代我向那里的姑娘问好，告诉她曾经是我的真爱，请她为我做一件白色的亚麻布衫……"

空灵天籁般的音乐从天花板传出，广美听着也放下了手中的《第二性》，闭目养神起来。

广美第二天回到家，哥哥就凑过来献殷勤。广美觉得不对劲儿，韩迳图从来都是冰山王子一样把自己锁在自我的世界里，今儿一定是有事情求她。

她假装高傲地讽刺了两句。平时没有机会，这种千载难逢的机遇机不可失。

"哎哟，我这肩周炎好像犯了，最近老在搬泥、搬石头的，腰好像也闪着了。"

韩迳图就一会儿给她捶捶腰，一会儿给她揉揉肩的。

广美有些得寸进尺地说:"刚到家,口渴了。"

韩迳图就去给她倒了一杯橙汁。广美看他这般俯首帖耳的,就说:"夏天要来了,我要减肥。这橙汁吧,卡路里太高,我要的是夏日最佳冰饮,凉——白——开——"

广美拖着长音觉着爽极了。26 年了,还从来没有享受过这慈禧老佛爷般的待遇。

"这高跟鞋有些不舒服,脚好酸啊!"广美伸出那像是小萝卜一样的小短腿送到韩迳图面前,他的脸这才开始晴转阴,嘟囔了一句:"过了哈,怎么说我也是你哥呢!"

"说吧,到底是做错了什么对不起本小姐的事情了,需要你这个冰山王子如此卑躬屈膝地伺候本尊?"

"呵呵。"韩迳图说,"那种损人不利己的事情,你哥哥我从来不干,我是想向你打听点儿事!"

"嗯?"广美放下手中的凉白开,这事儿听着新鲜,自己跟哥哥整天抬头不见低头见的,自己几乎像是一个透明人,自己身上还有哥哥想要打听的事儿?

"说吧。"

"今天跳肚皮舞的是不是就是你说的那个中国的香奈儿、你的大学同学啊?"

"噢!原来是说米兰啊。"其实米兰在大学的时候来过广美家,但是因为韩迳图自己是美院出身,父母也是美院的,他骨子里有些排斥学艺术的姑娘。这点很难说是为什么,就像是一种本能。所以以前广美带同学家中聚会的时候,他一般都借口外出,从不凑这帮小孩子的热闹。而今天之所以来聚会,一是最近公司的事情实在有些棘手,他接的项目中有一个比较关键的负责人居然有剽窃别人作品的嫌疑,让他在圈内的声誉一落千丈。再说毕竟是自己妹妹的生日,所以他就来米兰家了。

第一眼看到米兰的时候,他就开始后悔自己的自以为是,若是早几年认识这个姑娘就好了。自己都三十了,最好的时候就跟冷冰冰的书柜和设计图纸一起度过了。还有看到米兰家二层的工作室旁边居然还有一个书房，一个学做裁缝的女人居然还这么爱读书，这点是让韩迁图吃惊的。之前只是听妹妹讲，她们"美莉兰曼"四姐妹中有个完美得像是水晶一样的人，今天一见，算是真的倾服了。

其实米兰的长相就是那种清澈得像泉水一样的姑娘，让人觉得她骨子中有那么一种婉约灵动的灵性美，哪怕她现在是一个企业家了，但是身上仍然感受不到任何商人的市侩！

"你跟哥哥介绍介绍这个姑娘呗，肥水不流外人田嘛！"韩迁图的祈求居然让广美莫名其妙地生气了，她大声喊起来："人家有男朋友了！"

她一个人去了自己的房间，翻来覆去像是炒鱿鱼，心想："这是怎么了，米兰到底有什么好？元野哥哥跟她暗送秋波，自己一向标榜独身主义、一辈子都不会结婚的哥哥居然刚跟人家见了一面就像是中了毒一样迷恋上了她，还这样低三下四地来求自己。今天明明是给自己过生日的啊，怎么成了米兰的粉丝见面会了？"

她越想越憋屈，就给 MARRY 打了电话。

第八章
妒火胸中燃

"喂？"

"MARRY，是我，你那儿方便吗？今晚上小白脸在你那里吗？我想跟你聊聊天了。"

"来吧，我刚好有事情跟你说呢！气死我了！"

书上说，两个生气的女人就能凑成一个炸药包。广美说："我这个26岁的生日是我过得最憋屈的一个生日，但是我也不知道到底是哪里出了问题。"

广美想了想，又接着说："昨天的时候你也不对劲儿，你跟慕矫健怎么就掐上了，你昨天跟他说什么了。"

"没有说什么呢。"

"那你趴他肩上耳鬓厮磨的，你家小白脸小脸儿都绿了。"

"哎呀！我就是说了一串数字呗。"MARRY装着无所谓的样子说。

"不是我没有提醒你，这个慕矫健跟杰克不一样，在社会上经常认识漂亮的美女老板，我怕你到时候鸡飞蛋打的。杰克其实不错，还有谁能够随便一送就是一个200平方米的大房子。"

MARRY 的心里不是没有纠结，但是她也控制不住自己的心。这个美国街头男孩让她第一次相信了世界上真的有一见钟情。

　　"你能否把他的电话号码给我？"

　　"你疯了吧！"广美说，"不要让自己往火坑里跳。你们真的不合适。"

　　"我也没有说一定要怎样啊！也许相处了就能发现对方的缺点呢。我们的时尚杂志《MO女》有人投资给网站做微电影了，并且还启动了一系列的公益节目。他和元野不是做电影的嘛，肥水不流外人田，有钱朋友一起赚嘛。"

　　"好吧。"

　　"你跟小白脸的试婚生活怎么样啊？"

　　"有时候觉得钱钟书前辈总结得对极了：在围城内的人想要冲出去，在围城外的人想要冲进来。婚姻也好，职业也罢，人生的愿望大抵如此。"

　　MARRY 仰天长叹。

　　"有时候我们一起吃饭，他想吃煮蛋的时候我就想吃煎蛋，我想吃煮蛋了他又想吃煎蛋，经常不在一个频道上。吃饭的时候我爱吃中餐，我喜欢喝粥，他呢喜欢西餐。他是在美国长大的嘛，他吃饭的时候喜欢喝牛奶和冰冷的橙汁。我们有时候一起去超市买厨具，我喜欢那些远古复古的土陶碗和土瓷碗，而他却喜欢精致的景德镇陶瓷。总之，我俩总是南辕北辙。"

　　"人家才22岁，我们那个年纪还在学校读书呢。这个年纪他能这般体贴已经非常难得了，生活上又委屈不着你，你还真是别不知足了。"广美有种预感，MARRY 这是在往死胡同里钻，"你确定不会后悔？"

　　"哪有那么恐怖，感情的事情我能操控得了。我可是最理智的天秤女噢！"

　　感情如洪水猛兽，它若是想要来敲门了，挡都挡不住！

　　"总之，我保证不会后悔。"

　　"好吧。"广美就这样把幕矫健给出卖了。

　　广美本来是找 MARRY 来说委屈，谁知道听了她的这些牢骚后自己的烦恼居然灰飞烟灭了。看来情绪真的是种可怕的东西，上来的时候恨不得要持刀杀人，但是去了的时候也足以让人悔到肠青。

"你跟我说什么来着？你不是有话要对我说吗？" MARRY 这才想起来广美有话要说。

"算了，没事儿了。小曼最近怎么样了？最近有些日子没有去看看她了。"

"是啊！应该再过段时间就能出院了吧！"

"你说米兰到底是什么样的人啊？"广美的话把 MARRY 给问懵了。

"怎么会问这个问题？"

MARRY 虽然跟米兰从高中在江城的时候就是一个班，那时候米兰是班长，两个人又都在一个宿舍，但是她总感觉米兰是个很遥远的人。就像是同学们和老师说的，米兰是个插上翅膀就能飞的人，而自己不是。MARRY 自认为从小到大就没有自卑过，但是在米兰面前经常没有底气，这种感觉一度让她失去了生活的重心。

"米兰是我们的好朋友啊！" MARRY 不解地跟广美说。有些观点无法用语言表述，像是她们此刻的心情。

"你有没有觉得有时候米兰其实没有我们想象中的那样完美，她其实是表面上无懈可击，但是其实她私底下最懂得怎么走捷径。我就不明白了，这么多年了，为什么她就没有出过一次错、走过一次弯路呢？你不觉得她太完美了吗？每次我们都感觉像是她的陪衬一样，只要是一有米兰出现，我们就都变得黯淡无光了。我们本来也是很优秀的公主，但是只要跟米兰在一起，我们就都成丫鬟了。"

广美今天的话其实说出了 MARRY 藏在心中 10 年的心声。每次无论她多努力，在江城她都只能是永远的第二名。她喜欢刘岸青，但是刘岸青喜欢米兰。米兰没有她风情，没有她性感，没有她有趣，但是她还是输了。这么多年了，她却不知道自己为什么总是输！

广美说："你还喜欢刘岸青吗？"

MARRY 说：“不知道了，有时候喜欢一个人久了，就像是每天吃饭睡觉一样成了惯性，但是忽然有一天问自己为什么要吃饭，居然回答不上理由来。也许吧，也许还在喜欢，但是我自己也不知道吧，因为不知道自己是哪里出了问题，对男人居然没有了感觉，可能是因为长久的单恋习惯了偷偷地喜欢了吧。”

“我理解你。”

“你怎么能够理解？我这种感觉是持续了整整 10 年啊！那个时候偷偷地喜欢还会心动，觉得没有在一起，但是就这样躺在宿舍的床上偷偷地想一想也很知足，有时候能在心里笑出花儿。但是现在总是心里咸咸的，我不打算再等了。”

“你从什么时候开始的？”

“不知道。好久了吧，也许是从刘岸青决定和赵小曼结婚的时候，也许是后来。说真的，当我知道小曼和他要结婚的时候，我心里挺开心的。我知道这虽然有些不人道，因为我跟米兰的交情按理说要比小曼好得多。我没有为米兰难过，当然也不是为小曼开心。可能是一种报复，就是自己得不到的东西对手也失去了，那种饮鸩止渴的快感，像是毒，但是也只是短暂的开心。”

广美忽然明白了自己的内心，原来是因为忌妒所以才会生气。

“你为什么不跟刘岸青表白呢？也许他一直不知道你的想法呢？”

“这种事情哪有不知道的，我对他的感情他不是没有感觉的。只是有时候人恋爱也像是在商场挑衣服，如果衣服太多了，比较的余地就大了，刘岸青的底盘里衣服太多。那会儿我就天真地想，别的女人我一点都不怕，但是对手如果是米兰，我感觉我没有一点竞争力。我总幻想总有一天他们会有一些问题，那个时候再乘虚而入也许会更好。但是我没有想到，赵小曼却在我之前先下手为强了。我像是一个永远的最佳备胎一样，往前挪不动，往后退也退不了，就那么像是鱼刺一样地卡在喉咙里，生生地难受。”

广美说：“那现在若是找到刘岸青，你说他和米兰还会在一起吗？”

“也许吧。也许他们注定还要在一起，本来就是一对璧人，分分合合终究还要回到起点。”

第八章　妒火胸中燃

"那赵小曼真的是够可怜的。"

"其实很难说什么才对。我有时候想其实刘岸青根本就不会爱上赵小曼那种女人，因为从江城时代我见证了他的毅力和才华，我觉得他骨子里是清高的。最后他决定和赵小曼结婚而放弃和米兰一起拼搏的时候，我还是有一点点失望。可能是对自己和人生的一种失望。有时候现实会打磨掉我们的理想，我们在残酷的现实面前会失去了本来的棱角。"

"你恨米兰吗？"

MARRY 看了广美一眼，这个问题让她很难正面回答。如果那个真实的她真的爱过刘岸青，爱情是自私的，那么她应该恨过，并且可能现在也还恨着。她抿了一下嘴唇，用小白牙咬着像是果冻一样的下唇。

"我恨过吧。怎么会问这个问题？"

"因为我好像也恨过米兰。我觉得她像是一阵旋风，可以把这个世界上所有优秀的男人都一扫而尽！"

"所有的男人？哪有这么夸张？"

"就是这个样子的。你不觉得我们身边的男人都像是着了魔一样地喜欢她吗？我哥哥 30 岁了，从来都没有打算结婚，曾标榜要单身过一辈子的一块榆木疙瘩，我今天回家居然又是给我捶背，又是给我揉腰的，我以为他做了什么对不起我的事情呢，结果……"

"结果怎么了？"MARRY 觉得广美的话有些不对味儿。

"结果，他让我给她介绍介绍米兰！他还后悔以前米兰常去我家但是他们却没有见上面。我跟他说米兰有男朋友的时候，你不知道他那眼睛……他那眼睛都能悲伤逆流成河了。"

MARRY 点了一支法国香烟。她说："我这是从香港免税店买的法国烟，但是买了我都没有抽，知道为什么吗？因为米兰喜欢这个牌子的烟，很奇怪米兰去法国回来后就经常地吸烟，以前她可是个'三不'的好青年，不吸烟，不喝酒，不说脏话，但是我发现她现在也跟我们一样开始吸烟了。"

"后来赵小曼说，刘岸青经常一个人在家的时候吸法国烟、听法国歌、喝法国红酒。我就有些不明白，为什么明明喜欢米兰却还是要分开呢？难道真的是为了更好的生活，或是在残酷的城市里可以少走一些弯路吗？如果梦想真的如此脆弱，那他当时那样执着地考美院又是为了什么呢？"

"人是会变化的。"

"可是为什么我就是那么难以改变呢？像是一块顽石。"

"因为我们都是挑食主义者，书上说，这是一种精神贵族的价值观，我有时候很奇怪，前段时间一直想买个大的香皂盒，但是一直没有买，便宜的看不上，看上的又都太贵。哥哥就说我太矫情，iphone我能眼睛都不眨一下地就买俩，而一个香皂盒40块钱，我死活不买。"

"挑食主义者？"MARRY若有所思，"我喜欢这样的定义。"

"MARRY，你知道吗？小时候我跟哥哥都很怪，妈妈因为爱美经常练舞蹈，所以身体很瘦，奶水不好。爸爸那个时候条件也不好，买不起进口奶粉，就给我们买了你们青岛的钙奶饼干，然后让妈妈嚼给我们吃。但是我们俩都是送到嘴里了就用舌头再送出来，绝不吃嚼食。妈妈很害怕，然后就哭了，心想，这俩孩子这是像谁啊？都绝食！"

"那你觉得你长大了之后变了吗？"

"没有。"

"喜欢一个人还是从心动到古稀。我一直喜欢一个人，没有告诉过你们。"

"谁？"

"元野！"

"就是……那个'佟大为'？"

"嗯哼，就是他。"

"你是为了他而单身到现在的吗？"

"也许吧，20年了，我们俩从5岁的时候就进了名都园。我们俩还有我哥哥，我们三个像是连体人，有人说我们是青梅竹马。但是后来，从高中时候起，我去了

111

美院附中，他去了北师大附中，我们就有点分道扬镳了。也许是从一开始我们俩就站在一个岔路口，只是开始的时候大家还比较近，慢慢就越走越远了。这种感觉像极了你跟刘岸青之间，感觉像是长进了自己身体里面的一个毒瘤，一直没有忍心剜出来。他在高中的时候身边就开始有了别的女孩子，也一直都在换，但是每一次他都否认，说仅仅是朋友。"

"路环环呢？"

"她是中戏的嘛，大学的时候因为接元叔叔的戏所以就搭上了元野哥哥。她确实很美，但是元野哥哥也不喜欢她。有时候我不懂男人是怎么想的，不过他还是在中戏附近租了个两室一厅，就算是他们不经常在一起，他也为了她租了房子。他其实在望京西金隅国际有自己的电影工作室叫'阿波罗1号'，但是元野哥哥不喜欢带她去那里。"

"你有没有发现在你生日派对上，元野总是盯着米兰看？"

"我又不是瞎子，我哥哥跟我说，那天他们一起回家的路上，你的那个男孩还有元野哥哥都特别喜欢米兰。我哥哥也说喜欢她，他们还打赌看谁能够先追上她。我觉得他们都多大的人了，怎么能这么无聊。但是韩迳图说，有意思！男人追女人有成就感。"

"你说我的生活是不是太糙了呀？为什么他就不喜欢我呢？"广美问MARRY。

"这个不是真正的原因吧，如果他喜欢你，你糙一点他以为你朴素，如果他不喜欢你，你就是再精致，他还以为你矫情。我们会遇到真正欣赏我们的人的，他们这些人不值得我们飞蛾扑火。走，一起去看小曼去吧。"

米兰早上醒来居然接到一个陌生号码的信息："我想跟您谈谈，今晚八点午夜巴黎见。"午夜巴黎是家法国人开的甜点店。

米兰回过电话去，但是对方拒接。一会儿信息又发过来了："我是路环环，元野的未婚妻，我想跟您谈谈。"

米兰想："就是那团红色吗？她怎么会知道我的手机号码？就只有一面之缘的

人，她想找我谈什么？"米兰又打过电话去，还是不接。她就给她回了信息："对不起，我不知道我们之间有什么好谈的。我很忙。"

对方居然给她回了："我们之间应该好好谈谈，关于我的未婚夫。"

"元野？"米兰想，"我跟元野也是只有一面之缘的人，真是莫名其妙！"

她说："对不起，我跟他不熟，我很忙。"

对方居然打过电话来了！米兰说："路小姐，我不懂你到底什么意思。我跟你和你未婚夫都是只有一面之交的朋友，我不知道你到底想跟我谈什么？并且有什么事不能在电话里说的？"

"我很爱我未婚夫，我们就要结婚了，大家都是女人，并且您事业那么成功，我不想……"

米兰听着有些糊涂，她说："那跟我有什么关系呢？"

路环环说："昨天晚上我跟他回望京的'阿波罗1号'，他跟我说，我们以后要彻底地分手了！我就问他为什么？他说他有喜欢的人了，我问他是谁。他的身边除了我没有别的女人，虽然喜欢他的女人很多。我看他的眼神非常地认真，他从来没有那么郑重其事地跟我聊过天，我们在一起5年了，我不想就这么掰了。米兰姐，我求你。"

"你求我做什么，我又不是上帝！"

"你就是上帝！他告诉我他喜欢的人是你！"

电话那头的路环环早已经泣不成声。同样都是女人，虽然事情本来与自己毫无瓜葛，但是自己的不经意没有想到已经给一个女人造成了致命的伤。她答应了路环环的请求。

"谢谢米兰姐。"

米兰再见这个小姑娘，对方扎起了马尾辫，换了身清凉的休闲装，跟那天的拜金女像是双胞胎姐妹，她的面容居然还带着那么一点羞涩。米兰想，难怪在娱乐圈的人感情和生活很难长久，变数太大，有时候变化会恍惚了人的眼睛。

113

第八章 妒火胸中燃

米兰说:"看不出来,你像是个百变女王。"

路环环说:"谢谢米兰姐。"

米兰说:"我们好不容易见一次面,你就是为了说这句吗?"

路环环说:"谢谢米兰姐,谢谢你答应跟我见面。我知道你们事业能做得这么成功的女强人一定都是特别通情达理的女人,你不会无理到跟我抢别人的男人吧?我们在一起5年了,从我上大一的时候起,我们就在一起,我们是能够结婚的那种。我也已经22岁了,女孩子还有多少年的好年华啊。你也知道现在的影视圈里,一个女演员若是想要成名到底有多难,我不想成为多么实力派的女演员,我就想嫁个像元野这样的男人。他是做导演的,人也很善良,我也是陪他时间最长的女人,他若是不喜欢我他不会跟我在一起这么长时间的。但是他昨天跟我说分手的时候,我真的怕了,因为你太优秀。米兰姐,你身边优秀的男人一定还有很多,但是我不一样,我只有他,他就是我的整个世界!"

米兰怔住了。"我跟你不一样,他就是我的整个生命!"眼前这个姑娘的这句话居然与3年前赵小曼跟自己说的一模一样。因为自己像是钻石一样,很多面都在闪光,所以爱情就成了可有可无的一个面吗?男人在自己生命中就没有资格说是自己生命的全部了吗?

"真是可笑!"米兰心里想骂人!

她说:"对不起,你的事情好像真的与我没有关系。我想你还是好好反思一下你们自己吧!妹妹,大家都是女人,我想劝告你一句话,就是女人任何时候都不能为了一个男人而迷失了自我。真正能在一起的感情都不是用眼泪换来的。爱情一直就是一个奢侈品,有,就疯狂,没有,也要坚强。来,把眼泪擦干。"

米兰给路环环递了一张纸巾。

"可是我不能没有他!"

"在这个世界上,我们没有了谁都可以依然完好无损地活下去,无论多么悲伤,痛苦的记忆也会随着时间的洗礼而变得慢慢淡去。相信我,如果你们真的是有感情的,那么没有任何人可以将你们拆开。"

"那你答应我，他如果联系你，你就不要理他可以吗？"路环环抬起她泪汪汪的大眼睛望着米兰。她也知道自己的理由有些牵强，虽然是在征求米兰的意见，但是气场上早已经不容米兰说不。

米兰说："好，我答应你，我们不会再见面了。"

事情一直过了几天后，米兰给广美打电话，广美就推脱一直在忙，找 MARRY，她也一直在忙。

广美生日聚会后，大家莫名其妙地都开始像国家元首一样日理万机起来。

日子空闲下来了，人就容易回忆以前。虽然有二十几年的光景，但是米兰是那种记忆力特别好的人。生命在她眼中就像是一本书，有序言（包括别人的序和自己的序），有后记，还有目录，也有章节的介绍。

在高中之前的那段岁月，米兰统统划分为童年。那个时候就是在海边玩儿，米兰和露露像是两只泥鳅一样在沙滩上总有事情做。有时候她们在五四广场海边的树林子里一晒就是一天。这一章的章节简介就是快乐而美好的童年时代。

那时候，米兰夏天会躺在沙滩上看天上的星星，也会做一些稀奇古怪的梦。她有时候会梦到自己去了月球，坐着时光机器；有时候会在小树林子里面用一些树枝树叶来自制烤鱼和烤海贝，她们还觉得比家里妈妈做的味道正宗。她们也会带着家里妈妈的那些美容时尚杂志来树林子里看。她们那时候怎么也不懂好好的人为什么要在胸部套上那样不自由的犹如眼镜罩一样的假奶，更是不明白为什么那些熟女都还穿着又高又细的像锥子一样的八厘米，走起路来有点像是农村的踩高跷。她们不知道有一天她们长大了会不会也变成这样子。

露露那会儿还倔强地说，她才不会！她长大了一定不给自己穿那么不舒服的假奶，更不会让自己踩高跷！那时候米兰觉得露露很酷。

但是还没等过完那个夏天，一天傍晚，露露就在放学后拉着米兰的手一起又来到了这个小树林。她从自己那天天向上的军绿色的书包里拿出一个黑乎乎的东西。

米兰问："这是什么？"

第八章 炉火胸中燃

露露说："妈妈的黑丝袜！"然后她就让米兰给她把风，她要穿穿看。那时候她们才9岁，妈妈的黑丝袜跟她们的个子一般高。露露的小腿穿着那黑丝袜像是穿着黑秋裤，还晃晃的，长出来的那半截她就都放在了脚底。最后发现腰带那松紧也是晃晃的，她就折叠了一下，围着小腰转了两圈，然后把余头又塞进了自己的内裤里。

这是她们第一次渴望长大，变成大人，可以穿上成年人的那些东西，假奶、黑丝袜和高跟鞋。然而时间没有让她们失望，很快一眨眼的工夫，就要中考了，露露得了非典型的激素怪病就丢下米兰永远地走了。米兰第一次感受到了死亡原来一直离自己如此零距离。还没有来得及穿假奶和高跟鞋，露露就走了，真的兑现了她一辈子都不会穿那玩意儿的诺言。

从那时候起，米兰就很少说一辈子怎样怎样，因为她觉得自己的诺言总有一个类似于上帝的人会听到，然后如果她做不到就会得到惩罚。

米兰不知道接下来的路该怎么走，就这样走吧，也许走着走着就找到方向了。她考上了江城一中的美术班，因为妈妈是裁缝，爸爸是记者，她更喜欢妈妈，所以就这样选择了美术。

在江城翻开了她人生的第二个篇章。高中的时候，美术班里已经有很多爱美的女孩子都拉了离子烫，染了板栗色的头发，戴上了假奶，还有的穿上了高跟鞋和黑丝袜。而米兰一直都不敢这么做，她害怕想起露露来。

但是，一个叫刘岸青的男人，让她忘记丢失了童年玩伴友谊的伤，她又开始重新快乐了起来。她的生命因为爱情的注入，血液又开始新鲜起来。

"你为什么不穿内衣？"刘岸青问米兰。记得在她17岁生日的时候，他赠了她一款裸粉色不知道什么牌子的内衣。

那天米兰没有说话。

江城的初秋，天气已经开始转凉，校园里面的法国梧桐树也已经开始秋风起而木叶下。他们一起踩在窸窸窣窣的梧桐叶子上，嘎吱嘎吱的，米兰那时候觉得这个是世界上最美的音乐。

"女孩子发育期如果还没有穿内衣的话，你的那里会下垂的，并且没有内衣的钢圈保护，你的那里也会变得像是煎锅里面的摊鸡蛋，又扁又平的，非常丑陋。还是穿上试一下吧。"刘岸青好像很懂女人，哦，不，女孩。

这是米兰第一次穿内衣。内衣是裸粉色的，是刘岸青从学校对面的步行街的小市场买的。那时候十几块钱的东西，但是米兰觉得也很舒服。很奇怪，现在 500 块钱以下的内衣她一上身就觉得浑身像是起了毛，而那时候几十块钱的东西，晚上睡觉有时候都不舍得摘下来。

因为学了画画，所以也看到了夏日的七彩，看到了树叶的绿，看到了花儿的红，看到了天空的深邃和湛蓝，看到了窗外有鸟叫。米兰一直觉得有时候颜色可以闻到，声音可以看到。刘岸青和 MARRY 经常说米兰的脑袋里全是些稀奇古怪的想法，他觉得米兰将来考大学应该学动画，一定可以成为中国的宫崎骏，或是写儿童文学，一定可以成为中国第二位杨红樱。

而米兰觉得自己很正常，自己会哭会笑，有朋友离开会伤心，有新的朋友会快乐。高中江城的日子现在回忆起来是生命中最华美的乐章，那时候有目标，有理想，有友谊，还有纯纯的爱情。

高中的时候，米兰和刘岸青做过几件连 MARRY 都不知道的事情，就是他们曾经有好几次一起深夜在空无一人的江城大马路上牵手走路。江城是一个由小镇发展起来的小城，靠近青岛沿海。他们曾经爬上青岛最高的山，他们要在这个城市的最高处俯瞰整个青岛。高中时代沉重的课业压力还是让那时的他们骨子里有些叛逆。

还有米兰借口跟专业老师说要在画室里面画伏尔泰的石膏像而和刘岸青双双留下。很奇怪，那时候，他们居然孤男寡女地在一个寒冷的雪夜没有怎样。后来过了凌晨两点，米兰就开始困了，画室里面没有案台，刘岸青就用一些同学们的画板搭在板凳上，然后把自己的棉衣脱掉，垫在上面给米兰当床褥。那时候，米兰很奇怪刘岸青怎么不困。

后来米兰想明白了，当心里有别人的时候，人就会在心中有股力量，这股力量

会支撑着一个正常人创造出非正常人的奇迹。

很快就要高考了。米兰是班长，她负责每天在黑板上写类似于距离高考还有多少多少天这样的警示语，偶尔也写上一句简单的鼓励同学们的话。那天以后，米兰就在黑板边的警示语后面写上了"相信力量在心中"这样的一句抽象的话。

这句并没有露骨鼓舞的话，却创造了那年江城一中美术班的奇迹，3个美院学生金榜题名。

这也开启了他们三个在一起新的篇章。

有时候米兰想自己跟刘岸青到底是怎么砸了的？仅仅是因为毕业了大家一起失恋的恐慌和害怕面对残酷的现实吗？

米兰回忆起来居然完全不能想起到底是从什么时候开始刘岸青的眼神中开始有了杂质，从什么时候开始他的精神不再专注。她习惯了，所以就心粗了，粗得把他弄丢了。

MARRY和广美到医院的时候，赵小曼正在摔东西。赵天意给她换了一个高护房间，但是她已经连续开掉了3个小姑娘，现在医院已经没有护士愿意主动来照顾她了。她的精神已经崩溃到了极点，整个人像是挂在衣服架上的衣服，风一吹来，就能飘走。

广美放下康乃馨，问她要不要吃点水果，广美给她剥火龙果吃，小曼这才平静下来。原来是刘岸青来电话了。

"他在哪里？我去把他找回来，你现在这个样子，他不能一个人逃跑。"

"普兰。"

"普兰？"

"嗯，西藏。他跟米兰曾经去过并相好的地方。"小曼伤心的泪水流了出来。

"我恨她。"

"你再恨他，他现在也是你的丈夫，你生病了，他是最应该在你身边来照顾你的人。"

"我恨她，我恨她，我恨米兰！"

这最后的四个字才让 MARRY 和广美恍然大悟。

"她不是说去法国就永远不会回来了吗？她不是说永远都不会再招惹刘岸青了吗？她不是说她是真的原谅了我们了吗？她不是说她已经不喜欢北京这个城市了吗？她怎么能够说话不算数又回来了呢？并且还带着她那样耀眼的梦想，她永远那么耀眼。她现在又那么有钱。那他们在一起就是了，为什么还要这样对我？"

MARRY 和广美听得一头雾水。米兰和刘岸青平时连传个话儿都是广美或是 MARRY 代劳，难道他们私底下还有什么地下活动？这不是米兰的风格啊！

"她和刘岸青私下见面了吗？"

"嗯。他彻夜不归。"

小曼这话是子虚乌有的，但是她还是随口就说出了这样的话，其实真正彻夜不归的人是她吧？仇恨是会转移的，她曾经有短暂的那么几秒钟对刘岸青心怀憎恨。她觉得他不够爱她，并且还一个人背着她听法国歌。如果当初不爱她，为什么还要选择跟她结婚？

赵小曼这话就像是搬起石头砸自己的脚一样矛盾，明明是自己勾引的刘岸青，并且还不要求负任何责任的，真正的插足第三者的人明明是自己。她不懂为什么自己的卑微不能换来刘岸青的感动，他到底是怎样的一个怪胎，辜负了米兰，也辜负了她。

"你还爱他吗？" MARRY 问小曼。

其实她一直都想搞明白小曼和刘岸青之间的这段婚姻，背叛了朋友，家庭也隔绝了关系，就他们这种在社会上没有丝毫生存能力的两个寄生虫的纯爱也好，肉欲也罢，到底能支撑多久？

小曼没有回答。已经连开口肯定的勇气都没有的爱，在心里也可能只剩下痛了。她也有些后悔，也许当时跟着徐子墨回美国洛杉矶，是上帝赐给自己的最好的一个机会。都怪自己太贪婪，就是因为还有一丝的幻想，不想就这样承认了自己和刘岸青的失败，所以才会到了今天不可挽回的地步。

MARRY 说："他在普兰的哪里？"

"我不知道。我只是猜测，因为他之前跟我说过好多次，想要带我一起去西藏生活段时间，北京让他没有创作的灵感。他想要换个环境。可我不喜欢西藏，我的心脏也受不了那样的高原低气压，这事情就搁浅了。再后来米兰就回来了，他又跟我提过两三次，我都没有答应。我要去别的城市也可以，上海或是青岛这样的滨河城市，甚至海口、珠海都也不错，为什么一定要去西藏。"

说着赵小曼就哭了。她后悔，后悔自己太任性。

"他打电话问我离婚的事情，若是考虑好了就离了吧，还顺便问我的病情。我告诉他我快要死了，我需要他回来。他说他已经回不去了，他爱上西藏了，现在他还有一个伴侣，是一个堕落派诗人。"

"他们在一起了吗？"

"我不知道，反正我接电话的时候身边确实是有女人在说话。"

"这个王八蛋！"MARRY 不知道是在骂谁。

"在上大学那会儿，米兰确实跟刘岸青去过好几次西藏，好像有一次是去了普兰的一所当地的学校支教了一个月的时间。"广美跟 MARRY 说。

"我要去西藏。"赵小曼说。

"你的身体、肺活量根本不能挺住，你现在就负责配合医生好好地治疗，要好好吃饭，我们把他给你找回来。"

"可是他已经有别的女人了。"

"他是我高中时代就一起混的人，我们认识十年了，刘岸青这个人我最了解，他不会轻易忘记以前的某些朋友，更不会轻易地爱上某些女人。他是一个内心有着乌龟壳一样的人。"

广美和 MARRY 在回家的路上说："我们怎么联系他？他的手机还是处于无信号状态吗？你去还是我去？"

MARRY 说："米兰去！"

"米兰？"

"嗯。只有她才能把他找回来。在这个世界上，感情世界里最讲究的游戏规则就是先入为主，米兰是他感情世界里面的第一个，只有她才能让他回来。"

　　MARRY 狠狠地说着，然后给赵子民打了电话。

121

第九章
女神危机

"米总，这是我们最近一个月的财务报表，纯利润比上个月下滑了整整 30 个百分点。"

"什么?"米兰接过那打纸，顿时感觉脑袋就增大了一倍。

"怎么会这么多? 订单为什么减少了这么多?"

"主要原因是之前的老客户都纷纷违约。"

"他们为什么违约?"

"我这几天做过调研，大部分客户违约是因为有一个新兴的高端奢侈品牌和我们在竞争。他们走的也是国际路线，他们的设计师都是外聘国外的一流顶尖设计师，并且我调查了一下他们背后是有香港的财团支撑的。也就是他们一开始的目的就很明确，放长线钓大鱼，这不明摆着欺负人吗?"

米兰说:"什么品牌?"

"白 LILI。就是白百合。连名字都是跟我们一样，有中文，有英文。"

"公司的本部在哪里?"

"我查了一下是在香港。"

"香港？"

米兰隐约有种压力，这个品牌是有备而来，无论是资金还是技术，都像是一股寒流一样，让人感到寒冷。

"你怎么看？"米兰问万国梁。

"我们先摸摸对手的底细，毕竟我在这个圈子里面认识的人多，如果仅仅是一个新兴的品牌的话倒也还好说，我就是怕同行的人再傍上了大款，又有头脑又有金钱的话，那我们就麻烦了。"

"大梁，你这些年在圈内没有和什么人过不去吧？"

"肯定没有，我大梁这些年在圈子里做策划靠的就是人脉和巧辩，我怎么可能去树敌呢？你是担心有人在背后给我们下软刀子？"

"嗯。这也难说。最近我在看《三国》，有一些启发，觉得自己对人生有些失望了，因为江湖太险恶，有时候在一条道路上走得越远就会发现越孤独。"

"总之，最近还是小心行事为好，本来这几年我们的服装尤其是高端订制这块就已经饱和。有钱人是比以前多了，但是现在有钱人的钱也不好挣了。大家都明白了一个道理，就是挣普通人的钱太难了，所以大家都来争着挣有钱人的钱。"

"最近往墨西哥和日本的单子怎么样？"

"这个还是正常的，国外的贸易订单都没有缩水，就是国内市场的缩水不小。我觉得这不正常，按理说一个新建不到两个月的新的服装品牌就算是有资金聘请国外的高端设计师，但是他们没有必要尾追我们的客户资源啊？"

"是啊！所以我觉得这个品牌背后一定有个非常了解我们的对手，会是谁呢？"

米兰和万国梁最后一致认为有内鬼。

"难道？"

"不可能。我们俩天天在一块儿！不可能！"

"你不要过早地下结论。一切皆有可能！叫徐敏来趟我办公室！"

"徐敏，我们在一起共事多久了？"

"一年一个月又三天。"

"那你扪心自问，我和大梁对你怎么样？"

"没得说。"

"我们公司这个月的财务报表我看了，我们公司国内高级订制的订单严重缩水，有近三分之一的客户违约。"

米兰问："你知道这是怎么回事吗？"

"我最近一直在忙上海旗舰店的事情，没有了解高级订制的事情啊？"徐敏的回答坦荡自然，不像是做了错事的人。

米兰想也许是自己真的多虑了，虽然徐敏曾经做过一些见钱眼开的事情，但是有了那次的教训，她应该不会再做什么对 ROSE 黑不利的事情了吧？

看着如今也是一身名牌的徐敏，她想起了自己一路成长的路程。一年前这个丫头 25 岁，瘦瘦的小细胳膊，脸色也黄黄的，谈吐虽然有些不俗，但是怎么看都不像是一个经常出入高级写字楼的白领。如今在 ROSE 黑，她的薪水从最初的零收入，到如今的每月税后一万，她应该是感激自己当初选择了 ROSE 黑的吧。从收入也好，到外表也罢，在这个城市，ROSE 黑给了她想要的。米兰想，她如果这次再做了什么错事，一定不能再原谅，上次是初犯，但是这次再明知故犯就是品格有问题了。

"好的，你有空和大梁好好地沟通一下。我们公司本来电商就是负成本在运营支撑着，实体店也是基本上处于收支平衡的状态，就是靠着国外的贸易订单和国内的高级订制来盈利。这短短一个多月的时间，我们的客户流失率就遭遇滑铁卢，这样下去不用半年我们就都卷铺盖走人了。"

"不是徐敏，那会是谁呢？"米兰想。

大梁说："米总是不是您平时不小心得罪了什么人？"

"不能吧？我向来都是人不犯我我不犯人，再说我在圈子里也就是一年的资历，基本上在北京的这一年，关于我们品牌的事情都是你跟徐敏在打理，我都是幕后工作，应该不能躺着都中枪吧？"

米兰正要给广美打电话，广美就打来了。

"米兰，今晚我们去 MARRY 家吧，她说关于刘岸青的事情要跟我们说。"

"好。"

刘岸青失踪有快半年了，在自己公司出现谜团的时候，也开始同时有了他的消息，米兰的心情像是浸水的白纸，皱皱的。

米兰曾经设想过刘岸青可能去的地方，他应该不能回老家江城，可能会去西部。他一直有个西部的梦，但是西部太大，她不知道他是去了青海，是新疆，还是西藏。他还跟米兰说过想去尼泊尔，从西藏过去，那里人们对宗教的朝圣让他向往。有时候米兰想这样对他也好，也许一个人没有牵挂，能够说走就走，人生最灿烂的自由也未必是件坏事情。

米兰期待着晚上的聚会。

盛夏夜晚的北京像是一个不舍得打烊的店铺，东家总是忙不迭地在张罗着客人，每个人都像是有自己的目的地，每个人都是那么的目标明确。米兰开车奔驰在二环路上的时候想，北京城的这一圈圈路像是一棵大树的年轮。听广美说，在她还是四五岁的时候，海淀的西三环还是一片的荒郊野岭，那个时候的大学就像是现在镇上的那些服装厂，挂个牌牌就是高等学府了。

如今北京城是环环堵时时堵。米兰在路虎新发现上侧目看同行的车子，居然发现越是好的车子上的人越是年轻。

"感情在这群人的生命中算是什么呢？他们为什么可以看起来那么开心呢？"米兰想不明白，有时候大梁说得对，生活一定要学会没心没肺。生活就像是雾里看花儿的时候才最美，永远只能探个大概而不能深究细节。

米兰想着这些杂七杂八的事情，车子就开到了大望路的"首府"了。米兰在珠江帝景停好了车子就去了珠江帝景的 D 区。推开门的时候，广美已经在了，杰克今天也在，还有见过几次面的白玉琼，她的身边还有一个不认识的也是小白脸一样的小年轻。

MARRY 说："米总最近好忙啊。"

125

米兰总感觉今天的气场不对，自从那次在自己家给广美过了生日派对，广美好像跟自己生疏了，而 MARRY 说话也开始有些棱角。米兰向白玉琼问了好，就打算问刘岸青的下落。

"刘岸青他现在人在哪里？"米兰迫不及待地问 MARRY。

"西藏。"

"西藏？"

"嗯。小曼说他给她打电话说他现在人在西藏，小曼说他可能是在普兰。以前刘岸青曾经说过要跟她一起离开北京去西藏生活几年，他顺便搞创作。那会儿小曼身体不好就没有答应。"

"那他的电话回过去没有人接吗？"

"他就给小曼打过两次电话，一次是用公用电话座机，打过去确实是普兰的号码，另一次是用手机，但是回过去就是信号不好，不在服务区。这是他手机号码，你打打看，我跟广美都打了不下一百次了，但是就是不在服务区，不知道是他的手机掉在纳木错了，还是在西藏那地方太靠近天堂了，高处不胜寒。"

米兰接过新号码，电话那头的服务小姐居然说："对不起，您所拨打的电话是空号。"

广美说："记得我们上大学的时候，刘岸青选择的采风地点都是西藏，每次也都是你跟他一起去的，所以现在断定他人就在西藏的话，他一定在你们去过的那些老地方，所以……"

"所以什么？"米兰看着 MARRY 的眼睛问她。

"所以，我跟广美一致觉得还是你去西藏的话才能把刘岸青给找回来。因为现在的小曼已经快要疯了，她整个人已经瘦得皮包骨头了。就算是赵天意有钱，但是在戒毒医院那种地方就像是在疯人院一样，每个病人都像是疯子。就是不疯的正常人在里面时间久了也会被同化的。小曼很坚强，但是她不愿意好起来，她说就算是好了、出来了和在里面也没有什么两样，没有什么意思。家里反倒还没有疯人院好，里面就算是些疯子，至少她不孤单啊。"

广美也在敲边鼓："米兰，就算是小曼她和刘岸青之前有什么不是，但是我们都是这么多年的好朋友了，你不会对他们置之不理吧？"

米兰刚才在犹豫，不是不想去，她无比想去，就算是现在刘岸青是赵小曼的丈夫，她始终坚信在这个世界上她才是真正了解和包容刘岸青的人。其实就算是刘岸青伤害了她，她也没有真正地恨过他，也许爱到了一定的境界就是无条件的信任和包容了。就像是《荆棘鸟》，就算知道那是根又尖又长的荆棘刺也要毫不犹豫地刺进自己的胸腔。

米兰只是担心自己现在公司的事情还没有落停，她还没有查明最近这财务和市场的漏洞，她如果就这样一个人再离岗一段时间的话，会发生什么？

米兰一向是个相信因果的人，她做事情从来都是先考虑后果，再倒着去填充原因，而现在的未知事项有点多，她心里没底。

但是她还是答应了："好，我去，我去把他领回来。"

有时候，有些事情是责任。长大了，在这个新的篇章里面，爱已经不是单纯的脸红与心跳，它像一颗水晶、钻石一样，拥有很多的面，而责任是其中最耀眼的一面。

"白姐，赵哥最近跟香港的那个服装贸易商谈判得怎么样了，他们那边什么时候可以给我们划分成过来？最近赵哥手机怎么都联系不上了，他不回家的吗？"

白玉琼说："他最近出差了，说是去香港办一个文化展览的活动，我也没有问。"

MARRY 看白玉琼的样子，应该是赵子民没有跟她说自己跟他的大项目。看来赵子民这个人平时老奸巨猾的，关键时候还是个挺靠谱的合作者。

知道问多了白玉琼也不知道，MARRY 就不再问。

白玉琼说："你不是喜欢那小子吗？怎么自己不去呢？"

MARRY 说："我也不知道人家去过哪儿，就算是瞎猫碰上死耗子了，我找着人家了，可是没有以前在一起的回忆啊，所以算了吧。"

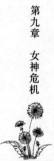

第九章　女神危机

127

"落伍了吧，MARRY 最近又有新情况了！"广美凑过来跟白玉琼说。

女人天生就对八卦感兴趣。白玉琼问："哪家公子哥这么有福气？"

广美说："你认识的，就是最近给她杂志社做微电影的那个独立音乐人。"

"慕矫健？"

"嗯哼。"

"难怪！"

"难怪什么？"

"你难道没有发现 MARRY 最近穿衣服都有点那个美国街头爵士的感觉吗？"

"嗯。是有那么点味道呢。"

"这事儿杰克知道吗？"

"他应该还没有察觉，他还是个毛孩子，也许还没有读懂 MARRY 的内心。"

"说什么悄悄话呢？"MARRY 端着一盘新疆马奶从厨房出来招呼他们一起吃马奶。明明就是葡萄，她非说得这么性感。

广美说："这才是 MARRY，没有性格就不是她了。"

米兰回到德国印象后就给万国梁打了电话。

"我要去西藏。"

"什么时候？为什么啊？"

"刘岸青在西藏。"

"可是你现在走了，我怕公司的事情我跟徐敏应付不来。最近公司的漏洞太大，并且我昨天审查了一下发现财务也有漏洞，还有呆账！"

"我心里也不放心，但是这是我已经认识 10 年的朋友了，我不忍心看到他堕落。"

晚上米兰失眠了。她隐约记得那是她去法国的最后一个夜晚。她在美院附近租了套简陋的一室一厅公寓。记忆中那个初秋时节的风已经开始冰冷刺骨，刘岸青像往常一样地开了门，看到蜷缩在沙发上像是病猫一样的米兰，他的热泪滚落在米兰的下颚上，然后顺着脖颈滑进乳房。他要亲她，但是米兰的心已经冰凉得像是深秋的风。她背对着他睡去。

"我把删掉你的 MSN 又加上你了，你在法国若是寂寞了就跟我聊聊天。"

米兰没有说话。

刘岸青继续说："其实我有段时间内心非常厌世，也不喜欢我自己，所以对你的态度也非常不好，现在我回忆起来内心非常地愧疚，对不起。"

"你为什么选择她？现在后悔了吗？"

"感觉。感觉这个事情没有理由，我自己选择的路，跪着也要将它走完。米兰，对不起。"

米兰无话可说，这种话太抽象，让人无法辩论。如果人的很多情感都是仅仅靠感觉来维系的，那爱情就是花篮上随时会凋零的花朵。不坚强就会成为水桶里面随时被宰割的鱼，心在那一晚上已经练成了一个可以伸缩的活塞，什么结局撒在心网上都能够承受。

米兰在出发前的那晚做了一个跟她去法国前同样的梦。

夜已深，刘岸青来了又要走，但是走了又回来。米兰蜷缩在被窝里想："他在犹豫什么呢？没有结果的事情转身离开就是了，为什么还要犹豫呢？"

原来是家里马桶坏了，他去买了马桶刷，然后马桶就又焕然一新。厨房水池旁边的垃圾已经散发出酸腐的臭味，刘岸青去最后一次把垃圾桶都清理干净，就算是要离开，也要最后一次把该清理的都清理掉。

他要走了。米兰抓住了他的衣衫一角。

"我们为什么会这样？"

"我们一开始就没有一样的价值观吗，还是走着走着才变了的？"

"咱们俩的关系，我举个例子，我们都是太挑食的人，如果我们去买车，我们都是先看外观的人，我们对性能的要求要次于外观。"

米兰懂了，刘岸青永远像是采花的蝴蝶一样，他会停落在不同的花朵上面。

"你走吧。这是你的选择，好好对待小曼。女人爱上一个男人不容易，不要再

让女人伤心。"

"你很坚强，你会很快好起来的。"

米兰苦笑："不坚强，难道要跳楼吗，还是要自杀？不坚强又能怎样？哭着喊着跪着要你留下来吗？你走吧！"

那天晚上那个房间里面还弥漫着刘岸青离开的气息，沙发上，床单上，还带着他淡淡的体香，米兰起床把床单套、沙发套全部拆下来放进了洗衣机……

"我们都要对得起我们自己。"

3 年前的这句话还萦绕耳畔，米兰感觉自己的身体内已经有了一个内置的像是护身服一样的壳子，刀枪不入，但是他这 3 年又是做了些什么对得起自己的事情呢？制造游戏规则的人却率先违了约。

记忆如果是一块抹布就好了，不用的时候，就可以随便地丢掉。

门铃响了，是万国梁。

"米兰，我不想让你走。"万国梁这是第一次叫米兰的名字，米兰转过身来看着他。

"为什么？"

"那个男人难道伤害你还不够吗？我时常看到你像是冷冰冰的机器一样每天除了工作就是工作，脸上的笑容从来都没有那么彻底过，你的内心一定不是这样的女人。这个世界上最难受的事情就是看起来不般配，他和你看起来不般配，你知道吗？现在公司就像有个谜团一样，重要客户都纷纷釜底抽薪，你若是现在离开，公司谁来坐镇？"

米兰停下不断收拾行李的手，她惘然地看着万国梁。这个潘忠良的嫡孙，她是多么想现在就告诉他这个秘密，她起身去了书房。

她说："你来书房，我告诉你为什么？"她给万国梁拿了个凳子。

"你相信宿命吗？"米兰问他。

"不相信，我只相信自己的努力。"

"可是我相信。我相信在这个世界上总有一些自己就算是努力也得不到的东西。曾经我也像你一样地不相信命运，我觉得我的未来是掌握在我自己手上的，只要我努力我就可以得到我想要的。后来我发现我错了，我莫名其妙地开始变得宽容。终究有一天，你也会宽恕一些自己不能接受的东西，不是因为爱，而是一种责任。真正的悲伤不一定要泪流满面，有些悲伤痛到极致，有时候是哭不出来的。"

"你已经不爱他了，为什么还要这样？"

"因为责任。如果是在我离开的这段时间，ROSE 黑垮掉了，那我认命。"米兰说最后三个字的时候，她哽咽了。

"啊，好舒服。你知道吗，大梁，我有好久都不能哭泣了。谢谢你。谢谢你让我今天又能哭泣，哭泣对我来说是轻度的悲伤。"

"对不起，米兰，让你伤心了。"

"叫米总。"

万国梁也跟着哭泣起来。

"为什么？为什么我总是得不到你的心呢？我时常痛恨自己能力有限，不能够保护你。看到你这一年下来比以前更瘦了，你经常几个盒饭就是一餐，我会心疼。答应我，好好吃饭，好好照顾自己。"

"大梁，对不起，我是个内心有太深伤痕的人。爱情对我来说太过奢侈，我想珍惜你这个朋友。做我永远的搭档好吗？答应我，等我回来，我会告诉个关于你的秘密。记住，上帝对你很慷慨。"

"还记得席慕容的那首诗吗？《无怨的青春》：在年轻的时候，如果你爱上了一个人，请你，请你一定要温柔地对待他，不管你们相爱的时间有多长或多短……长大以后，你才会知道，在蓦然回首的刹那，没有怨恨的青春才会了无遗憾……"

"你知道吗，大梁，在我去巴黎的前一夜，我和他试了好几次，但是我就是不行。有时候身体是最好的警报器，他的背叛让我的身体没有了灵气。尽管我也想宽恕他，但是上帝不允许。随着爱情的终结，我们的肉欲也终结了，所以我没有留下来。我当时想，我也许永远都不会回北京了，但是时间和距离让我遗忘了痛苦。所

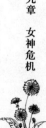

131

以我相信，等多年以后，我们想起今天的痛苦也好，欢乐也罢，都是一场梦而已。我们所能做的都是掩面哭泣而已。"

"请允许我等你，我等你缓过来。我知道，我知道你就是病了，你生了一场大病，你自己都不知道的大病，你只是需要时间来康复。"

"不要等我，我们没有未来。我会耽误了你的幸福。"

"等你是我自己的事情、我自己的决定。你好起来是你自己的事情。我们互不干涉。"

米兰说："你怎么这么傻？"

"我已经傻了一辈子了，我还想继续傻下去，因为只有傻才能让我心安理得。"

"好好照顾自己，我们的 ROSE 黑你一点都不要担心。其实在来的路上，我就知道我一定会碰冷钉子，我们两个之间，我从来都没有说服过你。我在车里给你准备了路上的一些生活必备品，知道你最近一直很辛苦，可能没有时间准备，我去拿。"

万国梁在车上居然放声痛哭起来。

"为什么？为什么？"

他在心里向上帝发问，如果上帝真的存在，他想现在就和上帝促膝而坐，他想和上帝谈谈。

"能和你再见见面吗？"一个陌生的号码发过一条信息来。

"你是谁？"米兰给他回过去。

"元野。"

米兰突然想起了路环环与自己见面的时候求自己不要再理这个男人的事情来。她给他打了电话。

"你好，我米兰。"

"我知道。"

"我不知道你为什么想要见我，有什么事情等我回来再说吧。我明天就要走了。"

"去哪儿？"

"西藏。"

"几点的飞机？"

"早上 7 点多，最早的航班，北京飞拉萨。"

"是为了去找那个人吗？"

米兰说："哪个人？你怎么知道的？"米兰瞬间觉得这个世界有些晕眩，最近的事情就像是一个谜团：刘岸青失踪半年了突然就有了若隐若现的消息，自己的ROSE 黑莫名其妙地就有了一个隐形的巨人一样的竞争对手，一些莫名其妙的人总是横冲直撞地就走进自己的世界，而自己的老朋友却越来越像是陌生人，就连广美也跟自己莫名其妙地生疏了。

"我听广美说的。"

元野请广美吃法国大餐，他想让广美介绍米兰给自己认识。广美很奇怪自己没有发飙。元野在她眼里像是一个彼岸的符号，他们之间永远有着不可逾越的鸿沟，之前是那些形形色色的女孩，之后也许是米兰。

他们都是那种必须要怎样的人。

"你有勇气听米兰的故事吗？"广美问他。

"我想听全译本的，最详细的。"元野的眼神坚定，这是广美从来都没有看到过的眼神。

"喜欢米兰的人有很多，你凭什么以为你可以得到她？"

"凭感觉。"

"感觉是世界上最不靠谱的东西，好吧，我祝你好运！"听完了广美的故事，元野更加确定了想要的是米兰这样的女人，虽然米兰比自己大两岁，但是他真心喜欢这个姑娘。

"你是因为她的钱而喜欢她的吗？"广美针锋相对。

"你觉得我这辈子是那种会缺钱的人吗？"元野势均力敌。

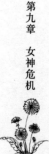

第九章 女神危机

第二天，米兰在机场候机室里面见到了那个身影，几个月了，他还是那样的不媚俗。一身褐色的夹克衫，下身是米白色的运动裤，穿着褐色的大头皮鞋，围着浅蓝色的围巾，戴着红色的鸭舌帽。

米兰假装不认识他，不知道他是否看到自己了，她去买了一份《经济观察》，故意挡住了自己的脸。米兰是头等舱靠窗，希望这个人的座位不要靠近自己。

"伊莲，my name is yilian……"米兰一看还是昨晚的那个号码，她摁了拒接，手机就一直不停地响。米兰干脆关了机。这个广美到底是哪根筋搭错了，告诉这个人自己的事情干吗。

上了飞机系好了安全带，米兰像往常一样睡起觉来。

元野看着睡熟了的米兰，像是个婴儿一样，那么安详，他不懂这么美好的一个女孩子，当初那个畜生怎么会抛弃了她。她的头慢慢地歪在了他的肩膀上，缓慢而均匀的呼吸通过身体和骨骼传递给心，元野真的希望这种动作可以保持一辈子。她的头发那么柔软，发尖轻轻地滑落下来。元野想，这样美丽的发丝滑落在手背上一定舒服极了。

米兰的眼睫毛像是芭比娃娃一样又长又密，小鼻子圆鼓鼓的像是泰迪熊，嘴唇却是厚而性感的。突然隔壁一个大姐的喷嚏把米兰给惊醒了。米兰一看自己居然睡在了邻座的肩膀上就蒙蒙眬眬地边揉眼睛边道歉，没想到他就一直笑。米兰转过头来一看，惊了！五官顿时都惊成了圆圈的形状。

"不好意思，我刚才是一直都睡在你的肩膀上吗？"

"嗯哼。"

米兰瞬间额头体液有点多。

"那……那你怎么会在这里啊？我记得我身边是一个三流的女演员啊！"

"我跟她换了位子。"

米兰有些吃惊，但是她还是面如平湖。

"你去哪里啊？"

她实在不知道他到底想干什么。

"与你同行。"

"我是去找朋友的。"

"我知道。就算是过去的一块抹布，你都不会轻易丢掉，我们都是一样的人。"

"路环环找过我。"米兰本来想把这件事情烂在肚子里。但是元野的执着让她有些怕。

"我知道。"他好像什么都懂、什么都知道似的。

"那你是什么意思？她不是你的未婚妻吗？"

"去找你，然后说一些莫名其妙的话，这是她的风格。她是个有心魔的女人，像是邪恶的黑天鹅，性感但是歹毒。"

米兰很失望。她说："我不明白你们男人为什么可以追女孩子的时候就甜言蜜语，但是等得到了，就把她们像是扔破抹布一样地丢掉。想在一起的时候仅仅是因为有感觉这样抽象朦胧的谎言就能把女孩子哄得团团转，但是分手的时候仅仅是说些性格不合一样抽象的鬼话，让女人无从辩解。"

"你失望了吗，对男人？"

"没有，我一直坚信在这个世界上还是有好男人的。像是我父母，我就很渴望拥有那样的爱情。父亲会经常地出差，妈妈是个漂亮的女裁缝，在江城有很多很远的地方的人都会打听着来找妈妈做衣服。我觉得妈妈很幸福，我也一直想要过这样的日子。但是我发现我成不了妈妈，就算是我像妈妈一样学了做衣服，我也成不了她。她生活在一个朴素的年代，所以她会拥有那个年代的爱情，而我们生活的这个时代有些浮躁。"

"想不想听听我的解释。"

"随便。"

"我是那种跟任何女孩在一起都很舒服的人，我懂得女孩子的心理，但是我有自己喜欢的女孩子，曾经有段时间我像你一样，我绝食。"

"绝食？"

"嗯。我觉得所有的女人都很恶心。那段日子，我像是哪里出了问题一样，对

你们女人已经没有兴趣了。在我这个血气方刚的年纪，我像是超脱了一样，对女人居然没有了感觉。小时候，很多小朋友都喜欢去有女孩子的地方玩，我也是，长大了大家还是喜欢去女孩子多的地方，但是我变了。他们说是因为我是做导演的，见的美女多了，对美女有免疫力了。我自己也不知道问题是出在了哪里。"

"在路环环之前，我身边就有很多的女孩，但是每次我身边都只有一个，只是持续的时间都不长。每次广美都会问我这个是不是我女朋友，我都否认。我跟人家姑娘谈之前跟她们说得很明白，但是姑娘们居然也都同意了。我不知道是为什么。这就像是周瑜打黄盖，一个愿打一个愿挨。"

"你没有问过她们吗？"

"当然问过啊，她们的回答五花八门。有的姑娘说跟我在一起有面子，有的说我长得好看，有的说我爹是元国强大导演，有的说是因为爱我，有的说是因为我忧郁。总之，每个姑娘都带着自己的细节，而我也沉醉于这些细节，但是我发现了一个致命的问题，这些女孩子都苍白得像是一张白纸，让人提不起任何的兴趣。所以后来有段时间我很自闭，开始绝食了。"

"我想生活有时候真没意思，但是打破这种宁静的是路环环。我爸的作品需要一个青春的女演员，让我上中戏大一的新生中去选一下。我认识她是在学校的瑜伽馆里，那个时候她正在练习瑜伽。在瑜伽馆的落地镜里面她是那么安详，长长的头发像是瀑布一样地泻下来。那时她的汗珠顺着头发滴下来，我的心又重新开始恢复了生机，后来她就成了我的女朋友。"

"她是我公开承认的第一个女人。当我向朋友宣布这个消息的时候，我就没有打算再去想别的女人，就算是她将来有什么缺点我也会包容她，只要不是原则性的问题。所以从她大一到毕业，到现在，我都一直像是宠公主一样地宠着她。"

"那不好吗？"

"我发现我错了，因为年纪小的时候根本不知道自己想要的是什么、什么样的理想、什么样的女人。我一直以为只要我自己努力就可以改变她，但是我发现人的本性是改变不了的，它是一种固有的气质在身体中永存。可能路环环确实是个好的戏子，在她的生命里，成名的渴望会比做女人的渴望要强烈。我从来都是尊重女强人的，但是我讨厌为了达到目的而不择手段的人。"

"她伤害过你吗？"

"有时候信任就像是一张白纸，一旦皱了，就再也抚不平了。我太相信自己的能力，以至于这段感情持续了太久太久。"

"给我个机会，哪怕是做朋友，不要不理我。"

"为什么？"

"因为没有彼此，我们会孤独。"

"你怎么知道我会孤独？"

"如果你还在挑食，如果你还在拒绝，那么你就一定还在孤独。有部电影叫《苦月亮》，说的是男女主角一开始很相爱，但是后来却步入变态婚姻关系的故事。我们不是在演电影，因为我们已经知道故事的结局了，所以我们就要避免那种悲剧式的结局不是吗？"

米兰被这个男孩给说服了。

"婚姻是一辈子的事情，所以不能将就。曾经我以为自己可以从一而终，但是我现在宁可高傲地发霉也不要再低调地凑合了。"

"他是个什么样的男人？"元野问米兰。

"谁？"

"你的前男友。"

"曾经我以为他是一个站到过山峰顶端的人。女孩子在年轻的时候都会喜欢一些有才华的男孩子，我也不例外。"

"现在呢？"

"现在我们俩像是进了一个大锅，他在锅底的最中央，而我在锅子的边沿上，遥不可及的距离已经让我们俩心与心之间越飘越远了。"

第九章　女神危机

137

第十章
走吧，去天堂

汽车在开往普兰的路上，8 月西藏的天空纯净得像是一面镜子，像是可以照出人的内心。

"西藏，天堂！我又来了！"

米兰朝着天空呐喊。太舒服了，好久都没有这样彻底地呐喊过了。

元野看着天真得像是孩子一样的米兰，这是一个像钻石一样的女人，她的每一面都是那么的光芒四射。

"原来这里如此美丽，感觉整个人像是掉进了仙境里，连呼吸都开始顺畅，在这里的人应该一辈子都不会生病吧？"

"西藏，是唯一一个我来了不想走，走了还想来的地方。我很多年来都在做同一个梦，时常在这样的梦中惊醒。"

"什么梦？"

"我梦见了我背着我的画板，带着我的行囊，来到了这片雪域高原，在这里看夏日的七彩，在这里听牦牛的呼唤，在这里寻找四瓣的格桑花。"

"那很浪漫！米兰，也许你自己都不知道，你是个让人无法拒绝的人。"元野看着米兰。米兰开始心跳加速，她知道他想要说什么，她害怕看他的眼睛。

"我总感觉人像是衣服一样，时间久了就有污垢与杂质，需要清洗。而西藏就是清洗杂质最好的地方，无论一个人有多么的颓废，内心的伤痕有多么的厚重，只要来西藏，他就像是到了天堂，所有的伤都好了。"

元野笑，他只是笑，望着这个单纯的女人，他笑了。

"你知道我那天晚上给你打电话是找你做什么吗？"

"说来听听。"米兰被西藏的这片湛蓝给浇醒了，她像是个孩子一样地问他。

"我想拍一部关于你的故事的电影，但是我不了解你，我找广美，她就把你的电话号码告诉了我。"

"广美喜欢你？"米兰的答非所问让元野有些懵。

他怔了几秒钟说："喜欢我的人很多，我总觉得有一种人他会让很多的女孩子对他有深深的好感，这也许是一种气质，像是那个演员佟大为。但是等真正了解了这个人，有时候并不见得是真正的喜欢。而我就是一个被很多女孩子标榜成佟大为一样的符号的一个人。"

"为什么这么说自己？"

"因为我确实有很多很多的怪癖，若是女孩子真正地跟我在一起了之后，真的不一定喜欢。"

"噢？说来听听。"米兰打量着这个男孩子，忽然觉得他的话题对自己永远都那么有吸引力，真是个有魅力的小子！

"我呀？我喜欢睡觉的时候把整个房间都挡得严严实实的，关上了灯，就感觉像是一个封闭的黑暗世界，黑暗和封闭能给我安全感。事实上，我家的窗帘总是会有那么一丁点儿的缝隙，透进那么或浓或淡的一些月光来，很让我失望。我还喜欢一个人在书房看书的时候，身边的人都最好不要来烦我。事实上我也总是天不遂人愿，不是一些恼人的电话，就是慕矫健或是路环环，不到三五分钟就总有一些事情出现在你的脑海。总之，我没有一次是那么如我所愿，这点也让我伤心。"元野耸耸肩。

第十章　走吧，去天堂

139

"你呢？你有没有一些小怪癖？"

"我是个外圆内方的人。很多人说我虚伪，而我却不这么看。当初在伊甸园里，亚当和夏娃为什么要用树叶将自己的那里遮住呢？虚伪本来就是人性的一部分。一个真正有性格的人来自于内心有方。"

"你的方是什么呢？"

"我有些方面过得很糙，但是有些方面应该还算精致。"

"噢？说来听听。"

"比如说我个人对书和布的钟爱就有些登峰造极。从小我就喜欢待在书堆儿里，但是我却不是书呆子，这点后来我也没有弄明白。按理说，一个从小就趴在书里面的人应该是个不善沟通只喜欢文字的人，我却没有因为爱书而造成语言障碍，这点我挺感谢上帝的。"

"那布呢？你对布有什么情有独钟的？"

"我父亲爱书，我母亲爱布，到我这里了就既爱书又爱布。我对布有种天生的敏感，我知道什么样的布料适合做什么样的衣服。小时候我曾经趁父母不在家的时候，偷偷地把父亲给我买的一个草绿色的蝙蝠衫给剪掉了，做了一个小书包。回来后爸爸就要把我丢出去，边扔边喊，这个孩子什么胆儿，这么败家！"

元野说："你小时候有这么淘气吗？"

"我小时候像个男孩，野着呢！"

"那最后呢？最后你爸爸有没有真的打你？"

"没有。我的父母很恩爱，父亲生气，我母亲就过来护着我，有时候母亲对我很生气的时候，父亲就过来护着我。总之很奇怪，从我有记忆起，他们就没有吵过架。那时候我的一个小伙伴叫露露，她的父母就总是吵架，三天一小吵，七天一大吵。每次父母吵架，她就来我家避难。"

"那现在你的小伙伴还跟你很要好吗？"

米兰突然变得伤心起来："她走了。"

"走了？"元野有些不解，"去了哪里？"

"天堂。在我们中考的那一年，我们说好了一起考江城的美术班。但是她却在中考前一个月，忽然间得了一种怪病，身体开始变得很虚胖，像是水肿的牛，脸也鼓鼓的，整个人也开始长高了许多。当时，北京和上海的医生都没有查出来这是一种什么原因导致的激素井喷的怪病。"

"真的很遗憾，对不起。"

"没有关系，我们一生的路途这么长，总有一些人会先离开。天堂、人间和地狱从来都是肢体相连。那一年我目睹了死亡，有些东西没了才知道是真的没了。而活下来的人必须要相互慰藉地活着。"

"你相信爱情吗?"

"相信，只是太过短暂。很多人问我还爱不爱刘岸青。这是一个很矛盾的哲学问题。有时候不是因为爱，只是因为爱过，你会觉得这像是你的一种责任，你无法目睹他的堕落，你必须要去拯救他。"

"就算是已经不爱了吗?"

"对。就算是已经不爱了，甚至就算是深深地憎恨过。当他遇到问题的时候，你还是会义无反顾地去照顾他。你对路环环没有这种感觉吗?"

"我们的关系与你们不同，你们是心灵上的相爱过，我却一直都是一位孤独的苦行僧。"

"苦行僧?"

"嗯。我小时候爷爷就跟我说，人的一生就是在修行，我们都是苦行僧，不断地叩行叩行……"

"我有种预感。"元野又开始严肃地看着米兰，米兰总是不太敢去迎视他的目光。从在德国印象的第一次四目对视，她已经体会到了他的目光里面的电瓦度太高，她太怕触焦了。

"什么预感?"

"你会席卷整个世界。"

米兰害怕这样隆重的定义，她其实特别想去做一个小鸟依人的女孩，或是一个端庄贤惠的贤妻良母，但是并不是每一个女人都有这样的好运气来遇到一个这样保护自己的好男人的。懒惰是人的本能，依靠也是女人的天性，但是当这个世界上谁都不能依靠的时候，人只能选择无奈地靠自己。

"可我是女人。我若并不想席卷整个世界呢？"

"那你想要什么？"

"简单的幸福和简单的快乐。"

"而我觉得你的梦想是世界上最奢侈的要求。"

"你相信这个世界上有真正开心的人吗？"

"也许有吧，但是他们一定是极端的物种，要么是特别聪明的人，要么是特别傻的人。"

"几个意思？"米兰有时候觉得眼前的这个跟万国梁一样的大男孩有时候很深刻。

"聪明的人可以把假的东西掩饰得天衣无缝，而傻的人因为无知愚昧而看不到痛苦。"

"你痛过吗？"

"当然，但是我觉得一个人若是真正痛过之后，他就不可能再百分之百地开心了，但是不经历痛，人又不能真正变得聪明。所以人生活着本来就是一道无解的方程式，那些解出答案来的都是错误的。"

"你们导演都这么深刻吗？"

"我总觉得这与职业无关吧。这应该是人的本能。我从小就特别爱琢磨各种问题。我喜欢在自己的小天地里面遨游，很多人觉得我爷爷和父亲都是中国的知名大导演，所以我就应该也是什么什么样的人。其实我们三代人走的路线根本不同，爷爷是中国最早的新中国成立前的人，他们是中国影视的奠基者。而我父亲是中国第五代导演的人，他们那个年代的人从小经历了中国的大变革，见证了新中国的发展，所以他们骨子里就有那么种人文关怀。而我是在新社会、新时代长大的人，我们的骨子里就是叛逆，我们看到的是直击人性的一些东西。"

"谢谢你。"米兰看着元野说。

"谢谢你陪我聊这么多。如果回京，我答应你帮你完成你的梦想，我相信你会是中国未来的一名很了不起的导演领军人物。"

"我也谢谢你，给了我一个好的素材。我想拍摄一部《传奇》，关于探讨青春很多问题的传奇。我的直觉一向很准，西藏我是来对了，这次旅途将会是我的人生翻篇儿旅途。米兰，谢谢你。"

那天他们在路上的谈话像是说了整个的人生。他们不断地在交谈，谈天说地，谈细节，谈生活，什么都谈，他们一直都没有间断。有人说，人生是孤独的旅程，如果可以，一定要找一个善于聊天的同行者，因为人生太寂寞。

后来他们就躺在车子的后座上睡着了。他们太兴奋，连睡眠中都梦到了和对方交谈的样子。

车子在晚上7点钟的时候到达了普兰的一个小镇，米兰问镇上开超市的老大爷，如果从这里开车去梦想小学的话还有多远。老大爷告诉他们，今天晚上去不了了，因为前面的路太陡峭，如果要去梦想小学的话，必须要走前面的山路，还是留宿一晚上再走吧。

"可是我们还是想今天就能去啊！老大爷，您再想想就没有别的路可以走了吗？现在才晚上7点钟，应该很近的了。"米兰不想在这样荒郊野外的地方过夜。

"姑娘，真的是没有别的路了。要不就是你们重新返回去，那样的话今天也是到不了的。就在这里住一晚上歇歇脚再走吧。人生不是要赶着去投胎，很多事情是急不得的。"

"要不，我们就算了吧，在这里住一晚就住一晚，明天白天光线好了我们再走。万一出了什么事，我们得不偿失。"

元野从后备厢里取下行李，开始往楼上搬。这是那种自家的独栋小板楼。老大爷以为他们两个是夫妻或是情侣，就说："只有这一间房间了，就是为你们这样的浪漫恋人准备的。"元野和米兰本来一天的旅途下来就很劳顿，又听着这样的不着边际的语言，想要争辩什么，终究没有力气说出一句话来还击，只能张着嘴巴僵在那里。

床是只能容纳一个人的单人床，仅仅十多平的狭小空间里只有一张床、一张80年代的带抽屉的木桌子，还有一把油漆都已经脱落掉了的榆木椅子。在屋子的外面还有一个灶台。老大爷告诉他们，以前曾经有一个作家在这里体验生活过一段时间，这房间里面还有她的很多笔记。

老大爷说："她是中国一位很了不起的诗人呢。以前每年到了秋天的时候，她就会来住上一段时间，但是从去年开始她没有来，也许是姑娘长大了，终于嫁人了吧。"

老大爷有些伤感地讲着关这个房屋主人的那些往事，就又步履蹒跚地下了楼。桌子的抽屉里有一本诗集，封面是惹眼的大黄的颜色，书的名字叫《吾亲吾爱》，作者是梦摇。

"梦摇?"米兰说，"我好像在哪里听过这个名字。"

元野走过来看着封面上的那个笑容灿烂、长得像三毛一样的女诗人，翻开扉页。介绍是：梦摇，原名崔陈梅子，北京东城人，80后，中国堕落派诗人拓荒者。

"我在中学的时候就看过她出的书，她是一个文字骑在马背上的女人，流浪诗人。后来不知道怎么就没有消息了，原来是来了西藏。"

"噢！我想起来了，是在《MO女》杂志社，她曾经上过 MARRY 杂志的人物专访栏目。有一期她们的杂志做了一个叫《梦想照进现实》的专题报道，其中有一个人就是采访了她。人生如梦，摇曳无依。是她！应该就是她！"

老大爷一会儿就抱来了一床被子，也是单人的。

"我睡桌子，你睡床。"元野跟米兰说。

深秋的西藏，夜里的温度已经零下，米兰躺在床上和元野聊天。

"看看梦摇的诗歌吧。一个女人要有多大的能量才可以一个人在十六七岁的时候就背上行囊去满世界地流浪。她现在也不过是 26 岁的年纪，居然已经踏遍了这个世界上的一百多个国家。"

"这样的女人像是海拔4500米以上的野生鸢尾，只能瞻仰不能亲近。书上说，4500米是人类呼吸的极限，4500米以上的高度，人类就会窒息，而野生鸢尾是可以在4500米以上生存的花。"

"你有没有特别崇拜的人？"米兰问元野。

"崇拜谈不上，我觉得只要是人，我们就都是生而平等的。就算是很有成就，他从人格上也不能高高在上。但是我有比较欣赏的人。"

"什么样的人会让你欣赏？"

"凡·高和海明威吧，因为这两个人都是用自己的生命在创作。当他们感觉到使命完成的时候，也就顺其自然地结束了自己的生命，就连自杀都是那么有气魄地饮弹而亡。鲜血在火药的撞击中灰飞烟灭，那种悲壮让人类景仰。"

"那你有没有欣赏的女人？"

"香奈儿和伊丽莎白。这样坠落到人间的天使却终生未嫁，她们把自己的一生嫁给了自己的事业，这样的女人让我由衷的欣赏。"

"你有没有想过自杀？"

"我以前有种预感，我总有一天会自杀的，因为不知道人活着是为了什么。在这个世界有太多的谜题让我困惑，我曾经苦苦追求的很多东西，后来发现却是错误的。我总是在否定与自我否定，这种感觉让我不爽。作为男人，两样事情会困惑他的一生，女人和理想。而女人却简单得多。"

"为什么这么说？"

"女人只需要研究男人就好了。男人也许就是女人的整个世界，而女人却从来都不能是男人的整个世界，虽然这个社会定律非常的不公平，但是这就是社会的规律。"

"你是个大男子主义者。"

"所有的真男人都是大男子主义者。"

这样的话题让米兰有些不舒服，她想休息会儿，这一天她好像把自己这辈子的话都说完了。刚要眯眼睡会儿，广美的电话打了过来。

"米兰，你的手机终于有信号了。我都打了一天了，就是联系不上。"电话那头断断续续的，广美的声音很急促，一会儿就又没有信号了。

"谁?"

"广美。她好像有事情，很着急的样子。你看看你的手机有没有信号?"

她的手机好是好，就是信号经常失灵。元野这才从背包里掏出手机来一看，手机卡一直都在搜索中。

"没信号?"

"广美的声音很急促，我感觉是发生了什么事情。我们要不去跟老大爷说声，看看他超市的电话能不能用。"

"都这么晚了，老大爷都睡着了吧?"

"刚才她的声音真的很急促，还说联系了我一天了，我的心现在七上八下的。"米兰有些着急，快要哭出来了。

元野就赶紧下楼去找老大爷开门，老大爷起床给他们开了超市的门。

"喂? 广美是我，米兰。我们今天刚到普兰这里的一个小镇，我们在这里困住了，信号一直不好，怎么了?"

电话那头已经泣不成声:"米兰……"

"怎么了? 广美怎么了?"

"小曼……"

"小曼怎么了?"

"她昨天夜里一个人打开医院的窗子跳楼了，医院保安发现的时候，已经没气了。我们赶到的时候，她躺在地上血肉模糊的。你都不知道她当时的样子有多么的悲惨。米兰，你回来吧。"

米兰的电话掉了下来，她一个人怔在那里。

"喂? 广美，是我。"

元野的声音让广美的哭声终止了，她没有想到元野也跟着米兰去了西藏。她本来还想要告诉米兰关于赵小曼遗嘱的事情，但是现在她听到了元野的声音一下子醒了。她啪地挂了电话。

元野扶着米兰上了楼，米兰蜷缩在床上。窗子外面的风像是受伤了的狮子一样在朝着整个森林怒吼，她感觉头痛得像是要炸开："今天是我的生日。"

"嗯?"元野好像没有听到她在说什么。

"今天是我 28 岁的生日，每当中秋节过后八月十六，月亮最圆的时候，那一天就是我的生日。"

"小曼走了。我的生日成了小曼的祭日。回去吧，天意，一切都是天意。"米兰抱着元野大哭起来。

"为什么? 为什么会这样?"

当元野把米兰抱在怀里的时候，才知道原来整个世界的重量是这样的。

他说："好好地睡吧，等明天天亮了，我们再做决定。"

也许是因为今天米兰实在是太累了，也许是刚才韩广美的电话让她的头脑短暂休克了，她哭完就很快睡着了。

元野一个人在桌子上看梦摇的那本诗集《吾亲吾爱》中的《铭记》："自从第一次四目对视，就再也没有忘记。多少个困极难眠的月夜，我依旧铭记。铭记初见的清澈。多年以后的梦里，我依旧铭记，就算是你已经离开，我还在原地。"

女人的诗歌总是那样缠绵，像是糖衣炮弹，让人无法自拔。元野合了集子，望着窗外，拉上了窗帘，屋子里瞬间变得黑黑的，那是能够给他安全感的黑。只是普兰的黑，黑得不够彻底，它带着一种天空反射的群青色，还有一点落日余晖的绛红色。他点了一支烟，米兰闻到烟味就醒了，并且开始难受地呕吐。

元野试了一下米兰的额头，滚烫得很。

米兰说肚子疼。每个女人每个月都有那么不自由的几天。米兰说在她的旅行包里面有 ABC。

元野说："什么 ABC?"

米兰说："卫生巾。我一紧张就会提前来月经。"

第十章 走吧，去天堂

元野说："对不起，我不是很了解。"他的脸唰地就红了。

以前跟路环环在一起的时候，这样的事情向来都是路环环自己搞定。元野只知道女人有那么几天心情会莫名地烦躁，脾气会莫名地不爽，但是从没在女孩子身体不舒服的时候照顾过她们。他给米兰冲了红枣姜汁汤。他看到了还有元胡止痛片。

他问米兰："这个可以吃吗？"

米兰说："今天是我生日，但是以后我再也不过生日了，因为每次过生日我都会想起这是小曼的祭日来。"

"那让我们为她的祭日先吃点泡面吧。"元野泡好了五谷道场。

"你和那个女人之间的所有仇恨都是为了这个男人吗？这是一个什么样的男人，让你们这些优秀的女人都为他疯狂，甚至是死？"

"他并不优秀。如果优秀，小曼就不会死，我也不会这样半死不活的，像是活个死人。"米兰刚吐过，根本吃不下，她总觉得泡面还是不够咸，没有味道。元野就把已经丢在垃圾桶里面的调料又拿出来，全部倒进去，米兰还是觉得不够有滋味。

元野说："女人吃太咸的泡面不好。"

听着元野体贴又带着责备的话，米兰不说话，只是边吃泡面边掉下泪来。

"这个男人到底是去了哪里？怎么可以这样子丢下自己，丢下小曼？"米兰想不通。

"我还想去找他，我一定要见到他，他怎么可以这样子就躲起来了？胆小鬼，懦夫。"

"我陪着你，无论你怎么决定，我都陪着你。你若是想回北京，我就陪你回北京，你若是还想去找他，我就陪着你去找他。"元野看着米兰，这个女人从来都没有这么脆弱过。

"为什么要对我这么好？"

"我信赖你，你有一种别样的妩媚。"

"妖媚？我都落魄成这个样子了还妖媚？你什么审美啊？从来没有人这么说过。我想靠靠你肩膀可以吗？"

"能不能答应我，不要让自己再这样辛苦了，可以吗？你这个样子会让人心疼。"

　　第二天，他们搭着从镇上到普兰的公车去了梦想小学。3年了，这个小学还是一点都没有变，还是那样几间没有院落的教室，还有一栋小二层，二楼是老师的宿舍，一层是陈校长和嫂子的卧室和厨房。

"陈校长？"米兰试探着朝屋子里面喊，但是出来的却是陈校长的老婆。

"嫂子！"

"米兰？"米兰向元野介绍陈校长的夫人。他们俩像是外交官一样地握了手，陈夫人知道米兰来是为了刘岸青，她就开门见山了。

　　她说："刘岸青确实在这里住过一段时间，还有一个叫梅子的姑娘，她是个诗人。这个姑娘的行李都还在二楼的教师宿舍呢，还有这里还留着刘岸青的一件衣服。"

"那他们现在在哪里？"

"丽江古城。"

"丽江？"

"是的。你们先屋里坐，陈校长现在在给娃娃们上课，这个穷乡僻壤的地方，一直也没有招到老师来，就他一个人又教语文又教数学。"

　　陈夫人很羞涩地看着米兰，她虽然不知道发生了什么，但是她打心眼里喜欢这个姑娘，虽然她也很喜欢梅子。

"这位是……"

"噢！他是我的一个好朋友，叫元野。他想拍电影，就跟我一起来西部体验生活来了。"

"噢，噢。"

原来刘岸青在来西部的路上遇到了一个流浪女诗人，他们不约而同地来到了梦想小学。但是刘岸青并不喜欢和梅子在一起。他打算和陈校长一起回陈老师的老家丽江，但是这个叫梅子的女诗人又跟着去了。梅子走的时候对陈夫人说，她要和刘岸青这样的人在一起，因为他们是同类。

"刘岸青没有跟你们说过他结婚了吗？他家里还有位生病的妻子，他没有跟你们说过吗？"米兰问陈校长。

"他跟我说了，他说他想一个人静静。我是纳西人，有多年没有回老家了，他就问我什么时候还回云南，他跟我一起去采风，结果他就在那里不打算回来了。他是想要一个人静一段时间。但是梅子是一个很执着的姑娘，刘岸青走了的那段时间，她在这里不吃不喝，也变得郁寡欢。我和你嫂子也是看着心疼，所以就告诉了她刘岸青的地址啊。对不起啊，米兰。其实梅子也是个不错的好姑娘。"

"是不是这个姑娘？"元野指着在镇上旅馆的那本诗集的女孩说。

"是的，她叫崔陈梅子，是北京姑娘。她像你们一样来过我们这个小学好多了，每年都会来这里支教段时间，她这次是打算来西藏定居的，谁知道在路上就遇到刘岸青了，也许这就是命吧。米兰小姐，对不起，哥哥不知道你已经和刘岸青结婚了。说实话，他来的时候，我和你嫂子还纳闷，怎么这次是他一个人来的，你怎么没有跟来呢。对不起。"

"我不是他的妻子。我是替他的妻子来找他的，他的妻子一直在北京的医院里，他却逃到了西藏来。昨天夜里，他的妻子已经离开这个世界了，所以陈校长我要找到他，我要找到他跟他说清楚。他不能这样躲起来过一辈子，这样子他一辈子都不会心安理得的。"

"我只是知道我走的时候他们还在古城的这个地址，你可以去看看。如果他再搬家，我就不知道了。你们走的话也明天再走吧，今天就先在楼上凑合一晚上。我们这地方庙小，你们就先委屈一下。"

当米兰上楼的时候，她就惊呆了，整个房间布置成婚房的样子。红的雪纺窗帘，还有红彤彤的被褥，靠窗的桌子上堆砌着一些书，一看就是那个女诗人的。

"他们两个平时就睡这一张床吗?"米兰问嫂子。

"不是,平时都是我跟梅子睡楼上,刘岸青跟陈校长睡楼下。这是刘岸青和陈校长去云南后,梅子布置的房间。因为那个夏天她有一次放了蚊香,不小心着火了,她就重新布置了房间。她说她喜欢大红色,所以整个的房间就布置成了像是婚房的样子。"

"噢,噢。嫂子这是刘岸青的衣服?"

"嗯,以前他来这里的时候,总是穿着这件衣服,但是后来他去云南了,所有的东西都带走了,唯有这件衣服留了下来。也许是不想要了吧。"

米兰就开始流泪。这是她给刘岸青做的唯一一件白色的亚麻衫。刘岸青五音不全,不会唱歌,但是米兰和他约定,她给他做件衣服,他就必须学会唱莎拉布莱曼的《斯卡布罗集市》。后来米兰的衣服做好了,而刘岸青的歌终究是没有学好。有些事情也许就是注定的吧。

"米兰,你怎么了?"元野问她。

"没事,想起了以前。"

"可否跟我分享一下,也许你会好一些。"

"我好像曾经跟你说过,我相信宿命的事情吧?"

"嗯,好像说过。"

"我和刘岸青之间现在想来好像就是注定要分开的一样。这件白色的亚麻衫是他生日的时候我给他的生日礼物,他有的方面特别笨,比如说唱歌,每次我们一起去 K 歌他都呆呆地坐在那里。我想让他突破自己,我就说,等我把衣服做好了,他必须要学会唱一首歌,但是最后他打破了诺言,并没有把歌学好。不遵守诺言的人,没有权利享受幸福。"

"能让我看看你的手吗?"

"为什么?"

"拿给我。"

米兰把手给到了元野。

　　元野说："让我记住你手指的尺寸。我曾经也给路环环买过戒指，但是买了两次都没有成功。知道是为什么吗？第一次是买大了，她戴在手指上直晃。后来我又去换，结果换的又小了。我就不再买了。"

　　"真是个没有毅力的家伙。也许你再努力一下就正好了呢?"

　　"我不知道，总之，我是怕了。"

第十一章
三个女人一台戏

桌上有一纸遗书，是赵小曼留给米兰和刘岸青的。她用死亡来惩罚两个人的良心。

青和兰：

都说人之将死其言也善，但是我真的善良不起来。你们想让一个吸食吗啡的人说正常的人话吗？那你们真是痴人说梦了。想起 7 年前我们在美院初见，那个画面曾经是美的，但是它太遥远了。我恨，仇恨已经占满了我的整个生命，没有出路了，我走了，我走的时候都带着恨。我恨你们明明相爱却让我也跟着掺和进来，恨你们的不虔诚也毁掉了我的一生。如果真的有鬼魂一说，那我真的想做了鬼都不放过你们。

曼

所有人望着这短短的遗书不说话。医院里不停地发通告，满世界地问米兰和刘岸青现在人在哪里。赵天意也是等着要找这对"狗男女"秋后算账，声称是他们害死了自己的宝贝女儿。

"他们现在在哪里？广美，你跟小曼关系最好，你可要主持公道啊！"

广美无语。虽然她现在也有点讨厌米兰，但是像这样颠倒黑白把屎盆子乱往米兰头上扣，她还是有些不太舒服。因为他们三个的事情别人不知道，广美和MAR-RY是心知肚明的。但是现在问题是她和MARRY都不主动站出来说句公道话，所以就由着这些媒体来猜测了。

所有的媒体舆论一出来，ROSE黑的订单就更少了，本来打算明年年底上市的计划也飞了，能利润追平就谢天谢地了。万国梁非常着急的是米兰的手机连续几天都没有信号，他现在快顶不住了。这个月的订单又缩水了一半，公司已经开始负盈利。

万国梁在办公室正苦恼，单从公司的资料上看白LILI那个公司也没有什么漏洞，他琢磨不明白这个幕后的指使者到底是个什么人。徐敏看总经理办公室开着灯，就过来找他聊天。

"怎么还不回去？"

"最近这些天睡不着。我找不到问题是出在了哪里？徐敏，你告诉我，最近我们公司的问题为什么都积攒到一起了。同行莫名其妙就蹦出了个白LILI，谁的单都不抢，就抢我们ROSE黑的。米总又义无反顾地去救赎一个莫名其妙的人，莫名其妙的赵小曼这个女人死了，又被媒体炒作成了一锅粥，等米总回来怕是跳进黄河都洗不清了。本来是想这个月查出内幕追加订单，可是现在的媒体负面新闻使得我们的稳固顾客也都纷纷违约终止合同。难道注定了我们的ROSE黑就是一个昙花一现的品牌吗？"

万国梁对ROSE黑倾注了他的半生心血，他输也要输得明白，就这样子他不甘心。徐敏看着万国梁伤心的样子，她的心也痛了。曾经她是多么喜欢这个白白净净但是骨子里又很爷们儿的大男孩，但是他的眼里只有米兰，就算是米兰看不到他，他也是愿意等她，这让徐敏的自尊心很受伤害。她需要钱，她需要自己拥有米兰那样的财富。她想，也许只有钱才能带给她真正意义上的安全感。

"如果我们自己做个品牌，你不觉得更好吗？"

万国梁抬起头来像是狼一样恶狠狠地看着徐敏，他用手掐着徐敏的下巴。

他说："告诉我，是不是你干的？你刚才说什么？"

徐敏才意识到她好像说错话了，万国梁太用力，她的脸被憋得通红，嘴说不出话来。

"说，是不是你？"万国梁的脸也憋成了茄子。

"我不知道你在说什么？你是怎么了？"徐敏挣扎着离开了。

万国梁把拳头砸在桌子上。

"我这是怎么了？怎么感觉像是狗急了跳墙一样。"他想去看看心理医生，总觉得自己最近像是病了一样。

"米兰，你快回来吧，我快撑不住了。"他在心里呐喊。

徐敏没有回家，她去了赵子民那里，她太害怕了，刚才自己怎么会说了句那么混账的话，现在万国梁已经对自己起疑心了。她不知道接下来应该怎么办，她只能去找赵子民。

"他已经开始怀疑我了。我该怎么办？我不想干了，求你别告诉他们是我出卖了 ROSE 黑，香港的白 LILI 我也不要了，你们再去找别人干吧。"

"现在想退出已经晚了，我们大家都为你做了太多了。"

赵子民喝了口威士忌加苏打水继续说："你现在才 26 岁，就能成为一个资产上亿的公司的 CEO，不付出点代价，你怎么镇服你的那些员工呢？"

想到梦想，徐敏又终止了哭泣，她又开始精神抖擞起来："主编，我不怕了，我会小心行事的。"

"这就对了嘛，要记住，你就是未来的米兰，所以你要比她还优秀才不枉我们师徒一场，明白吗？"

"现在香港公司铺垫得怎么样了？米总若是回来，也许她能很快就发现问题的漏洞。我想现在就辞职去香港。"

"现在还不是时候，如果他们发现你了，你就死不承认。他们无凭无据，拿你

155

没有办法，他们现在只是推测。再等一下，你要等到 ROSE 黑宣告破产了，你是走投无路了才去了白 LILI 的，你明白吗？"赵子民边抽着雪茄边跟徐敏说。

他的心里在嘲笑："这个丫头还是像刚毕业的时候那样死心眼。"

"先回去吧，用不了多久，你就可以和你母亲去香港生活了。"

徐敏走了，她的心里像是安上了一个炸药包，她感觉自己随时都有可能被炸得血肉模糊，而导火线在赵子民那里。她此刻就是一条菜板上被任人宰割的鱼，只能听天由命了。

赵子民跟徐敏见面后，去了 MARRY 家，广美在。

MARRY 跟广美说："米兰就快完蛋了。"刚说完，赵子民摁了门铃。

"现在赵小曼的事情北京城里面已经闹得沸沸扬扬，大家都相信了是米兰逼死了赵小曼。真是天时地利人和，连老天爷都在帮我们。"

赵子民走了，广美有些怕。

"我们一定要这样做吗？米兰平时对我们这么好，我们这样对她会遭报应的。"广美对 MARRY 说。

"别人是自己的地狱。米兰只对她自己好。我们都是她的工具，你难道还不清醒吗？从小她就学习好，她总懂得怎么利用大家，她凭什么啊？就因为她是个又聪明又漂亮的女人吗？"

MARRY 不知道是哪里来的那么大的火气，好像跟米兰认识的这 10 年来的仇恨已经让她失去理智了，米兰若是现在在她面前，她持刀杀了她的可能都有。

"我们没有退路了，广美。你想想她现在是和元野在一起，跟你每天都在等的那个男人在一起，你清醒点吧。世界上所有的男人都在围着她一个人转，美貌、才华、财富、爱情、友谊。凭什么？她凭什么这么完美？"

一听到元野的名字，广美的火气又上来了。

"那接下来我们怎么做？"

"赵子民已经将眼线插入敌方根据地的司令部，很快他们的 ROSE 黑内部将会分崩离析，并且现在他们的运营市场已经被同行吞并。掌舵的米兰这个时候又不能回京，小曼的死又给她抹上了光辉的一笔，这次她死定了。"

"MARRY，你有这么恨她吗？米兰对你像是亲姐妹一样，她那么有要求的一个人，但是对你却从来都是很包容。我们就是给她点颜色看看就好了，没有必要把她往绝路上逼吧，毕竟我们是在一起这么多年的好姐妹啊。这样做，我真的心里不安。"

"我们已经没有退路了，广美，你最好清醒一点。当初是谁半夜三更哭哭啼啼地非要从顺义到我这里来诉苦的？是谁有一肚子的火气又不知道找谁说的？这都是她，是因为她太优秀了，我们的生活才这么压抑的。对敌人的同情就是对自己的残忍，你怎么可以在最关键的时候同情起敌人来。我们要对敌人冬天般的严寒，我们才会迎来自己温暖的春天！"

MARRY 的话总能让别人醍醐灌顶，让自己茅塞顿开。

广美忽然想起了那年她们四个和刘岸青一起去海淀的凤凰岭，那个老道士对她们说的话。她是那种心太软的人，关键时候也下不了狠刀子，最后有刀刃的那面总是又翻过来朝向了自己，像是回飞镖。而 MARRY 是个心狠手辣的人，MARRY 的狠让她有一丝害怕。

广美问 MARRY："现在在米兰公司内部的奸细是谁，是不是万国梁？"

MARRY 说："不是，他是个死心塌地的人，只有女人才会为了情、为了钱而左摇右摆的。"

这句话听着刺耳不知道是在骂谁。

"那是徐敏？"广美在明知故问。

"嗯。这个女人不知道上辈子做了什么好事，遇上了我们这群疯子。你知道她是怎么答应赵子民提供 ROSE 黑机密的吗？她在 ROSE 黑是企划总监，米兰和万国梁他们做任何事情她都清楚，公司的运营发展规划都在她的手里。米兰千算万算，没有想到自己会毁在一个小丫头片子手里。等 ROSE 黑垮掉的时候，她就是香港白LILI 的 CEO 了，想不到看起来相貌平平的一个丫头片子，居然还是个'无间道'。"

"白LILI？怎么名字跟 ROSE 黑这么像？"

"嗯，这个名字是赵子民起的。等米兰的 ROSE 黑宣告破产的时候，香港
ROSE 黑就真正的成立了，那时候会脱壳为 LILI 白。除非……"

"除非米兰会跪下求赵子民，求那条龇牙咧嘴的狗。但是你觉得米兰那种清高
的主儿，她会吗？真是俩疯子！"MARRY 吸了一口法国烟，优雅地吐了个烟圈。
最近，她总吸法国烟。

"赵子民为什么恨米兰？"

"真是个单纯善良的姑娘。得不到的就想毁灭，这种男人你见过吗？但是等真
正得到了也不会珍惜，这就是他们这种男人的劣根性。"

"白姐人那么完美，他怎么就不知足呢？"

"完美？根本就没有完美一说。完美永远存在于想象之中。当赵子民在民族歌
舞团日夜等白姐的时候，白姐是完美的。现在，白玉琼她就算是脱得一丝不挂，估
计都不能够让赵子民多看一眼。这就是可怕的婚姻坟墓。"

"你说我们这样做会后悔吗？"

"我自己选择的事情从来都不会后悔。"

"就算是错误的？"广美看着 MARRY，总感觉现在有些不认识她了。

"对。自己选的路，错了我也不后悔。"

半年前，刘岸青在古城的一家"千里走单骑"的旅馆暂时歇下脚。他手头上没
有多少钱了，就又回到了陈校长的那家宅子，然后在镇上当起了美术老师。平静的
日子没有过几天，有一天隔壁陈校长的大伯说有个姑娘找他。他出门的时候傻了。

"你怎么来了？"

刘岸青看着浑身湿漉漉的梅子，头发有些凌乱，白色的球鞋也已经成了泥灰
色。她一下子就倒在刘岸青怀里，原来是因为路上太累了，她一时就昏了过去。

云南古城的房子都是有正房、有东西厢房的那种庭院，正房按理说是长辈的人
住的房间，刘岸青本来就是寄人篱下，他就自己一个人住东厢，现在梅子来了他就

要去收拾一下西厢。其实刘岸青是个心特细的男人，他做的饭大大超乎了自己的想象，他有些后悔怎么自己以前跟米兰还有小曼在一起的时候就从来都不知道去做一顿家常便饭呢。真正自己想做的时候了，反倒她们都不在自己身边了。

喝了刘岸青熬的乌鸡汤，梅子很快就好了。丽江古城大研镇禁止交通工具，到哪里都是徒步旅行。

梅子说："我的行李还在一家客栈。"

刘岸青说："在哪里？我帮你去拿吧。路太远，我怕你一会儿又晕倒了。"

"你在乎我？"梅子看着刘岸青。这双眼睛是那么的单纯，他没法回答她。按理说，他喜欢女人的肉体胜于精神，但是经历了这么多事情以后，他发现肉体的恋爱筹码很快就会用完，并且江郎才尽后好长时间都会缓不过来。

"我陪你一起去，我想呼吸一下大研镇的新鲜空气。如果把西藏普兰比作一个红颜知己，那丽江大研就是一个风情的情人。"

"你不打算回普兰了吗？是为了躲开我吗？"

"不是，我是为了躲开我自己过去的生活。我需要在一个新的地方重新开始，忘掉从前。"

"我想陪着你。只要你不甩掉我，我做什么都行。"

刘岸青看着梅子，他其实不讨厌这个特立独行的姑娘。

他说："我很快就搬家了，要不要跟我一起去看看我们未来的新家？这个房子毕竟是陈校长的，我想在丽江自己安个家，我不打算回北京了。"

诗人是浪漫的，听诗人讲话也是浪漫的。刘岸青和梅子一起走在大研镇的石板路上，他跟梅子讲着关于丽江的故事。

"在古城大研镇大部分都是纳西族和羌族。纳西族是个神奇古老的民族。他们有他们自己的语言和文字，说话都是主宾谓结构的。"

"主宾谓？那小伙子对姑娘说我爱你，岂不成了我你爱了？"梅子忽然很有兴致起来。

"你这丫头！"

"我们快到了。到了之后我先带你去吃'酿松茸'和火腿糍粑。"

"嗯。"

梅子拿着相机边走边拍，挪不动步。她正在拍一块石头，上面刻着些甲骨文一样的文字。

"这就是东巴文吧?"梅子问把自己甩得老远的刘岸青。

"嗯，那是东巴文。东巴文是象形文字，比甲骨文的历史还要悠久。"

"纳西文化真是博大精深，等我以后有钱了，在古城开个纳西同胞博物馆!"

"快点吧，前面就到了。"

梅子收好了相机，这哪里是普通人住的地方啊!这三面环着长长外廊的木质古建筑，不是皇宫也能称得上是王爷府了!

"行了，丫头，这在纳西族人眼中只是普通的建筑，叫作'三坊一照壁'。"

梅子环视着这个院子。略高起朝正南的应该是正坊，供长辈住。东西厢房略低于正坊，供晚辈住。院子里是石头铺成的石板路，还有各种花草，开着叫不上名字来的花，红灿灿的硕大无比像是火炬，绿叶也比西藏普兰的新鲜。在三坊都有延伸出的外廊。刘岸青说那叫作"夏子"。

"这画不错啊!"

"这是仿真的《神路图》。东巴绘画有很多，像今天你在集市上看到的那些木牌画、纸牌画都是，但是最有名的还是卷轴画。这幅画是东巴画中最有名的《神路图》。他们说是表现天堂、人间和地狱的。在美院的时候，老师讲过。"

刘岸青突然想起了自己家里吊顶画的《天使与天堂》，一时间就又情不自禁地想起和赵小曼在丽江的日子来。他以为自己从北京逃到普兰，从普兰逃到大研，就可以逃避堕落天使撒旦，原来他从来就不曾离开。真是苦恼。

"梅子，你有办法忘掉一个人吗?"

梅子说："人生啊，千万不能太认真。有些事情过去了就过去了。其实，前几天我晚上做梦还梦到了他，想想都快10年没有他的消息了，也不知道他在美国的日子是不是就注定了比我们在这里舒心。不是有句话是这么说的吗:如果你爱一个人，那么你带他去纽约；如果你恨一个人，那么你也带他去纽约。美国，是多么自由的国度啊！但是每个人都要为自己的自由付出惨痛的代价。有回忆说明我们还活过啊。若是有一天老了回忆起来，记忆的磁带一片空白，那才是恐怖呢。没有人爱过，也从来都没有爱上过什么人，孤孤单单地就这么在这个世界上走了一遭，离开不离开都不会被任何人想起，那才是人生最可悲的啊。你们这些搞艺术的都太认真，总是容易多愁善感的。其实，对我们作家而言，人生就是一场没有编程的幻觉，凭着感觉走到头就算完。就算是回忆再好再美也回不来，只能把现在过好，别难为了自己。"

"一会带你去尝尝大研镇的名吃，然后我们去拍丽江风情。"

其实，刘岸青跟赵小曼在 2008 年的时候来过丽江，但是当时他眼中的丽江没有忧郁，美景跟人的心情是分不开的。现在看来，大研丽江就算是忧郁也还是那么迷人。

"女三毛？给我马上就要横空出世的作品琢磨个名字吧。"

"女三毛？"

"嗯。从我在拉萨酒店猫眼里看到你的第一眼我就想起了著名的女作家三毛来，所以我总是背地里称呼你'女三毛'。"

"那我是三毛的话，你岂不是成了荷西？"

刘岸青没有说话。

"叫《彩云之南》怎么样？听起来有名族风的感觉。"

"俗。好像跟一首歌重名了。"

"《映像·丽江》呢？"

"也是俗。"

刘岸青深锁眉头。

"有了！《在人间——不被撒旦打扰的日子》，怎么样？"

"感觉像是诗歌的题目。"

"哎呀，诗情画意懂不懂？就它了。没准儿能热卖，到时候赚得盆满钵满了，

161

就在古城开个纳西同胞博物馆，供全世界人们瞻仰大研镇的文化遗产。"

"你还真当真了?"

"那当然，到时候也把你展览进去，中国堕落派女诗人梅子女士!"

俩人边吃边侃，不亦乐乎。

"你怎么会这么了解丽江?"

"因为我和我妻子 2008 年夏是来这里度的蜜月。"

"你和她是怎么分的?"急刹车般的一句话，把这短暂的快活搅得立马短路。

"呃。你问哪个?"

"你有几个啊?"梅子问他。

"你知道吗，梅子，想起以前的事情来，我这心里吧直发怵。"

"这就是我一直心里过不去的坎儿，你说一个女人都可以拿命来爱你的时候，你还有什么话可说。都说这女人的心软，男人才可怜呢。她们说走就走了，留下男人一个人收拾这个烂摊子，你说谁还有你们女人心狠?"

"不能这么想，你得看开点。和女人交往就像是剥橘子，你指望跟我们交换灵魂，那得再过几个轮回。好女人就像是一个原装的机器，你非得把它给大卸八块，再弄些山寨零件来捯饬捯饬，最后买椟还珠，把原配给丢了，真是亏大了。"

"是啊! 如果真的可以重新选择，时间倒回到 4 年前，我一定跪着也要把米兰留住啊! 结果我的一时糊涂毁了我们俩啊。她现在看起来光鲜，有财富、有地位，但是我知道那不是她想要的。她想跟我一起来西藏。我觉得羞愧，这么好的女人，自己配不上啊!"

刘岸青边说，边像个无助的孩子一样号啕大哭了起来。梅子知道，他是压抑了太久了。

"米兰!"他的心快被撕碎了。

"喊吧，喊出来就好了。"其实梅子的心也是痛痛的。

"你知道为什么陈校长那么多年不愿意回故乡吗? 他不愿意回大研，不愿意回昆明，他喜欢这里，但是就是因为太喜欢了，所以经常会心痛。人是永远没办法跟最爱的人相守的。不是因为得不到，而是因为太在意、太认真了，会时刻都在担心着失去，拥有的每一分钟都是担惊受怕的。这就是我为什么躲避北京、躲避北京来的人。"

很快，刘岸青就平静了下来。他给梅子讲陈校长的故事。在他21岁的时候，她走了，没有留下一句话，就这么悄无声息地走了。他和心爱的姑娘没有正式订婚、求婚，他也没有什么脸面去人家父母家里问。他就恨啊，就算是她高飞了，也至少给他一句话吧，毕竟他们还有4年的大学情谊在，毕竟他们都是纳西之子，怎么就这么走了？

梅子说："你们不了解女人，有时候我们女人选择与某人保持距离，不是因为不喜欢，而是因为太喜欢，但是又清醒地知道他不属于自己。"

"你有没有一段时间想要杀人，然后自杀？"刘岸青问梅子。

梅子说："有。"

"陈校长后来去援藏，阿妈对他说，你一个人去那么远的地方到底为啥啊？阿妈辛辛苦苦供你上学考个功名还不是为了享福？你倒好，净挑难路走！其实我特别能理解陈校长，对于一个'死人'来说，去哪里其实无所谓了。如果还能给别人带来些什么价值，那简直是天恩。他没有觉得在西藏的日子苦，反倒觉得很幸福，至少比他离开的时候幸福多了。所以我是打算从北京去普兰定居的，但是后来还是来了云南，所以我也信命。"

"能讲讲你和她的故事吗？"梅子问刘岸青。她总觉得这个忧郁的大男孩一定受过感情的苦。

"她陪着我度过了我生命中最苦难的岁月。而她最需要我的岁月里，我却缺席了。我考了很多年没有考上美院，直到认识了她。她给我看手相，她说，你的大拇指上有岛纹呢。我说，有岛纹是什么意思呢？她说，大拇指有岛纹就是说这个人能够金榜题名，功成名就。我说，丫头，男左女右，你好像看错手了吧！她就是这样的一个福星，总是能够预言幸运。"

"你相信宿命？"

"不可不信。我们在大学的时候去凤凰岭有个老道士，硬是说我和米兰没有姻缘，因为这个我把他喝茶的那壶给砸碎了。但是后来证明了他的预言，我跟赵小曼结了婚。现在回忆起来，我也不知道怎么当初就结了婚了，怎么一个脚踩西瓜皮就跐溜一下滑到今天了。有人说，人在痛苦的时候，日子过得最慢，只有在快乐的时候，日子才感觉像白驹过隙，但是痛苦的我怎么一眨眼就到了今天了呢。"

"那你真的爱你老婆吗？你到底爱的是哪一个？别告诉我你俩都爱。"

"不是爱，是责任，你知道吗？当你看到一个女人在背后喜欢了你很久，她又很温柔，性感，对你好，让你觉得轻松，你就会陷进去，然后越陷越深，这就是一个无底洞一样的陷阱。然后，我就跟米兰说，我们分手吧，对我们大家都好。她就没有挽留，没有让我做任何解释，没有哭，也没有闹，就同意了。"

"她哭的时候，没让你看到。"梅子说。

"但是，她没有让我解释。你说的对，我在意她，就是太在意她了。我们在一起，基本上我都会包容她，听她的，我也害怕失去她，时刻都在一种随时失去的恐惧中挣扎，我觉得每天都像是有个紧箍咒一样在头顶。她不爱做饭，做饭不好吃，我就让着她，我做。你说我一个大男人天天在厨房转悠算怎么一回事嘛！她爱吃些华而不实的东西，爱穿，爱打扮。你说我们就是随便出去吃一顿便饭，她就收拾上半天。她爱交际，参加朋友聚会，人家都说这是米兰的男朋友刘岸青，听起来就感觉她是个大明星，我是跟班的。她永远都那么骄傲，你知道吗？"

刘岸青这些委屈在肚子里很久了。

"是啊，年轻的时候，我们总是以为自己很爱很爱一个人，但是就是找不到正确的表达爱的方式。我们就按照自己的习惯去表达爱，没有想到对方有他自己接收爱的信号的密码。"

"现在你还这么想吗？她不是神，她也有缺点，如果爱她，就要包容她。因为你是男人。"

"现在，我后悔了啊！她爱漂亮是因为爱我啊，女为悦己者容啊。男人用力量来展示自己对女人的爱，女人用美貌来展示自己对男人的爱。我才懂。太晚了。"

"为什么不去追回来？"

"太远了，追不上了。"

刘岸青的眼里，他从来都是只要最好的，自从开始画画，他只要最好的。上帝也总是如他所愿。在江城，米兰和MARRY是最好的，米兰成了他的女朋友，MARRY对他扑朔迷离的情感他心知肚明，大学四年在美院当了他俩四年的电灯泡。在美院，他也是混在米兰的姊妹堆儿里，身边从来都不乏美女簇拥。他一直以为自己就是那种运气不错的人，但是直到毕业，他才恍然大悟，自己原来一直都在自己的小城堡里，从来没有看看外面的天地。刘岸青最后选择和赵小曼在一起，往深里探究，不是对米兰的恐惧，是对自己的自卑的恐惧。人应该是在只有爱自己的时候，才会这般恐惧。

努力只是可以改变现状，却很难改变未来，因为起点不一样，刘岸青的起点注定了他的不够优秀。

在刘岸青的眼里，米兰是可以嫁个名门望族的，因为她和那个地位般配。她应该找个长得英俊好看又不失霸气的男人，不像他，骨子深处永远带着一股自卑和懦弱。

现在他感觉自己像个诗人，以前总感觉自己没有文学细胞，现在他明白是因为自己从来都没有真正地活明白过。在变幻的生命里，其实谁都可能离场。原来，人生如戏。

他开始很想念爷爷。有时候他觉得有一种人，就算是周遭布满其乐融融的表象，但他的内心也一直是孤独的，谁都没有办法走进去，谁都没有办法去温暖。因为付出的太多了，他便不懂得如何让自己去拥有了。

小时候，爷爷常对他说："你看，咱们院子里的野菊花又开了。"

他那会儿想，爷爷也许不是在看花，在看人。那无人欣赏的野花，每年都会装满对季节的原谅，如约而至。

爷爷说："它们活着也不是为了争奇斗艳的，只是为了守候一个季节或是一片土地。只是为了让那里生生不息。它们和女人一样。"

刘岸青终于开始明白，原来是因为无心，所以才失败的。

他最近常被心脏病所困扰，当心脏在他无法控制的情绪下闹腾他的时候，他才体会到心的存在。感谢这片大研的风水，他终于开始清醒。或许是爷爷的在天之灵看他在人间实在是遭罪，就托了灵性给他。爷爷是突发心梗去世的。

刘岸青常常想："那会儿的爷爷在弥留之际会想些什么呢？他发病的时候没有人在身边，会不会恐慌？心中有没有对奶奶今生今世的愧疚和遗憾？"

每到春夏季节，他们乡下的院子会有很多的花盛开。爷爷的身体在他考上美院的那一年就不好了，可是他就是只喜欢一个人独居。奶奶在爷爷很年轻的时候就去世了，他一个人带大了 5 个孩子，他已经习惯了看着身边的人一个一个地离开自己，最后他自己一个人守着那个装满了一辈子回忆的小院子静静地离开。

2003 年，爷爷突发心肌梗。在北京的刘岸青接到来自江城人民医院的病危通知书，恐惧夹带着悲伤，他曾经眼睁睁地看着爷爷离开，却无能为力！

刘岸青讲他的爷爷，梅子也想起了自己的爷爷。

梅子说："我的记忆是从两岁多开始的。爷爷去世那年 59 岁，我两岁出头。可能是因为那是我人生中第一次见识人间大变故，我从那时候就学会了因为伤心而哭泣，因为想念而哭泣。妈妈说，我从两岁到 4 岁是最爱哭的，常常哭到腿都伸不直！"

"那也太夸张了吧！"

"呵呵，是事实。妈妈说我那个时候甚至比两个月的时候做手术的那几个月哭得还频繁，但是 4 岁之后，我就一年也哭不了两三次了，越长大就越少哭泣了。现在几年也哭不了一次。但是偶尔想起爷爷的时候，还是会掉眼泪。"

刘岸青接着说："我清楚地记得爷爷虚弱的样子，拖着疲惫的身体领着我的手带我去看五四广场的鸽子。我们路过的那条路有很多的蜿蜒石板桥，爷爷总是在石板桥上歇息，干咳嗽，他还总是说，岸青还这么小，我却背不动也抱不动，连走路都快走不动了！我告诉爷爷，等我长大了，我背爷爷！爷爷不老，但是背弯得厉害，瘦瘦的，脸上没有皱纹，印象中他的那种枯黄的皮肤，是我见过最枯黄的！"

"我一生下来，爷爷就送给我一件礼物，就是我现在的名字：岸青！他希望我的人生像是渤海岸上的一片青绿色的森林一样，旺盛，向上，充满生机。爷爷是江城铁路工人，也是首饰匠，他几乎精通各种手工。年轻的时候因为有手艺，他曾有过一段颠沛流离的举家游荡的生活，后来好不容易带着妻儿老小回到青岛江城镇安定下来了。"

"你爷爷呢？"刘岸青问梅子。

"我爷爷晚年得了食道癌。我目睹了爷爷太多痛苦的样子，吃不下，也睡不着。可是纵使他的身体再虚弱，在他握着我的小手的时候，我感觉到他的掌心还是滚烫的！后来，他放弃了最后一次抢救。他想死在家里，不肯走！"

梅子想起小时候的爷爷就禁不住打湿了眼眶。

"我看到妈妈和爸爸的大手把爷爷抬到车上，去医院的路只走了一半，爷爷就吐了一口浓汁，永远地闭上了双眼。车子又开了回来。爷爷离开的时候，身体已经干瘪到连一口鲜血都没有了！大人们想抱开我，是我自己不肯走。我一直握着爷爷的手，直到冰凉和僵硬！"

"一口棺材立在院子中央。我穿了孝服，看到大人往棺材上面钉钉子。那时候妈妈骗我说，爷爷困了想睡觉，要给他做个木头房子！"

"很多年后，我终于知道，这木头房子叫作棺材！爷爷没有火化，如此长眠地下。如今爷爷深埋在这片泥土下 20 年了。我一直也不忍再扒开这些记忆的泥土，怕扰了记忆的平安。"

"能遇到你真好。"刘岸青对梅子说。

"你说什么？我听不见。"

"梅子，我不能给你婚姻，我也不能给你任何承诺。因为任何承诺都是谎言，我们谁都不能预言将来会发生什么。我们就这样一起相依为命地隐居在大研，你愿意吗？"刘岸青看着梅子的眼睛，她有着大女人的成熟，也有着孩子气的天真，这满足了此刻刘岸青受伤的心灵。

"我愿意。我们一起忘掉从前，重新开始。"

"好。"

那天晚上的大研所有的红灯笼都像是为刘岸青而亮，上帝没有对他关掉所有的出口，他似乎在黑暗的地狱又看见了一盏碗口大的窗。

然而第二天，当他和梅子在陈校长的院子里又看到米兰的时候，这个碗口大的窗子也关闭了，缩小成了蚂蚁的眼。

"你怎么来了？"刘岸青惊诧地看着米兰。

"因为赵小曼死了。"

"什么？"刘岸青明明听到了，但是他还是不敢相信。

"因为赵小曼死了。你老婆死了。"

刘岸青双手抱头弯下腰，他感觉头开始像整个世界一样的沉重。

米兰和元野千山万水地跋涉终于见到了传说中的梦摇，现实生活中的这个女人比书上的照片更加的消瘦，不知道是不是所有作家都要长成这种柴火妞一样才能有惊世之作。

"为什么还要来告诉我？我们已经是准备离婚的人了。为什么要这样来折磨我？"

"你曾经说你要对得起自己。你也曾经在我去法国的时候那么信誓旦旦地告诉我你不会后悔。你也是曾经信誓旦旦地跟我说，我们两个性格不合，你爱上了赵小曼。如今，看看你现在的样子吧，你这是对得起你自己的样子吗？躲到西藏去，一躲就是一年杳无音讯。你是打算与世隔绝吗？你以为你躲到这个有山有水的小镇子来就真的可以过上世外桃源的生活了吗？"米兰几近咆哮。

刘岸青已经痛不欲生，米兰的话句句像是针扎一样，并且直接扎在他的心坎儿上。

"滚！"他终于爆发了。

米兰怔在了原地。她不明白到底是什么改变了江城的那个阳光勤奋的大男孩。

还没等他们俩都反应过来，"啪！"元野的结实的一巴掌把刘岸青扇醒了。

刘岸青跪下来求米兰。他说："对不起！是我，是我对不起你们，是我的自私伤害了你，伤害了小曼，我后悔了。但是我怕死，求你，求你不要逼我再回北京。北京对我来说已经是个回忆城了，我不想再见到你们，你们走。"

刘岸青疯了，米兰想起了泰国电影《永恒》中的尚孟来，极端的痛苦让一个人疯了。

梅子对米兰说："我会照顾他的。"

米兰说："他是个好男人，有才华也有毅力，人也有善心，就是不小心一个摔跤，路走偏了。"

"这个男人是你现在的男人吗？"梅子问米兰。

米兰说："不是。"

梅子说："米兰，你是个好姑娘，是刘岸青没有福气，不懂得珍惜你。我能看得出来，跟你来的这个男孩是个好小伙子，霸气也帅气。我们女人一辈子就是图个好男人，相夫教子。曾经我以为我是个与众不同的姑娘，我17岁开始就背着行囊满世界地流浪。世界上就二百多个国家，我的足迹已经踏遍了一半多。很多人很佩服我，觉得我的能量无穷大，问我会不会疲惫，有没有孤独的时候，这真是些屁话。我又不是铁人，我也是有七情六欲正常的女人，怎么会不疲惫、不孤独呢？我曾经以为这样子很酷，但是现在我累了，像是一只满世界寻找荆棘刺的荆棘鸟，我要停下来了。这个时候遇到了刘岸青，我很知足。也许上帝让他疯掉是对我最好的恩赐。他跟我说他在北京有女人，他还没有离婚，但是我不在乎。我也知道我是守不住他的，我们两个都是流浪者，现在他疯了，就再也离不开我了，挺好。"

梅子的话，米兰听着悲凉，但是暖心，毕竟大家都是女人。

泪水顺着梅子和米兰的脸滑落到彼此的脖子上。她们两个女人因为一个男人一见如故，拥抱在一起。

米兰想，刘岸青能遇到这样的好姑娘也是他的福气。米兰跟梅子交换了联系方式，说："有事情再联系。后会有期。"

第二天，米兰就买了昆明飞北京的机票和元野回京了。

第十一章　三个女人一台戏

169

第十二章
复仇

　　米兰回到北京就傻了，机场几乎所有的报纸的头版都是关于 ROSE 黑内幕的爆料，她随便买了几份。刚开机就给万国梁和徐敏打电话，她想让他们去办公室准备开高层会议。

　　"米总，我怀疑徐敏有问题。"万国梁电话里的这句话让米兰差点没有接住电话。

　　"有证据吗?"

　　"没有。但是她一定有问题。前几天你的电话总也联系不上，我一个人在办公室喝闷酒，她过来找我聊天，她想要策反我一样地说过一句话。"

　　"什么话?"

　　"她想让我和她一起重新做个服装品牌。自从你走后，赵小曼这个女人就莫名其妙地跳楼自杀了，留下了一封莫名其妙的遗书。后来，不知道怎么回事儿就见报了，媒体这边都说是你逼死了那个疯女人。晚上我去你家吧，现在的徐敏已经不怎么经常来公司了，我觉得她的背后一定还有一个团伙，她一个人是不敢做这样的事情的。"

元野看着这些报纸的轰炸报道，他都快气炸了，心想："为什么这个社会上总有那么一小撮人总是靠搅和别人的生活过日子！"

"你还好吗？"元野问米兰。

"还好。"她莞尔一笑。

但她的心里知道这次是真的噩梦来了。有人在背后向她下了黑刀子，并且她还不知道对手是什么人。米兰忽然感到有张大网正在扑向她，她无处可逃。

"要我陪你吗？"

"不用，谢谢。"

"拿你的电话给我。"

元野在米兰的手机上存上了自己的电话号码。

他说："有事情随时给我打电话，天塌不下来。记住，你是能席卷整个世界的女人。"

元野在望京西下了车，他的工作室阿波罗1号在金隅国际。

他问米兰："要不要上去坐坐？"

米兰说："下次吧。"

当米兰到顺义德国印象的时候，万国梁已经在门口等着他了。

"把公司这个月的所有报表都给我。"米兰这一趟远行，瘦了，也黑了，整个人像是镀了一层铅。

"柯罗和天路怎么也退单了？"

"他们说您……"

"我怎么了？"

"您自己看吧。"万国梁翻开《头条》的新闻给她看。上面写着：ROSE黑传奇女王情敌赵小曼，过气美院女模特炉火自焚……

米兰问万国梁："那个香港的公司查明白底细了吗？"

"还没有，但是我总感觉徐敏应该知道些什么，因为她自从知道我怀疑她后就

171

经常性地请假不来上班了，听同事说她最近在办港澳通行证。"

"听谁说的？"

"上海旗舰店的总经理米琪。"

"给徐敏打电话。"

万国梁摁了徐敏的电话。关机。

"已经关机了！"

米兰打过去，结果还是关机。

"一定有问题！"

"一定要先找到她。知道她家吗？"

"不知道，以前她说过是在通州。"

"看她的档案，她的资料上一定有。"万国梁给公司的行政打电话，告诉他一会儿去人事部查查徐敏的资料，看看她的家庭住址。

人事部经理查到了档案中徐敏的地址在瑞都国际。

万国梁说："我们现在就开车过去吧！这个女人用一年的时间在北京买上了房子，从麻雀变成了凤凰，现在又时尚又会穿衣服。你平时是怎么对她的，真是个没良心的歹毒女人。"

米兰闭上了眼睛。说实话，她不太怕别人和她竞争，哪怕是有财团支持的同行。她相信只要是她的金牌班底还在，她就能够支撑下去，就算是一时垮掉了，她也一定能够东山再起。但是现在，她真的没有任何斗志了。她怎么也想不到，那天她开始第一次怀疑内鬼是徐敏的时候，徐敏居然可以那样子装作若无其事地跟她说话。

那双单纯的眼睛欺骗了她。徐敏已经搬家到香港了。

米兰对万国梁说："她为什么要这样背叛我呢？我平时对她还不够好吗？我像是姐姐一样地手把手地教导她，她今天翅膀硬了，说走就走了，连声招呼都不带打的。"

万国梁扶起米兰来。他说："她是个鼠目寸光的女人，终有一天她会得到报应的。不是你对她不够好，是你对她太好了，她消受不起。我们不欠她的。"

从瑞都国际出来，米兰就病了。一连好几天，她居然连床都下不了，也不爱吃饭。

万国梁看着米兰的卧室里面几乎都是以前她和刘岸青的一些旧物，很多的信件和照片。照片中米兰的笑容是那么的灿烂。万国梁想："究竟爱情是什么样的东西？难道他们这样舒心的笑容也是假的吗？"

米兰吃不下饭去，万国梁就变着花样地做好吃的。米兰家有烤箱，他就给她烘焙法国蛋糕卷吃。

"听说女孩子只要吃了这玛德琳贝壳蛋糕就会变得很快乐。"万国梁对米兰说。

"为什么啊？"

"法国作家普鲁斯特的《追忆似水年华》中说，这是藏有珍贵记忆的贝壳蛋糕。让回忆锁在这贝壳里，然后吞掉。"万国梁学着吞掉蛋糕的样子逗米兰开心，其实他并不擅长此道，但是现在正在做着自己不擅长的事情，并且还真把米兰逗得哈哈大笑。

米兰吃了蛋糕，身体有了力气。她起身去了客厅的大落地镜前，望着镜子中自己的小模样，不禁感慨起来：光阴似箭，岁月如梭，记忆的流年碎片像是被风吹起的花瓣，在她的嫣然一笑中一晃，自己就 28 了。

女到 28，心头如猫爪。

记得在毕业前夕，米兰的妈妈接到爸爸肝癌病危的通知书，妈妈为了不让米兰担心就不想让米兰知道。爸爸最后强忍着疼痛，还是跟米兰见了一面。那时候为了她能顺利毕业，父母没有告诉她医院已经下病危通知书了，那次见面，竟然在米兰不知情的情况下成了和父亲的最后永别。刘岸青那次没有陪米兰一起回去，让老人家很是失望，因为米爸爸准备了一肚子的话想跟这个男人讲，这成了他这辈子的一大憾事。也许那次刘岸青跟米兰一起回去看望老人家，听了米爸爸——一个米兰生命中最爱她的男人对一个正在成长为男人的男孩说的一番话后，刘岸青在他们毕业的时候会不会选择和赵小曼结婚，可能就值得推究。可惜生命里从来都没有如果。

米爸爸准备讲给刘岸青的那些话，都随着他的逝去而消失在西风里了。

米爸爸见到米兰的时候，跟女儿说："其实岸青是个不错的男孩子，刻苦努力，心地也很善良。以后两个人在一起过日子，要多包容。"

男人都会喜欢温柔善良的姑娘，米兰就是从小坚强独立惯了，父亲让她毕业以后得多体谅着岸青点。男人二十几岁都是挣扎着在这个世界上寻找自己的位置的时候，要多给予他鼓励和支持。一个女人的成功在于拥有幸福，在于嫁给一个事业成功的男人，而且这个男人很爱她。回想起爸爸的这些话，米兰就热泪盈眶，如今的她像是脚踩西瓜皮，只能滑到哪是哪了。

在人体的所有排泄物中，也许只有眼泪才是最宝贵的。忧伤也好，兴奋也罢，都会云淡风轻，成为浮云。在这场你来我往的青春盛宴里，米兰是那个想去努力抓住幸福的人呐。她不曾亏欠过刘岸青，但是刘岸青最后背叛了她，抛弃了她。关于幸福和未来，她找不到答案，幸福不是解道数学题，它不讲逻辑推理，也没有固定的公式可以套用，只能邂逅。在岁月的单程线上，你从远方来，我到远方去，我们遇上了，就相爱了，珍惜了，就拥有了。缘分就像绳，也像锁，任你帝王将相、才子佳人，遇上了，没谁逃得掉。

夜已深，有些疲惫，米兰冲了个热水澡就睡去了。有人说时间可以淡化一切，不是的，不是这样的：有一些可以，有一些永远不能。

蒙蒙眬眬中，米兰看到一个黑黑的神秘山洞，隐隐约约听到有人在呼喊她的名字，她就往里走。这里阴暗潮湿，长满了青苔，米兰有些害怕了。她害怕有毒蛇，小时候米兰被蛇咬过，所以她本能地想要退缩。但是那个深处微弱的声音又在谷底呼唤她："兰，救我……"

"岸青？"米兰听到是刘岸青，就继续往前行进。这里黑漆漆的，米兰害怕，她又不小心被一块石头绊了一下。她回应了一下刘岸青："青，我是米兰，你在哪里？"然后她就听到不远的前方刘岸青的呻吟。

"兰……"

米兰借着洞口微弱的光，看到了黑暗中的刘岸青，他好像被毒蛇咬了。米兰卷起刘岸青的裤腿，他被毒蛇咬的左腿大腿外侧已经是紫青色一大片。米兰就开始用嘴喂，一口口地把这些毒蛇汁吸出来，慢慢地，刘岸青的意识清醒过来。

"兰，我错了，我后悔了，不要离开我……"

米兰又想起了刚毕业出国前，她问刘岸青：是真的决定了吗？如果是，那么就要好好对待赵小曼这个女人，让她幸福，并且永远不要后悔自己的这个决定。哪怕有一天真的后悔了，也要装作坚强的样子，不要告诉米兰。当时，刘岸青还是斩钉截铁地说，永远不会后悔。米兰还清晰地记得，当时刘岸青的这个决绝的回答让她的心像是被刀绞了一般疼。最后了，他还要再在她遍体鳞伤的伤口上再撒上一把盐，生怕它会好了伤疤。

其实，那时候的米兰哪怕是要远走高飞地决绝，也是多么希望刘岸青能够再抱她一下啊。她幻想着他告诉她，他最爱的女人是她，他是为了大家的未来而选择暂时分手，是因为爱而暂时离开。但是，他没有，他那么决绝。

如今，他在这个黑黢黢的山洞里忏悔，米兰同他一样地痛不欲生。她想要去努力珍惜幸福的时候，他苍白无力地选择了留下遗憾，等他想要回心转意的时候，米兰的那份心意已经被伤得遍体鳞伤，再也没有守护的能力。

都说女人是男人的加油站，再好的车没有油怎么行呢？在赵小曼这一站，刘岸青已经快要报废了。他在第一次体味到破罐破摔的诱惑的时候，心想：既然如此，何计其他。于是他生出了堕落的快感，上瘾了，从此就再也止不住自己堕落的脚步。

米兰想要拯救这个男人，她背着刘岸青想把他从那个山洞里救出来，快到洞口的时候，却碰到了元野。在洞口光线的映衬下，元野的影子变得高大明亮，他的光环闪耀着刺眼的光芒。

元野望着狼狈的米兰，先是哼了一声，然后嘲笑一样地对米兰说："这种垃圾也值得你这样付出？"元野的光芒刺眼，声音也刺耳，米兰不想说话，却被元野一把拉住。元野一把拉住米兰，就要狂吻她……米兰几近崩溃，呐喊声把她从睡梦中惊醒……

米兰可能最近压力有些大，太紧张了。她坐起来，喝了口苏打水，看了一下闹钟，已经凌晨3点多了。

"怎么会做这种梦？"米兰擦了一下额头上的汗珠。

万国梁像往常一样睡在了沙发上。这个点儿非常尴尬，单身的大姑娘，尤其是女强人，醒了睡不着，真不知道该干点什么。

每个人的一生只能年轻一次，这是人生最邪恶的地方。米兰的青春给了刘岸青，一个不值得她给予的男人，这4年来心灵深处被深深封锁，不再拥有激情。她像个极度悲观主义者，只能用平淡来掩饰和治疗永恒的伤痛。而这次旅行，元野的出现让她的心灵泛起了涟漪。4年了，不知道让自己如何兴奋，4年了，找不到真正让自己开心起来的东西，4年了，迷失了自己真正心爱的东西。

有人说，时间可以淡化一切。不是的，不是这样：有一些可以，有一些却永远不能。

米兰看着自己的手机上元野的号码，犹豫了半天，罢了。她终究没有勇气摁下绿色通话键。

第二天，媒体又报道出了ROSE黑的财务黑洞。偷税逃税，还有做假账的财务黑账一经爆出，很多客户就又发传真来取消年度订单了，他们声称宁愿赔偿违约金都恨不得立马与ROSE黑划清界限。万国梁接到总办来的电话，心情低落，看着刚刚病情有所好转的米兰，他不忍心告诉她这个噩耗一样的消息。锦上添花易，雪中送炭难，自古如此。

米兰想要翻看手机新闻，万国梁就故意找话题要和她聊天。米兰要看会儿电视，他也怕她看到小道新闻就岔开话题。

米兰觉得不对劲，就问他是不是又出什么新闻了。

"我觉得现在的情况非常的不利，我们需要先停业整顿一下，今年的活动呀暂时先不要参加了。现在我们在明处，敌人在暗处，我们的一举一动他们都看得清清楚楚，并且他们绝对是有备而来。"

"徐敏还没有消息吗？她难道会从地球上消失了吗？"

"她也许只是别人的一个工具，虽然她参与其中了，但是她也只是一个棋子，她现在也许已经携款到了国外。最关键的是你先要养好了身体。我们先静观其变，等冷静下来了，很多问题自然会水落石出。比如说白 LILI 他们这个品牌如果是为了攻击我们 ROSE 黑的话，那么他们的目的达到了，很快也会昙花一现。总之，我们避实就虚，他们站在明处的时候，我们就一定能抓到他们的小尾巴，那个时候，我们自然就可以顺藤摸瓜摸索到始作俑者。"

万国梁分析的都对，但是米兰现在没有时间了。关于绯闻，赵小曼已经死掉了，当事人刘岸青已经疯了，米兰成了唯一一个清醒的当事人。自己为自己做辩护，就像是一个杀人犯到处说自己没有杀人一样没有可信度。

"你可以找广美和 MARRY 来替你脱身啊，她们是你的闺密，可以为你做证的。"

"就是因为大家知道她们是我的闺密，所以她们的话大家才一样不会相信。"米兰有些奇怪，虽然道理是这样的道理，但是作为这么多年的好朋友，现在自己的处境这样悲惨了，她们居然没有一个人来主动慰问一下。难道她们也相信了那些媒体的鬼话？想到这些，米兰多少有些心寒。

"财务这边，徐敏走之前就没有一点的漏洞？她跟同事有没有说起去哪里旅行之类的。"米兰试图从徐敏这里找到突破口。

"其实，你刚去西藏的时候，我就怀疑过他。那段时间，她特别谨慎，以前和我们说话都是大大咧咧的，但是你不在的那段时间，她突然变得有些少言寡语。我下班后去跟她聊天，她好像也故意躲避着我一样，眼神有时候也扑朔迷离的。我开始只是以为小女孩心情不好，她跟我说她谈恋爱了，我还挺替她高兴。那时候，我以为她失恋了呢，就没有放在心上。"

"当初还记得徐敏来面试的时候吗？插销找插座，她是一个好插销，所以希望找到一个好插座。我们 ROSE 黑给到她的薪水年薪有 40 万了吧？她怎么能这样背叛我呢？"

第十二章 复仇

177

米兰想不明白，金钱可以让刘岸青放弃了 10 年的感情搭上一生的幸福，金钱可以让一个当初信誓旦旦的追梦女孩做出背信弃义的事情。

"大梁，你知道吗？在我开始做 ROSE 黑这个品牌的时候，我想到过很多种困难，客户刁钻难缠，资金难以筹集，品牌不好推广，国内市场饱和，行业遭遇寒流，但是我从来都没有想到，我们最后会祸起萧墙。我米兰做人真是失败，连一个员工都收服不了。"

万国梁说："这不是你的问题，是徐敏见钱眼开走火入魔了。她是个案，不足以伤心。"

米兰望着万国梁，心痛如刀绞，他怎么会明白她的良苦用心。她本来是想等他们的 ROSE 黑做到了上市，做到国内最好的高端服装品牌的时候，她就把 ROSE 黑的全部运营权交给他，并且告诉他他的身世，他确实是名门之后。但是现在这个样子，她该怎么做？

"谢谢你。"米兰对万国梁说。

"公司很多的员工都在等着离职了吧？只要是主动离职的都通过，并且给他们所有人都结了当月薪水再走，告诉他们以后 ROSE 黑东山再起的时候还会请他们回来。他们离职也当是为公司减轻运营成本了。而没有辞职的所有员工继续留下来，等我们熬过了这个关口，所有留下来的员工工资翻倍。"

"好。"

"能遇到你这样的老总是我们的福气。"

"能有你这样老总头脑和阅历的搭档才是我米兰的福气。我本来想将来等再过段时间，我们 ROSE 黑再稳健一些的时候，给你和徐敏牵个红线，你们也都老大不小了，在这里你们都收获了事业，我也想见证你们的爱情。我知道她对你的心思，但是没有想到结果会是这样。"

"你相信有来世吗？"万国梁突然问米兰。

"我不知道，应该会有吧。"

"如果真的有来世的话，你会做什么呢？"

米兰歪了一下嘴巴说："做一块石头或是做一棵树吧。"

"你不做人了吗?"

"做人太辛苦,如果真的有下辈子我就不做人了。"

"为什么想做石头和树?"

"因为石头没有感情,铁石心肠的,永远都不会为七情六欲而烦恼。树,一旦选择了一个地方生根发芽,就会在原地开花结果。树,在我看来是最忠贞不渝的,人间所有的悲剧都是由于变数太大而导致的。如果我们固守原地不曾离开,不曾去远方体验远处的风景,那就应该不会再有背叛,这是我理想主义的爱情。"

曾几何时,万国梁渴望拥有米兰,在ROSE黑最落魄的时候,他陪着她,他觉得就算是只能这样陪着也足够了。

"我们不会这么轻易就垮掉的,你相信我米兰,我还会帮你把ROSE黑再赢回来。"万国梁望着米兰。

米兰没有说话,但是她心已经乐开了花儿。

大研的梅子看到了电视台关于ROSE黑老总米兰的报道,回家找到了米兰临走前给自己的名片:北京ROSE黑国际服饰集团总裁米兰。她知道米兰出事儿了。

刘岸青自从米兰走后就疯了,连基本的生活有时候都不能自理,他的手颤抖得不能画画,每天他都在院子中支好了画架,但是连基本的构图都画不出来。有时候画古城的桥,画半圆的桥拱的时候,他总是画不圆。梅子自从来到了丽江,与以前的旅游杂志也失去了联系,所以基本没有收入来源,出版了一本诗集,但是发行量凄凉。她没有办法,就把刘岸青在大研镇买的房子给卖了。

她在卖房子的那天晚上,做了一桌子好吃的。

她说:"青啊,明天我们就要离开这里了,我们去陈校长那个院子。我不争气,写的文章没人看,写的诗歌大家都拍板砖。文艺批评家说什么堕落派诗人啊,简直是行为艺术家。我想好了,我也不能这样漂泊下去了,我已经在镇上的中学找了份语文老师的差事,这么多年我也终于漂泊够了。"

第十二章 复仇

刘岸青还是呆呆地看着她不说话。

梅子停了停就又继续说："我今天去镇上给你买油画画布，我看到报亭有份报纸是米兰的照片做的封面，我就看了看，她好像现在在北京有大麻烦了。"

听到梅子说了米兰的名字，刘岸青转过头来，他好像是听进去了。

梅子拿出早上去报亭买的报纸，还有米兰走的时候留给自己的名片，"头条"的四个大号字映入眼帘：《女神坠落》。

已经痴呆了好久的刘岸青，居然拿着报纸看了起来。上面写着：《ROSE 黑帝国传奇女王背后》：ROSE 黑时尚服饰传奇总裁、中国的香奈儿米兰近期与旧爱复合，逼死旧爱前妻过气女模特赵小曼，怨妇临终遗言地狱变厉鬼，诅咒灵验，公司亏损遇寒冬。

"米兰？"刘岸青缓缓地说出了米兰的名字，眼角流出了滚滚的热泪。

梅子转过身来看着坐在沙发上看报纸的刘岸青，心想："他终于醒了。"

"刘岸青？你还认得我吗？我是梅子啊！你刚才说什么？是说米兰吗？"梅子摇晃着刘岸青的肩膀。

刘岸青张着嘴巴不说话，呆呆地蜷缩成一个团，像是一只怕受到伤害的刺猬一样。

"刘岸青，你要振作起来啊！米兰现在需要你，她的公司已经面临着破产了。"

刘岸青的眼角流出了滚滚热泪，他的嘴唇动了动，声音沙哑地喊了一声："米兰。"

从那天以后，刘岸青就早出晚归地背着画板去桥上和山上写生，几个月下来他的作品已经非常可观。梅子给他联系了北京和香港的画廊，梅子给他的这些作品起了个非常浪漫的名字，《天上人间》。

梅子把很多画廊的约稿函给了刘岸青，他没有想到自己沉默了 4 年了，4 年里他想不出一点灵感来，在自己疯过一次又醒了的时候才华又开始抽刀断水一样地奔涌而来。他开始日夜奋战，有时已经到深夜了，他还在西厢里画画，梅子就去给他披个外套。

"我要趁着才华还没有再次溜走，赶紧画些作品出来，所有的作品拍卖的钱全部寄回北京帮助米兰。" 3个月了，刘岸青有3个月没有说这么多的话了。原来是这个内心强烈的渴望将他又再次唤醒了，当初浇灭他的是米兰，今天唤醒他的还是米兰。

　　刘岸青的《天上人间》是一组以印象西藏和印象丽江为背景的风景画，还有一组就是印象米兰和印象小曼的人物画。梅子有些失望，刘岸青从来都没有想过要画自己。也许人的心就那么大，刘岸青的心已经被两个女人塞得满满的。只怪她出现得太晚，刘岸青的心里已经没有了空间再放第三个人。

　　"我给你当模特吧。"梅子对刘岸青说。刘岸青从正坊中搬来了一张陈校长爷爷的爷爷辈留下来的清朝的卧榻，在上面铺好了紫红色的绒毯，然后让梅子把头发编成自然的麻花辫子，在卧榻中摆成《泰坦尼克号》中露丝的造型。这是2008年他们来丽江的时候赵小曼的造型，他曾经画过一张这样的蜜月留念油画。

　　生命真是滑稽。米兰来丽江大研镇，刘岸青疯了。米兰走后，梅子就和刘岸青去登了记。等刘岸青再清醒，他已经成了梅子的丈夫。他想，那就为自己的第二春再画一张丽江蜜月留念吧，但是他画着画着就又把梅子画成了赵小曼的样子。梅子看到画中的自己成了赵小曼，心开始痛了起来，她一个人回了房间。

　　刘岸青知道自己做错事了，他来房间抱着梅子，对梅子说："对不起，我的内心太痛苦了，所以扭曲变形了。"

　　梅子说："没有关系，等你完成了这最后一幅画，我们就在香港画廊举办个你的个人展览，我的诗歌集子和我的小说都是你的陪衬。"

　　"你又写书了？"

　　"嗯。这段时间你不说话，我一个人憋闷得慌，就写了很多的字。诗集是写从认识你到现在的，我用诗歌的形式表达了我们的这段长长的邂逅，诗集的名字叫《吾亲吾爱》。"

　　"《吾亲吾爱》？这不是元国强的那部文艺电影的名字吗？"

　　"是的，我很喜欢这部电影，所以我就取了这个电影的名字作为我诗歌集的名

字。你喜欢吗?"

"喜欢。小说呢? 小说也是写的我们的故事吗?"

"当然。艺术都是来源于生活的嘛,你的故事给了我很多的灵感。我以一个妻子的视角写了一个丈夫和他前任的故事,因为他的前任很不平凡,是颗耀眼的明星,所以我的小说的名字就叫《传奇》。"

"《传奇》? 一听名字就是一个不错的故事呢! 你是一个虔诚并多产的作家,以前的所有作品都是为了《传奇》而积淀的。希望你这次可以一炮而红,真正成为中国堕落派的奠基人,没有之一。"

"为了我们的梦想加油! 为了拯救 ROSE 黑加油!"

"加油!"

　　时间很快就过去了，北京走过寒冬，又迎来了春天。在信息泛滥的时代，ROSE黑的风波很快就被一些八卦所湮没了。香港的白LILI也脱壳成了LILI白，从董事长到各董事都还是没有任何的蛛丝马迹。一场风波后，大家似乎把ROSE黑都遗忘了。

　　万国梁说："是时候我们东山再起了。"

　　米兰说："现在这个品牌已经被LILI白收购，我们重新启动ROSE黑的代价比重新开创一个品牌还要困难。我们在世贸天阶的房租只交了3年，现在还有半年就要到期了。现在手头上的流动资金连下3年的房租都交不起，目前这个样子，在国内国外都已经很难再筹集到资金。"

　　万国梁说："钱的事情你不用担心，我会去想办法，你就说你还想不想雪耻?"万国梁的眼神坚定，她又看到了他两年前的影子。

　　其实，米兰是不想再在江湖闯荡了的，笑傲江湖需要有超人的智慧，她累了，但是又想到了还在八宝山的潘忠良如果知道她这样子就放弃了，她将来在天堂见了他要怎样向他交代?当干爹质问自己，自己在人间这么多年都干了些什么的时候，自己的脸面和尊严何在？想到这些人在江湖身不由己的事情，米兰决定不退缩，这不是她的风格。

米兰说："把启动方案和资金统筹预算起草好了，之后我们再一起商讨细节。"

万国良说："就等你这句话了。"

那段日子万国梁没有怎么来找米兰，米兰时常去教堂查查经，她的心里已经非常的平静。直到有一天，她突然收到了一封匿名信……

信中说她知道谁是搞垮 ROSE 黑的幕后杀手。

米兰心中一惊，虽然这封信没有署名，但是她能感受到这个人是真的了解真相的。这个人约她去附近的新国展见面。信上还说，在新国展的俏江南，她会穿一件红色的尼龙大衣，如果米兰能准时赴约，她就会告诉她真相。

米兰在客厅里来回走了很多圈，这种匿名信多多少少有些惊悚的味道。可是她又一想，自己现在已经倾家荡产，也没有什么可被打劫的了，更何况对方又是个女人，没有生理需求。最后，她决定相信这个女人一次。

晚上 6 点，米兰开着她的路虎新发现到了新国展。约定的时间是 8 点半，米兰先到是想看看有没有这种衣着的女人提前打埋伏。蹲了两个多小时，没有红色尼龙大衣的女人出现。米兰就悻悻地上了楼，一进正厅她就看到了那个红大衣的身影。

"怎么这么眼熟呢？"米兰边想着边继续往前走。

"白姐！"

"嗯。米兰晚上好！"白玉琼跟米兰打了招呼，点了开胃酒。

"这封匿名信……"米兰从包包里拿出匿名信。

"是我邮寄给你的。我之所以没有说是我，是怕你不相信，然后也想考验一下你的胆量。我知道你一直以来一定非常的迷惑，你一定知道是有人在背后拆你的台，但是你却抓不到任何的把柄。我的匿名信一定也让你害怕了，但是我很佩服你，你是一个人来的。"白玉琼举起酒杯猛喝一口威士忌。

米兰没有说话，她不知道她葫芦里到底闷着什么药。白玉琼的样子颓废不堪，她从来没有见到白姐是这种状态过，甚至比她自己现在的样子还落魄，像是已经撒了气的气球，干瘪瘪的。

"你还好吗？"米兰问她。

白玉琼泣不成声，一个40岁的女人最悲催的事情是什么呢？丈夫妻妾成群，儿女不在身边，情人携款背叛，事业半路改行，一个人要有多么的倒霉才能全部都中标？

米兰知道白玉琼就是受了些刺激。她说："就算是再狼狈也要坚强地挺过来，只要活着就还有希望。你的大卫呢？"

白玉琼说："前段时间他已经把我们俩在朝阳的房子给卖掉了，然后跟他的小女朋友去了韩国。他一直都是脚踏两只船的，我却一直那么地信任他。我一直以为他是真心地爱我的呢。"

米兰想，自己在25岁的时候就不相信爱情了，所谓恋人只是短暂地相互给予能量罢了，像是短暂抱在一起相互取暖的刺猬，一旦对方没有价值，很多关系也就不存在了。40岁的女人和20岁的男人，如果不是为了金钱，那还有什么关系呢？

"那赵主编呢？他就不管你了吗？"

白玉琼这才想起自己来见米兰的目的。她抹了一把眼泪，挽着米兰的胳膊说："米兰，真正搞垮你的ROSE黑的人是我们家的老赵，他在两年前就开始筹划怎么让你身败名裂。赵子民有一次给你们ROSE黑的企划的那个丫头，就是长得特别土的那丫头片子通电话，我听到了，我就跟他大吵起来。他跟我说了所有的事情。"

米兰怔在了那里，她的脑袋嗡嗡的，她千算万算也没有想到真正的始作俑者居然是这个衣冠禽兽。不过是见过几次面，仇恨的能量却足以撬动整个地球。他在米兰的ROSE黑刚刚起步的时候，就在未雨绸缪怎样毁灭掉它，在ROSE黑崛起的时候原来就已经埋下了毁灭的种子。真是太可怕了，这个男人太可怕了。

"你为什么要告诉我这些？"米兰问白玉琼。

"因为我们都是女人。其实若不是因为我们女儿白小霜，我早就和那个禽兽离婚了，他就是个道貌岸然的衣冠禽兽。他利用职权贪污受贿，我就是为了我们的父

母还有女儿一直都在包庇着他。小霜今年 17，在巴黎艺术学院学芭蕾，我想等她毕业了，嫁人了，我们再离婚也不迟。但是现在等不及了，我最近在家的日子过得简直就是地狱一样的生活。"

米兰看着白玉琼，曾经民族歌舞团的一枝花，因为一个男人现在居然变成了一个怨妇。

"白姐，去我家吧。我们一起把事情理一理，最近我也在筹备着把 ROSE 黑这个品牌给赎回来。他赵子民就算是再精明，但是他也不是上帝，我们一定还可以再扳回一局。生活从来都不会像我们想的那么好，但是也不至于像我们想象的那么糟。一切都还会好起来的。"

晚上，米兰又失眠了，她怎么也想不到，赵子民为什么对她的仇恨会这么的强烈。他的网会织得这么的缜密，把眼线已经插到自己心脏了自己居然还不知道，快半年了，居然把做坏事的小尾巴藏得严严实实的。

广美有段时间没有和米兰见面了，米兰打电话给她的时候，她就总是支支吾吾地推脱说要准备美术年展。现在 ROSE 黑已经被白 LILI 收购，广美想米兰这辈子算是完了，在服装行业的圈子里，她永远都不可能再翻身了。看着电视机里香港白 LILI 时尚服饰收购北京 ROSE 黑国际服饰的新闻，广美居然没有一丝快感。曾经她以为让米兰没有了财富，所有的男人就不再对她有兴趣，或者至少是兴趣减半。那时候，她以为她会快乐，现在她觉得良心不安。

广美问韩迋图："你现在还像是对女神一样地崇拜米兰吗?"

"我尊重她与财富无关。如果她需要，我还会帮她去把 ROSE 黑赢回来。这样的女人令人惋惜和同情，这里面的黑幕一定会有一天水落石出的。"

韩迋图最后的"水落石出"四个字斩钉截铁，敲打着广美的心。

"哥，我想跟你说件事情，在我心里好久了。"

韩迋图看着广美，她从来都没有这么安静过。

"什么事情?"

韩迓图最近在做一个海南别墅庄园的大单子，总是日夜颠倒地在书房里面加班画图纸。

广美居然大声痛哭起来。

韩迓图停下手中的活儿，过来抱着她问她："到底怎么了，是谁欺负你了。"

广美说，："我不敢说。"

韩迓图说："没事，天塌下来哥哥顶着。你闯什么祸了？"

广美说："是米兰。"

韩迓图一怔："米兰怎么了？"

"是MARRY和我一起毁了米兰！"广美说完就跪在了韩迓图的面前。

她说，她当时只是一时糊涂，后来她劝MARRY要金盆洗手来着，但是MARRY说现在已经停不下来了，她们已经停不下来了。因为MARRY也是受别人操控的，就是那个报社的主编，他是策划米兰破产的主谋。

韩迓图愣在了原地。他有些晕，他让广美站起来慢慢说，把事情的前因后果一点点讲给他听。

"我怕，哥。"广美的博士文凭快拿下来了，她毕业后，美院的教书工作就能够立马转正。在这个时候，若是再出了什么差错，她的一生就毁了。

"米兰知道了吗？"

"现在还不知道，但是纸是包不住火的，我跟MARRY说米兰心地善良，她会原谅我们的，只要我们主动认错，我们要不就跟她说了吧。"

"MARRY怎么说的？"韩迓图猛吸一口烟。

"她死活不同意，她还骂我是胆小鬼。当初是我先去找她说有多讨厌米兰的现在又反悔，她骂我是胆小鬼。"

韩迓图有些慌，因为他跟米兰只是见过几次面，虽然印象很好，但是这样伤天害理的事情要是发生在自己身上，怕是自己也会和这帮姐妹儿老死不相往来了。他点了一支烟，给建筑事务所打了电话。他把最近所里最难拿下的美国一个二线城市的城市广场的设计项目接下来了，但是他需要对方先给30%的预付金，等设计完

稿后就需要全款。

所长很吃惊，问他是不是发生什么事情，干工作都不要命了，海南庄园的项目已经压力不小，问他能否吃得消，是不是最近缺钱。

韩迓图说："还债。"

晚上，韩迓图开车去了德国印象。他看到有个陌生的中年女人，他没有好意思开口。米兰看到韩迓图好像有话要说，就进屋拿了件外套跟他出来了。

他们一起坐在外面的藤椅上。米兰说："我的这栋房子很快也要拍卖了，这样的好房子让别人住真是可惜了。当初都是自己一点一点地设计和装修的，就连这园子里的每棵草跟自己都有感情了，阿布和我在每片土地上都打过滚儿。现在就要卖了，希望可以卖个好人家。"

米兰叹了一口气。

韩迓图对米兰说："对不起。"

米兰回过头来看着他："为什么这么说，是我自己没有运气拥有它们了。"

韩迓图说："对不起，是我跟广美一时冲动跟她说我喜欢你，让我妹妹对你产生了反感，让她一时冲动做了错事。但是我们会补偿你的，请你原谅她，原谅我们吧。"

米兰不知道他在说什么。

韩迓图还是一个劲儿继续说："这是 30 万，我们现在就只有这些钱，我会很快就有 500 万的设计费，到时候一并打到你的卡上。希望你可以到时候网开一面，原谅广美，她只是一时糊涂，请你原谅她。现在这个时候对她来说非常关键，她博士毕业，马上就去美院教书了。这个时候，我不希望她有什么意外。你是个善良的姑娘，别跟她一般见识。"

韩迓图说完这些话就莫名其妙地走了。

韩迓图回到名都园一个人在家太闷，就去了隔壁的元野家。

元野听说了这个消息后，觉得自己的内心更加的内疚了。自从上次在机场离别，米兰就没有再联系过自己。他与路环环彻底分手了，放彼此去寻找真正属于自己的幸福。在丽江的梅子给自己寄来了一封信说是刘岸青好了，在他看到了米兰的ROSE 黑破产的消息后，就猛龙晨醒了。刘岸青前段时间在香港画廊的巡回展览非常的成功，《天上人间》的两张赵小曼和米兰的画像拍卖出了 300 万的国内新锐画家的天价。

元野说："我最近在准备梅子的畅销小说《传奇》的电影拍摄。我有预感，这部电影将会热卖。因为 ROSE 黑作为中国最成功的一个国际路线的服装品牌，昙花一现就枯萎了，很多人都想知道这个中国的香奈儿女王背后的故事。梅子就是用旁观者、边缘人的视角讲述了这样一个关于青春、人性、梦想、爱情、友谊、财富的故事。"

"米兰的失足在于她太完美，我们都在这个错误里扮演了角色，错的人不只是广美一个，我们一起努力，帮米兰把 ROSE 黑再赢回来吧。"

"你爱米兰吗？"韩迓图的话把元野给问住了。

"我以前觉得爱一个人是一个阶段的事情，所以我一直很害怕去爱。我觉得既然不能永恒，那就干脆不要开始。直到后来遇到了米兰，我觉得我们是同类。但是现在我发现，我高估了自己。"

元野把烟头掐灭，继续说："爱一个人应该真的是讲不出来的。以前我觉得米兰太过优秀，我很自卑，现在这是个机会，我觉得我要好好把握住。至于结局，那掌握在耶和华手中。"

米兰跟万国梁说了赵子民的事情之后，他大惊，这张网原来就在身边，真是太可怕了。万国梁把起草好的夺回 ROSE 黑的方案给米兰看。

"1700 万，这么多？"

"嗯。光北京的房租就有 400 万，还有我们上海店的房租，再加上赎回 ROSE 黑品牌的成本，还有我们第一季度的成本运营费用，还有品牌重建推广费用加起来，这个就是最保守的估计了。下面的是我们这最近一个月的月度计划和财务预

算，最下面的是下一个季度的预算，我计划我们得用 4 个月度时间完成这次品牌的收回计划。而第一个月的主要目标就是筹集资金，还有在行业内要让我们的品牌回暖。现在看来的话，还有赶紧对赵子民提起法律诉讼，新闻一曝光，对我们来说总是有利的。"

万国梁其实已经计划好了这些启动资金去哪里筹集，以前自己的人脉里面可以筹集到 500 万，他再请元野帮帮忙，一定可以渡过这个难关的。

"韩迓图来找过我。"本来米兰是不想说的，但是她觉得今天韩迓图的举动实在是不正常。

"他来找你做什么？"万国梁说。

"我也不知道，他就是莫名其妙地说了很多莫名其妙的话。噢！他还给了我 30 万，他说他现在手头上就只有这么多，他很快还会给我一笔钱，大概 500 万，他还说让我原谅广美。总之，我问他他就是不说，着急地就走了。我给广美打电话，他们都不接。"

"我觉得有问题。"万国梁说，"总之明天先去法院起诉了赵子民这个王八蛋再说。"

初春的北京有着来自内蒙古、西伯利亚的风沙，每到有沙尘飞扬的季节，米兰就知道北京的春天来了。经历了残酷的寒冬飘雪的洗礼，她终于要结束冬眠了。夜晚的时候，窗外下起了春雨。春雨是暖的，米兰喜欢雨。刘岸青曾经说，江城和青岛的海是整个世界的眼泪，而天空的雨是情人的眼泪。每当天空下雨的时候，就是他在为她掉眼泪。想起这些，米兰就掉下泪来。

"这是白天的快递，我没有来得及跟你说。"白玉琼从客厅拿来了一份从云南丽江邮寄来的快递。米兰擦掉了眼泪，赶紧拆开看。

"谁的？"白玉琼问她。

"刘岸青。"

"他在丽江？"

米兰：

　　好久了，一直想要给你写封信，你知道我们写作的人都是笔比嘴好用，很多话用语言说不出口来的，用文字就能表达心意。你的事情我和刘岸青都知道了，我也在他疯掉时，你们走后，和他去领了结婚证。那天，我在去镇上给他买画布的时候，看到了报亭里关于你的报道。虽然我不是当事人，但是我知道那不是真的。我把报纸给青看，他一直抱着报纸喊你的名字。第二天他就背着画板在大研镇画画了，他开始不说话。3个月后，他画了很多优秀的作品。他前段时间在香港画廊举办个展，我的诗集和小说没有卖出多少，他的《天上人间》——你和小曼姐的画像倒卖了非常理想的价钱。我想这也许是天意吧。刘岸青欠你的，上帝给了他一个机会补偿你。他想把钱全部给你汇过去，总共600万，希望这些钱能够帮助到你。

　　之所以写信是因为我们怕打电话，我怕一跟你说话，一听到你的声音我们就难过。你是来西藏拯救他的，他却拖累你去了地狱。他也说没有脸面见你，所以请你原谅我们卑微的自尊心。我怕你不同意，同样的信件我也给上次跟你一起来的帅哥邮寄了一份。你不接受的话，我们就只好把钱打到他卡上，让他代我们给你。还有，我把你们的故事写了一本书——《传奇》，现在正在跟元野导演合作拍摄一部院线电影，希望你的故事能真正像我的故事《传奇》一样有个传奇的结局。

你一生的朋友　梅子和岸青

第十三章　原谅我吧

第十四章
我陪着你呢

　　赵子民的诉讼第二天就在法院开庭了，白玉琼还指出了他的贪污和淫秽的一些罪状。现在的赵子民像是一只垂死挣扎的狗，疯狂的他把 MARRY 和广美还有徐敏一起供了出来。

　　那天一起去开庭的还有韩迋图，米兰终于明白了那天他在德国印象说的话。她怎么也想不到，徐敏的背叛已经让自己感到意外了，而自己的最要好的朋友广美和 MARRY 也被这条疯狗蛊惑。那天，米兰当时差点晕了过去。

　　警方调查说，LILL 白的总经理说徐敏根本就没有来公司上班，她直接从香港去了澳洲，目前下落不明。

　　除了将米兰的私事告诉赵子民外，还参与了很多其他事情的 MARRY 也在上个月畏罪潜逃了，连杰克也不知道他去了哪里，并且杰克也有了新的女朋友。他们俩在珠江帝景的房子也卖了。杰克还说与 MARRY 早已经彻底断绝关系了，并声称他们是和平分手。

　　一直闷在旁边不说话的慕矫健说："我知道她在哪里。"

　　所有人都把头扭向了他。他缓缓地说："MARRY 去了荷兰的阿姆斯特丹。"

元野说："你怎么知道的？"

"她走之前给我留了一封信。"

"什么信？"

"她让我原谅她的疯狂，她是想用这种方式来证明她对我的爱。她想带我一起走，我没有回复她。三天后，她就一个人走了。她还说，我若是想好了随时去荷兰找她，她给我留了个地址。让我去把她找回来吧。"

第二天，慕矫健就买了北京飞荷兰的机票。MARRY 是住在一个荷兰作家的家里。当慕矫健在作家的老式别墅的露台上看到她的背影的时候，他真正开始怜悯起这个女人来。他想："一个人要怎么爱另一个人，才会这样奋不顾身，甚至连法律都不顾？"

MARRY 披着一件红色的披肩，红晃晃的颜色刺得慕矫健眼睛生疼。她的朋友说，自从她来到这里，就每天都在露台上看船看水。

"你来了？" MARRY 对慕矫健说。

"你瘦了。"慕矫健望着眼前的这个女人，心里生疼。他从来没有看到过这么没有活力的 MARRY，以前 MARRY 总是又张扬又野性，现在像是中了毒一样，成了一只病猫。

"你在看什么？"慕矫健问她。

"荷兰的风车真是美啊！记得小时候看图画书的时候就特别想来荷兰看看真正的荷兰风车是什么样子的。在大学的时候，去丰台的世界公园去看荷兰的大风车总感觉还不够过瘾。这次真来荷兰了，所以想好好看看，看个够。"

她的话慕矫健有些听不懂。

慕矫健跟 MARRY 说现在米兰已经将赵子民起诉了，但是米兰是会力保她和广美的。

MARRY 说："米兰？米兰是谁啊？"

慕矫健说："MARRY，我陪着你。无论你做什么我都陪着你的，你并不孤单。跟我一起回北京吧，我陪着你自首，只要你自首，法院会从轻定罪的。你现在这样

就算是躲在荷兰一辈子，你会安心吗？活着如同死去，我们还不到 30 的年纪，我们不能选择这样的人生。"

慕矫健真的把 MARRY 带回来了，他也把她亲自送进了高墙里。

赵子民因另外涉嫌贪污和淫秽等罪名判处有期徒刑 30 年，而 MARRY 涉嫌商业欺诈罪，并为了力保韩广美，她一个人承担了所有罪名，判处有期徒刑 5 年。

"等我出来的时候，我就 35 了，你真的想好了要等我吗？" MARRY 问慕矫健。

"我们大家都等你。我和白姐先帮你打理着你的杂志社，我们还等你出来接班呢。"

MARRY 哭了。探监的时候她在里面用电话对慕矫健说："如果这是唯一能够得到你爱的方式的话，我不后悔。"

慕矫健也哭了，他把手贴在了玻璃上和 MARRY 的手贴在一起，他说："傻丫头。"

"如果明天就是世界末日了，那你想要带着什么离开？"元野问米兰。

"一本书、一粒种子和一个爱我并且我爱的男人。"

"为什么是这三样啊？"

"一本书象征着智慧，一粒种子象征着希望，一个男人那是我的爱。近来自己在看《别来无恙》，里面的女主人公无不事业有成、气质优雅，但是都剩下了。知我者谓我心忧，不知我者谓我何求？何孤行之茕茕兮，子不群而介立。"想不到米兰这么时尚的女人，居然还是这么腹有诗书的。难怪第一次见她就感觉这个女人跟别的女人身上的味道不一样。

是书香让这个女人散发着别样的香味，这是她身上的 ROSE 黑 7 号香水所不能赋予的女人的味道。人生得一知己，哪怕是没有婚姻，夫复何求？如是能够步入婚姻的殿堂，那简直是天赐！

"那你还爱他吗？"

"爱，但是已经不喜欢了。因为没有未来。爱和信任就像是一张白纸，一旦皱了就再也恢复不到原来的模样了。我们曾经那么小心翼翼地去呵护这份感情，突然一下子就像是急刹车一般，我一个转身，他就丢了。现在回到我身边的是一个伤痕累累的没有任何生机和活力的男人，他现在就像是一辆快要报废的老爷车，无论多好的汽油都不能让他恢复当年的霸气了。"

"你喜欢霸气的男人。"

"女人都喜欢。"

"你的未来会怎么样？"

"继续等下去，像铁凝等华生那样地继续等下去。也许孤独至死，那也宁可高傲地发霉，也不低头地凑合。这就像是我们 ROSE 黑的广告语那样，我们都是中了诅咒的那群女人。没有男人欣赏就一个人冷冷地把花儿开给自己看。"

"有没有想过去导演自己的人生？人生是可以自己导演的，你知道吗？你就是自己的编剧和导演。人生就是一个大的舞台，我们都是戏子，穿着不同的戏服在这个嘈杂的舞台上演绎自己主演的那出戏。我已经在上一场戏中邂逅了美丽的你，我想接下来的戏和你一起演，我们一起来导演我们的人生。你觉得有意思吗？"

米兰突然想起来，眼前的这个男人是中国著名导演元国强的公子，未来的新锐导演元野。"怎么导？"

"把你想要的未来的生活画面描述给我，我让它梦想成真。"

梦想成真。多么富有诱惑的字眼。所有女孩子都做过白雪公主和灰姑娘的美梦，也都在年轻的时候向往过想要什么就可以变出什么来的小盒子。如今这个男人告诉自己可以"梦想成真"，已经 29 岁不再年轻的老姑娘了，还是兴奋激动了一把。

"我想要的幸福其实很简单。我希望我的妈妈身体健康，我希望我能在 30 岁的时候，忘掉这 5 年来的不快乐，我的快乐重新回来。我希望在每次回国的时候，我的他都能捧着一大把的黑美人在机场的接机口等我，然后深深地吻我。我希望我们的婚礼可以在爱琴海举行，我希望从我们相爱的那一刻起，他的眼里、心中就只有我一个女王，我的心里眼中也只有他一个王子。并不是别人不优秀，而是我们的心

第十四章　我陪着你呢

眼儿就那么小，再也装不下任何一个多余的人。我希望我们的朋友都健健康康，我希望我们的爱恋可以得到所有朋友的真挚的祝福。我希望可以给他生一堆的孩子，我希望我可以只做他背后的女人，不再每天驰骋商场，像个女战士一样戴着盔甲，让我混淆了自己原来是个女人。我希望我可以在家里缝缝补补，我给他做最适合他的衣服。我可以用更多的时间去和他一起完成他的梦想，我们可以去在完成一个梦想的时候给自己放假去旅行，我们在深山老林的世外桃源里过着原始人的生活。我向往永恒，向往回到人类的原始，向往陶渊明的'采菊东篱下，悠然见南山'那样的朴素。"

元野想，是谁说的，这辈子的情人是上辈子的好朋友？眼前的这个女人藏在内心深处的许多话语居然跟自己内心想的如出一辙，他们有着同样的憧憬和渴望。等到这场风波过去，他就向米兰求婚。

晚上，米兰和元野一起去了他的家，他说："你做好心理准备啊，这可是单身男生的公寓，惨不忍睹的。"

米兰说："好的。"

进门的时候，她就惊呆了，房间里面全是胶卷和照片，还有两部支架上的相机。

墙上是很多很多的照片。

"这都是你拍的吗？"米兰问。

"嗯哼。"

"你去过多少个国家啊？"

"也不是很多，30 多个吧。"元野的姑姑、叔叔都在美国，姨妈在法国，他从小就经常地跟着父母去国外。

米兰还在这些胶片中感叹的时候，慕矫健端着一盘蒜香牛蛙从厨房出来了。

"晚上留下来一起吃饭吧。"元野看着米兰。

米兰没有说话。

元野去书房取出一个普蓝色的行李箱。

"这是刘岸青的钱，我全部取出来了，知道你不会告诉我你的账号，我就只能给你现金了。你现在重新启动 ROSE 黑需要太多的钱了，我们都希望能够帮助到你。"

慕矫健说："米兰姐，其实我们都很喜欢你，你是那种让每个男人都不得不去喜欢的妞。像韩寒说的，她的妞，很彪悍，很可爱。"

米兰说："我彪悍吗？这可是第一次有人这么说我啊。"

"彪悍不是野蛮，彪悍是对女人独立、大气、自信的一种尊敬，比如你会很爷们儿地在那个'榆木疙瘩'抛弃了你后还反过来帮他。现在他能幡然醒悟也是他的造化，这钱应该收下。已经没有任何关系了，他去西部流浪，你还替他的前妻去找他，这哪是一般女人能够做到的啊！一般女人估计知道背叛自己的前男友如今落魄了，关起门儿来偷着乐还差不多，你太爷们儿了。"

米兰想了想自己确实做得太出格了吧，对刘岸青是，对赵小曼是，对 MARRY 是，对才见过几次面的元野也是。但是她不宽容又能怎样呢？

"你恨我吗？"米兰想到了因为自己还在监狱中的 MARRY，问慕矫健。

慕矫健说："MARRY 的事情，我们要感激你。若不是你，我不知道在这个世界上还有这么爱我的女人，是你让我又开始相信了爱情。谢谢你。"

慕矫健想到老大的吩咐，感觉米兰并不是个端架子的人，他打算实话实说。

"米兰姐，我们想拍一部关于 ROSE 黑的传说。主要就是你创业背后的情感故事，因为我们都觉得在这个信仰饥渴的时代，你的故事太具有榜样的力量了。"

米兰看了一眼慕矫健，摁了一下他的脑袋，说："你是跟谁学得这样油腔滑调的？"

慕矫健说："本能。从幼儿园时代起我就为长成一头'色狼'而做好了生理和心理准备，至今未遂我愿，没有中意的姑娘。"

米兰被这个大男孩儿带着玩世不恭范儿的幽默段子给逗乐了。

"那你跟我说说是怎么个不遂法儿？"

　　"嗯，不是上身不遂，就是下身不遂，不是外表不遂，就是内里不遂，反正就是不遂。"慕矫健的段子逗得米兰哈哈大笑。

　　"好好对 MARRY。"米兰突然严肃地对慕矫健说。

　　"一定会。"

　　晚上元野送米兰回家的时候，对她说，其实今天的慕矫健就是嘴上要耍嘴皮子，他就是看起来特别不正经的一人，但是一旦他决定了的事情他就会从一而终。他们这群人都是这样。

第十五章
力挽狂澜

广美没事了。

她开始日夜兼程地做作品，她的博士毕业作品《姐妹花儿》在欧洲的画廊展览已经有人拍下，虽然只有 20 万欧元，但是对米兰也多多少少是个帮助。

韩迳图设计城市广场的定金 150 万已经打到他的账号。

万国梁的关系已经打理好，朋友这边他也筹集了些资金，但是还是不够。LILI白的 ROSE 黑品牌卖价儿比收购的时候整整翻了两倍，这是明摆着为难他们。

万国梁不忍心告诉米兰，他一个人去了元野家。

"资金还差多少?"元野问他。

"韩广美和韩迳图的 300 万，我这边朋友只有 200 多万，加上刘岸青的 600 万，还不到一半，LILI白这边又反悔合约增加收购金，这不明摆着欺负人嘛。米兰打算把德国印象给卖了，那个家可是她自己一点一点设计出来的啊，所有的家具和格局都是她自己的创意，院子里面的花草和藤椅都是她自己设计的，不到万不得已，她是不会卖房子的。"

元野说："能否再等一等。"他又去书房拖出来那个普蓝色的箱子。刘岸青的钱，米兰不要，他让万国梁拿回去帮米兰收下。

"你能否答应我件事情？"元野对万国梁说。

万国梁以前非常不喜欢元野，因为他知道这个人私下里惦记着米兰，但是现在经历了这么多，他已经不再奢求些什么，只祈求 ROSE 黑能够顺利赎回，大家能够在一起平平安安的就是最大的福气。

"说吧。"

"我的电影《传奇》这个月月底就要上线了，我之前已经造了'事件电影'的轰炸式宣传，这次电影我也在中间加了很多的广告，现在制片方的拍摄成本我们已经拿回了一半，也就是说这部片子将会稳赚。你再等我几天，资金一到位，我们重新来计划一下如何启动你们的 ROSE 黑。现在你们捉襟见肘，米兰时装周又迫在眉睫，本来就是重新出山之作，若是草草了事，怕是以后名声臭了，市场更不好做了。"

万国梁本来就感觉有些吃力，现在元野跟他的观点不谋而合，他顿时有种英雄所见略同的感觉。但他还是有点疑惑："你为什么想要帮助我们？"

元野不说话。是呀，他为什么要帮助他们？他从来都没有想过这个问题，就是想要去帮助他们。为什么呢？万国梁的话把他问住了。

"我也不知道。"

"若是等我们 ROSE 黑在米兰的发布会上重新赢得行业的认可，我答应你，给你们安排一场浪漫的婚礼。在米兰。"

"米兰曾经跟我说过，她想要自己的婚礼在爱琴海举行。大梁，我觉得你跟广美也挺合适的，她这个丫头我从小看着长大的。单纯透顶，傻得可爱，是个不错的好女孩，都 28 了，还这样纯粹的女孩儿难得啊。我们一起在米兰求婚吧。经历了这么多，大家都需要归巢了。"

"我考虑考虑。"

"考虑考虑？"元野给他递了一瓶啤酒。

"你有没有信仰？最近的事情让我忽然明白了人性，我信基督了。繁衍后代，遵守契约，一生一世一夫一妻，不许变心。"

元野说："信仰在心里吧。感情一定要给对的人，就像是女人的肉一定要长在对的地方一样。"

"你知道我为什么不跟你抢米兰了吗？"万国梁喝了一口啤酒问他。

"说来听听。"

"我结过婚，也离过婚，自我感觉没有你优秀，也没有你的家世好，米兰应该属于你。哥们儿，这辈子算你命好，下辈子我再和你竞争。"

"噢？那么说我还应该感谢你前妻呢？"元野哈哈大笑。

刘岸青有一天画画回来倒在了院子里，梅子去集市买菜回来，看到了躺在院子里的刘岸青。她背起他就往医院跑。医生诊断，他先天性心脏病，是遗传性的。

"他已经错过了最好的手术时间，在他十七八岁的时候，那个时候他应该来动手术的，现在手术成功率几乎为零。"

梅子傻了。等她回到了病房，刘岸青已经醒了。刘岸青看着她哭得红红的肿成了桃子一样的眼睛，他向她讲了自己的病情。

小时候他就和爷爷相依为命，别人都有爸爸妈妈而他没有。后来小朋友就说他的父母都是先天性心脏病患者，他也活不过30岁。乡下的小伙伴们都淘气不懂事，一个人这么说，大家也都跟着口口相传了起来。那时候大家都躲得他远远的，没有小朋友肯跟他玩耍，大家都说这种病能传染，都像是躲着艾滋病一样地躲着他，所以从小时候起，他就非常孤僻。但是爷爷却很乐观，总是叫他学会坚强，说小伙伴们都是胡说八道。

印象最深的是爷爷给他讲"百尺竿头"这个成语的解释，百尺竿头就是说当一个人走了一百步之后就会再滑落到竿子底部，重新开始新的第一步，人生就是这样的一个循环往复、不断重复的周而复始。一百步到了竿子的顶端就需要再回到竿子的底部重新开始第一步才能继续往前走。

"你爷爷很智慧。"梅子对刘岸青说。

"那个时候我在镇上读小学，没有小朋友愿意靠近我，突然有一天转来了一个小朋友，她叫米兰，她是三年级一班的班长，我是六年级一班的，每周一学校升国旗都能在头排看到她。她还是学校器乐队的队长，学校的大型节目也都是她主持。她比我低三级，我很快就升入了镇上的中学，后来我经常还想起这个女孩来。可是等到了第二年的夏天的时候，她就转学了。我曾经在一个很低的位置里仰望过米兰，也曾经在暗无天日的日子里寻找过米兰。"

"后来呢？"梅子问。

"后来在我 17 岁的时候，我从江城艺校去江城一中复课，因为专业课当时已经过了美院的专业前八了嘛，但是多年画画，文化课已经惨不忍睹，老师就建议我去文化课好的江城一中复课。当班主任介绍说班长叫米兰的时候，我心中狂喜，我永远记得我在他们教室后门的玻璃外面往教室里看到她第一眼的样子。她扎着一个马尾辫，身体已经有了女性的曲线。"

"她知道你曾经在小学的时候暗恋过她吗？"梅子问。

"不知道。因为我怕提起那段日子。我怕我想起我的病来。我的父母都是因为心脏病去世的，只怕我也活不过 30 岁，这像是紧箍咒一样罩住了我的未来。一个没有未来的人，多活一天就多赚一天。"

"后来呢？"

"后来我去了他们班，班主任让我自己选位子。其实那时整个教室里都被塞得密密麻麻的，已经没有位子了，只有米兰和 MARRY 那里有两个二十多厘米的狭小空间，我就走向了米兰的旁边。从那次重逢到我们分手一晃就是 10 年，我很快就 27 岁了。那个时候我非常害怕，因为我怕小时候村里小伙伴的话会灵验，我是个活不过 30 岁的人。"

"你是因为这个原因而跟赵小曼结婚的吗？"

"也不全是。赵小曼也是个好女人，只是配我可惜了。"刘岸青叹了口气。

"你真傻。为什么不告诉米兰？让她误会了你这么多年？"

"其实我也不完全确定我就没有救了，我还是存在着侥幸的心理，毕竟这么多年了，我的心脏一直强健得像是一头牛，从来都没有发作过，没想到才过了两年，它就来了。"刘岸青的泪珠顺着脸庞滑落到梅子的手尖上，"只是拖累了你，你走吧，回北京吧，让我一个人孤独地死去。"

"我不离开你，我是你的妻子啊！我一定要把你医治好。相信我，青，有爱在就一定可以创造奇迹。小时候我爷爷就跟我说，这个世界上一切都是可以创造的，包括幸福。你不能这么轻易就放弃生命、放弃我，再说我已经怀了你的孩子了。你还没有看到自己的孩子，你要坚强地活下去。"

刘岸青的热泪滚滚而下，滴在梅子的芬芳的发丛里。他想现在自己创作的灵感才思泉涌，在圈子里终于也小有名气，妻子的小说和诗歌集也在文艺圈里崭露头角，按理说他们在丽江的日子已经守得云开见月明，但是他的病情又复发了。

"老天呀，难道注定我就是一个一直要生活在痛苦中的人吗？"

"我想回家。"

"你说什么？"

"我想回家，回我们自己的家。"医院到处都弥漫着消毒水的味道，这是一种疾病和死亡的味道，刘岸青感到恐惧。回到大研，他又开始没日没夜地创作，这次他的作品是《天堂的阶梯》。

那段时间，刘岸青经常在晚上做梦，梦中总喊小曼和梅子的名字，这次没有米兰。

梅子有些害怕，她就给米兰和元野又邮寄了快递。她希望米兰若是可以，就来丽江看看刘岸青，他也许活不了多久了。自从确诊了心脏病的病情，刘岸青拒绝做手术，并且开始极度地悲观。最为可怕的是，他经常半夜做些噩梦，醒来的时候浑身是汗。

梅子的信还没有邮寄，第二天醒来，刘岸青的身体就已经没有了温度。桌子上还有一封信，是给她的。

在天国为你接风洗尘——致吾妻梅子

终于走了，我始终害怕最后一个离开，小曼走的时候我害怕被丢下，所以我逃了。来西藏的半路上又捡到了你，我感到惊喜又害怕，所以我就又逃了。我逃到了丽江来，谁知道你又跟来了。我打心眼儿里喜欢你，从在酒店的猫眼里，看到你穿红色衣服的那第一眼我就打心眼儿里喜欢你。喜欢你还因为你从来不像我前妻那样像个复读机一样永无休止地问我到底最喜欢的是哪个女人。我一直以为我是个极端挑食主义者，一辈子最多只会爱上一个女人。但是阴差阳错，我净走了些岔道。我命好，遇到的都是些好女人，所以我就都爱了，只是委屈了你们了。如果真的还有来世，做牛做马，我再好好地报答你们吧。

很遗憾，跟我在一起没有给你的后半生留下什么保障，幸好还有些作品，你看看可以拿去画廊，趁着我的上次拍卖作品的余热赶紧出手，也许还能卖个好价钱。现在，我最放心不下的就是你，你的性格跟我一样的倔强，好好找个人嫁了吧。如花似玉的一个好姑娘，别整得跟服装市场的外贸尾单似的。我这辈子欠了女人的债太多，不能对你承诺下辈子，总之，我欠的我会还。只是今生只能对你说声抱歉了。

米兰和那个元野很般配，我一直没有机会跟他们说，只有请你帮我带话儿了。我和米兰今生注定是个美丽的错误，我一点也不后悔当初毕业的时候放开了她，她应该属于一个梦想。只是遗憾的是，我不能等到看她的 ROSE 黑席卷整个世界了。

永别了，朋友们。

我在天国没有痛苦的地方等你们，到时候我会为你们一起接风洗尘。

青　丽江

梅子处理好了刘岸青的后事，就回北京了。年轻的时候绕着地球转了一圈没有找到家，后来又绕着中国转了一圈还是没有安好家，原来北京才是她的家，转了一大圈，又转了一小圈，最终还是回到了原点。刘岸青临终前希望自己能够回江城，他不喜欢北京，北京对他来说是座伤城。他为了能来北京上学搭上了整个的青春。真正如愿以偿了，他又在这座城市里葬送了自己的爱情，他也害怕自己的尸骨埋在丽江多年以后会被大家所遗忘。所以，他希望梅子能够带他回青岛江城。

米兰抱着他的骨灰盒哭了。她一直觉得重振 ROSE 黑对她来说总是缺少那么种动力，她累了，不想像个女战士一样再拼了，也害怕再次站到那样一个高处不胜寒的高度，会再丢失了友谊和爱情。财富对女人来说太奢侈。但是现在她感觉到浑身上下又开始注入了一种类似于动力的力量，她浑身又有了力气，她不能输。

米兰带着梅子回江城把刘岸青的骨灰盒埋在了露露的旁边。

露露的青春定格在了 15 岁，而刘岸青是 32 岁。

第十六章
破釜沉舟

梅子回京后就和慕矫健、白玉琼负责 MARRY 杂志社的运营，她专职还是写作，写的两本书都一版售罄。

父母开始又张罗着给她找对象相亲，她总是不着急不着急，再考察考察着等地推脱着。自从十多岁拎着行囊满世界地流浪，她就与家里断绝了关系，突然又回来了，多少有些不自在。

《传奇》公映刚一天，还不是节假日，就突破了 3000 万的票房纪录，第三天就已经过亿，真的创造了电影黑马传奇。元野和梅子也因此成了那一年最耀眼的新锐导演和编剧。

"你相信命运吗？"梅子问米兰。

"什么是命运？"

"命就是生命，运就是运气，有命才有运，合起来就是运气喽。我这么理解的。"

米兰说："一位哲学家说，生存是伟大的使命，并不是每个人都是法定幸运的人。算命先生说我命中注定是个商人，并且是金运之命。我一直到考上大学都是在与艺术有关的专业里扎营，也从来没有想到过去创业，更没有想到过去攀高枝进豪门。我觉得算命先生都是忽悠人的，并且就算是不做个艺术家，我想我会选择做一个文学家或是一位女诗人。然而毕业后短短几年，我就摇身一变成了今天的模样，似乎自己都忘记了一路是怎么走过来的了。"

米兰也许是受刘岸青的影响，她或多或少地也相信一些宿命的东西。但是不管怎么样，她始终坚信做个努力和时刻积善行德的人，才会扭转乾坤，带来福报。

梅子从桌上拿出法国最具有诗情画意气质的歌星伊莲娜·霍莱的一张专辑，还有一封永别的信。刘岸青在流浪之前身边带着两本书，一本是《瓦尔登湖》，一本是《麦田里的守望者》，还有一张伊莲娜的碟、一封不准备寄出的信，都在这里。

亲爱的兰：

请允许我最后一次这样叫你。当你醒来的时候，我已经乘着国航的班机飞往拉萨了。我喜欢那个去了 3 次都没有去够的地方，那是最接近天堂的地方，那里有最纯洁的天空，也是唯一的一个只有我们俩回忆的地方。后来我想带小曼去，她终于因为身体有高原反应而没有去，现在想来感谢她给我们俩留了一片只属于我们俩的净土。

我离开不是因为逃避，而是想要重生。还记得我爷爷讲的"百尺竿头更进一步"的故事吗？我现在必须要去迈出那第一百零一步了，因为我已经真的跌到人生的最低谷了。你问我，是更爱你还是更爱赵小曼，我无法回答你，就像我无法回答她一样。我只知道你去了巴黎的那两年我是用伊莲娜·霍莱的歌声伴着我走过来的。以前我一听她的歌，小曼就莫名其妙地生气，难道仅仅因为我在听法国歌手的法国歌？现在她也不用生气了，她将要去一个不用生气的地方，我不劝她了。

我用了 4 年的时间来尝试忘记你，结果记忆越来越清晰，根本忘不掉。如果可以，我真的想像小曼那样尝试结束自己的生命，我甚至想过用什么样的方法会轻松些，是像三毛一样用黑丝袜勒死，还是像海子一样卧轨自尽，还是像顾城一样上吊，这样死去也会有艺术家的宿命感。但是我还是没有选择轻生，死有什么意思，

第十六章 破釜沉舟

还要好好活着才对，尽管悲伤，尽管痛苦。

在我选择和赵小曼结婚的时候，你告诉我永远都不要后悔自己的决定，并且要好好对待她。我还信誓旦旦地说，永不后悔。我以为我们俩都太倔强了，我对我们的未来没有信心，现在看来我错了。你一个人坚强地走了那么多年，除了爱情，你什么都那么完美，事业、生活、友谊、亲情，而以为找到生活捷径的我如今却落得一无所有，一败涂地。我真心地忏悔了，亲爱的兰。我真的后悔了，我后悔当初失去了你。没有听你的解释，因为你没有问。我以为你会哭，我以后你会闹，我以为你会审问我，但是你都没有，你的平静让我以为你真的可以去巴黎生活得很好，我在北京也可以生活得很好。但是，我错了。

生活从来就没有如果，然后也就没有然后。但是，我还是想痴心妄想一次，如果真的有来生，我还会与你相遇，我一定会拼了生命地好好珍惜你，爱你如初。

这辈子如果说你有什么遗憾的话，也应该是我的错误造成的。那次你生病我去香蜜湾陪你，你说你跟我一起浪迹天涯的时候，我的心流血了。我是多么地想啊，但是却不能。因为我现在没有资格要求你为我再做一些什么了。你有你自己的ROSE黑，你有自己的梦想，你应该找到更适合你的、更优秀的男人。我只是你人生中的一个短暂的驿站，一个路人甲、过客。

你去法国的时候，我告诉你要坚强，但是当你讲你在法国的艰辛和苦涩的时候，我的心也流泪了。我能想象到倔强的你一个人在法国的日子，想来我就心疼。当初的我是多么的天真，以为你一个人就可以在法国把我轻松地忘了，我们都会过上更好的生活，但是，我又错了。

我在这两年里，想过可否还和你在一起，但是我们回不去了。兰，我没法把和小曼在一起的这两年从我的生命里抽走，就像我对你的回忆已经停留在了马蹄莲时代一样，我们都回不去了。

去西藏吧，去创作一批关于遗忘的作品，西藏的那片蓝天一定会让我找到通往天堂的阶梯。最近做梦老梦见那片天，大昭寺在那里召唤着我。

兰，当你读到这里的时候，不要哭，擦干你的眼泪。我们本来就一无所有，人生就是太多的运气，像我们当初考上美院一样，我们都不确定我们一定可以考上，但是我们都考上了。

对不起。

如果真的有来生，我一定会头也不回地只要你。再有10个赵小曼我也不会再多看一眼。但是，这辈子就让我随她而去吧。

忘了我吧，找个真正爱你的人和你爱的人。我相信只要你想，你就可以做到。

放手吧，我曾经对你信誓旦旦地说，我绝对不会在你放手之前先松手，我食言了。我的手在4年前就松开了，而你还站在原地守候，我不配拥有你的爱。松手吧！让我们自由地去飞翔。

每个人都会为自己的选择付出沉重的代价，你的代价是我给的，也应该由我来承担。走吧，走吧，人总要学会自己长大。这些年来，因为一直有你的陪伴和宽容，我一直活得像个孩子，我要去成长了。下次找到爱的男人，要让他去宠着你，不要太爱男人了。不是吃醋，是真的想要我的妞妞幸福，像公主一样的幸福，而不是女王。

该离开了，你不要试图去西藏找我，因为我也不知道我将会去什么地方，走到哪里算哪里吧。我想世界这么大，总有一个地方可以原谅我。

六月的西藏，大朵的白云和湛蓝的天，我又可以在天堂行走了，我相信那里的纯净可以洗涤掉我内心的尘埃。

再见了，我的最爱，我的兰。

如果有来生，我愿意做你面前的一方氧气，进入你的身体，和你融为一体；如果有来生，我愿意做你眼前的一片风景，愉悦你的身心，快乐你的神经；如果有来生，我愿意做你耳畔的一段声音，无论静静的私语，还是婉转的歌声，只要能让你开心，我都愿意成为它们的样子。

永别了，我的兰，我的爱！

你的青　你的勇帝　你来生的爱人

2012年6月6日

"这是我昨晚在《瓦尔登湖》里面看到的一封信，虽然迟到了，但是我还是希望你能够看到，毕竟当时的主人是写给你的。"

"梅子，谢谢你，谢谢你照顾岸青。"米兰心里有种针扎后又撒上盐的痛，她一直以为刘岸青变心了，是个变心的人，没有想到他的爱这样沉重，爱得这样辛苦。

"你有什么打算吗?"米兰问梅子。

"曾经我以为我这辈子就这样了，回到北京，好好孝敬父母尽尽孝心，但是我发现我还是没法留在这里。我也不喜欢这座城市，说实话，米兰我嫉妒你。我终于明白为什么 MARRY 和广美能够那样对你，也许当时我在身边的话，我没准儿也会加入她们的行列。"

米兰说："我怎么样能让你不这么想了呢?"

梅子说："这是你与生俱来的气质，是你的素养。"

"那你打算继续流浪吗?"

"嗯。也许这就是我的命吧，像你会做生意，我终究是要像三毛一样满世界流浪的。"

"那累了的时候记得回家。"

"嗯。"

梅子又走了，她似乎是永远都在寻找远方的人。

她问米兰："什么是远方?"

米兰说："远方应该是永远都到达不了的地方吧。"

梅子说："我渴望去远方的远方。"

眼前的梅子让米兰想起了她刚到巴黎的样子，那时候，米兰最怕的就是晚上。巴黎刚开始拉开夜幕的时候，北京应该是深夜，刘岸青应该还在梦乡，和另一个女人。她想听他的声音，但是不能，所以每当巴黎夜幕降临的时候，米兰就开始一个人掉眼泪。忘记一个人会用多长的时间呢? 一个月，半年，十年，还是一辈子? 记得王家卫的《阿飞正传》中说，世界上有一种鸟叫雀鸟，它们是没有脚的，它们很累的时候，也只能在风中睡觉，它们一辈子只能着地一次，那就是它们死的时候。

开始，米兰总是情不自禁地打开 MSN，打开 QQ，打开手机，编好一封封的短信，但是最终也都只是保存，没有发出，500 封短信，草稿箱满了就清除一次。她只不过是想尝尝一辈子只爱一个人、只被一个人爱的滋味。然而上帝却说，不可能。

米兰去卧室翻出了她和刘岸青以前的那些照片和信件，还有那些信物，打开 CD 听《伊莲娜》。

亲爱的妞妞：

其实你给我的书《湖边有棵许愿树》和《智慧背囊》我看完了，我被里面主人公的故事感动得在宿舍里哭了一个晚上，人世间真的有那么凄美的爱情故事吗？我不得而知，我只知道遇到你以后，下雨的天气里我也看到了阳光，你告诉我那是彩虹。黑色的天气里我也能看到白天，你说那是因为你的心里装下了白天的光明。

我们一起看雨果的《悲惨世界》，你说冉•阿让使得我们看清了这个世界的悲惨。是黑色的世界染黑了黑色的人，还是黑色的人污染了这个黑色的世界，我们都不得而知，不得而知的还有我们像风筝一样的未来。我坚信无论我们能否走进我们梦想的美院，有一点是毋庸置疑的了，就是我的线永远攥在了妞妞的手心里。等你25 岁的时候，我一定要努力努力地赚钱，让妞妞做这个世界上最美丽的新娘，做这个世界上最快乐的女人。

如果有一天我违背了今天的誓言，那么就请你带着这封信去江城的法院告我吧，你告诉法官有这样一个男人不信守承诺，违背了当初的誓言。我是断不会让这个悲惨的结局出现的，就像是林语堂和他的妻子结婚后，妻子就把结婚证书给撕毁了。

林语堂问妻子："为什么啊？"

妻子回答："因为结婚证书只有在离婚的时候才用得到，对于我们来说，它是没有用的了，所以不撕毁了留着它还有什么用处吗？"

但是，我希望妞妞保存好我们的每一封信件，不是因为它有用，而是因为这是

211

我们爱的纪念。我们要留给我们的孩子看，然后给他们讲我们的故事，我想这是我们一生最浪漫的事。

勇帝　2009 年 5 月 20 日夜　江城

米兰看到 13 年前的文字不禁泪流满面，一个男人的一生只会爱上一个女人，像万宝路的广告语所说：男人最懂得爱，罗曼蒂克只有一次。

亲爱的青：

马上就要参加高考了，其实我一直坚信在这个世界上，只要你想要，那么上帝就会给你，包括生命。我从来没有觉得高考是多么困难的事情，它们在我眼睛里就像是解答一道数学题，我知道编程按照步骤写出答案而已。但是现在我紧张了，因为和我捆绑在一起的还有宝贝你。我们俩只有你考上，我考不上，我会不甘心；只有我考上，而你落榜，我会伤心。而只有我们俩都考入美院，我才会真正的开心，而我知道这在江城是从来都没有过的传奇。我们两个是要创造传奇的，你准备好了吗？我们没有退路，只能勇敢地往前冲，你总是告诉我苦难来自外界，而坚强则来自内心。我知道你的顾虑，你一定也像我一样意识到了我们的前途，为我们祝福吧。我们都是单纯而执着的疯子，上帝如果真的存在的话，他应该祝福我们，因为我们一直都在抗争，在坚持，在努力，在挣扎着独立行走，在飞短流长中用眼泪洗涤着明净。我们应该与众不同。阿门！

青的兰　2001 年 6 月 1 日夜　江城

十多年了，米兰依旧是那个不服输、不向命运妥协的倔强的女孩儿，天秤座的女人却拥有白羊座女人的热情活力和狮子座女人的霸道独立。刘岸青在天堂应该欣慰地笑，没错儿，她在他眼中永远都是个坚强的、不会哭的女人。她永远都像是个美少女战士一样，就算是世界末日真的降临，她都会和他并肩在一起，说："我也可以撑起一小片蓝天。"

米兰看着自己以前的照片，那时候的她留着包包头，带着厚厚的大黑框眼睛，若是穿上旗袍一定有人以为是 20 世纪二三十年代上海女校里哪个女学生穿越过来的。

她在江城一中的那片操场的小树林里，有一张刘岸青用诺基亚手机偷拍的她的照片。米兰倚靠着树，头仰望天空，双手插在休闲衣服的上衣兜里，一只脚抬起靠在树上。这个动作米兰在学生时代经常做，因为她觉得深邃的天空中写着她的未来，所以经常地"无语问青天"。

后来上了大学，他们把这张照片洗了出来，然后米兰在照片背后题了汪国真的《嫁给幸福》："有一个未来的目标，总能让我们欢欣鼓舞。就像飞向烈焰的灰蛾，甘愿做烈焰的俘虏。飞旋的是你不停的脚步，滚动的是你美丽的流苏。在一往情深的日子里，谁知道什么是甜，什么是苦，只知道确定了就义无反顾。要输就输给追求，要嫁就嫁给幸福。2000 年夏，米兰，江城一中。"

8 年前，米兰在大昭寺带着狡黠的表情在做剪刀手的姿势。

"想什么呢？"

元野因《传奇》获了本年度最佳导演奖后整个人脱胎换骨的意气风发起来。他洪亮的声音打断了米兰的回忆。2013 年春天过去了，盛夏接踵而至。米兰虽然错过了意大利米兰的时装盛典，但是最终还是赢回了她的品牌。

她想是时候了，她要告诉大家一个秘密。她再也不是众矢之的了。

"没事儿，就是想起以前了，想去西藏看看了。今天是周末，晚上约广美和大梁他们来德国印象吃晚饭吧。我有重要的事情宣布。"

"我也刚好有事情跟大家宣布呢，好久没有开心了，今晚要一醉方休。"

"好。"

男人兴奋起来有时候像是只猴子，米兰看着元野调皮的样子笑了。

第十六章　破釜沉舟

第十七章
海又平静了

"来，尝尝我的手艺。"米兰并不是一个爱下厨的人，在法国的时候她经常一箱泡面就是一周，而元野在吃上非常的讲究，这点反倒与她互补起来。

"我最爱吃的红烧鸡块！"慕矫健还是像往常一样地调皮。

"MARRY 最近还好吗？他们那里可以给带食物过去吗？"米兰问他。她总感觉一个男人心里真正有了女人的时候就成熟了。

"监狱不比外面，不过 MARRY 居然比在外面的时候胖了。她告诉我说，里面挺好，不用操心，她都不想出来了。"

米兰说："那你要让她感觉到外面才是真的好才行啊。"

等米兰拿出葡萄酒和威士忌的时候，韩广美和韩迂图来了，门还没有关严实，万国梁也来了。广美也比平时多了一份稳重，她提议大家一起吃火锅。

"是呀，我也好久都没有吃火锅了呢？你家有火锅的锅子和小煤气灶吗？"万国梁去厨房看了眼空空如也的厨房，"米总，你过得也太糙了吧，这样子怎能算是女人呢？"

米兰的脸羞得通红通红的。

万国梁又开车去超市买了吃火锅的厨具和调料。在晚上9点的时候，大家终于吃上了梦寐以求的火锅：鱼豆腐、虾条、小肥肠、茼蒿、粉丝、大白菜、蟹棒……就着海鲜味儿的麻汁和蒜汁，大家都吃得舒坦。

　　米兰举起高脚杯，她说："干杯！为我们的友谊干杯！为死去的赵小曼和刘岸青干杯！为还在满世界流浪寻找人生意义的梅子干杯！为还在监狱中为我们受刑的MARRY干杯！为我们的今生相遇相知干杯！"米兰的口才一如既往地那么好。

　　盛夏的夜，知了在没完没了地叫着。夜深了，外面像是被墨汁污染的水一样黑。仔细推究起来，才会发现均匀的黑中渗透着一些蓝色的缝隙。屋子里面已经随着重金属乐队的摇滚《诱惑本质》进入到了高潮。米兰后来也忘记了那天大家吃饭的时候都谈了些什么，总之这个那个的说了很多，大家也都是一直笑着，像是在梦里。

　　"我想退出ROSE黑。"米兰的话音刚落，笑声戛然而止，大家都清醒了。

　　所有举着高脚杯的手都停在了半空中，像是被拧下的机器零部件找不到适合的安放地，就那么钉在半空中，像是等待着一样。

　　良久……

　　"你说什么？"万国梁问她。

　　"我想退出ROSE黑。"米兰还是那么的镇静。

　　"不是，米总为什么？你告诉我为什么？我们刚刚把ROSE黑收购回来，你就要退出，你什么意思？"

　　米兰笑了笑，她说："长久以来，我一直有个秘密想要告诉大家，我一直想要等到ROSE黑做到上市了再告诉你们，但是我现在等不到那一天了。最近发生了这么多的事情，我越来越觉得有些事情是不能等的，要活在当下。我在前年留学归国的时候，身上带着500万的创业资金，这钱是一个叫潘忠良的华侨艺术家给我的。我归国的时候他去了天国，他让我带他回家。"

　　所有人都看着她，所有人的心都悬在了嗓子眼里，他们不知道米兰到底要讲什么。

第十七章　海又平静了

"这个人就是大梁的祖父!"

"什么?"万国梁手中的杯子掉在了地上,"不可能,我是临汾人,怎么可能?我从小连我的亲生父母都没有见过,怎么可能?"

"你的养父万里浪是潘忠良的遗腹子。还记得那封信吗?我跟你一起回吕梁的时候你父亲留给你的那封信,他告诉了他抱养你的事实,还有他自己的身世。"

"所以你就要把 ROSE 黑还给我?你把你亲手打造的一个梦幻王国给你的恩人后代抱养的儿子?"

"ROSE 黑从来就不是我一个人的,若不是潘忠良当时鼓励我给我资金,我不会有这样风光的帝国。当它昙花一现的时候,我才真正想明白了很多事情。ROSE 黑是我们大家的,它从来就不是属于某一个人的。若不是你们大家一起和我力挽狂澜,我今天怎么可能让 ROSE 黑卷土重来?"

"那你也不用退出啊?"

"我们都是平凡的人,我也只是个平凡的女人,电影《传奇》中的结局只是戏剧的情节,急流勇退对我来说就是最好的结局。我很羡慕香奈儿那样的传奇,但是我现在想选择做一个平凡的女人,可以吗?"米兰眼神恳切地看着大家。大家都似懂非懂。

"我就是想要静一段时间。一个 30 的正常女人,她在想什么呢?我在 ROSE 黑已经没有遗憾,伟大的事业属于你们男性朋友,我会做我以前还想要做的另外的梦想。我会写写诗歌,做做手工,画画画,顺便找个不错的男人,这才是我真正想要过的生活啊!"

晚上大家都走了,元野留了下来,米兰也没有让他走,她去厨房拿了葡萄酒和高脚杯。

"你喜不喜欢聚餐的感觉?"米兰问他。

"没法说。喜欢前奏和高潮,但是结尾的时候就很难过,太凄凉,像这些横躺竖卧的残羹剩饭。为什么问这个呢?"

"生命就是一场盛宴,大家都饮罢唱罢的时候也就散场了。"

米兰的家是一栋三层的独栋，一层是客厅和画室，二层生活区，是厨房和卧室，三层是她的工作室和书房，那个玫瑰花墙的露台也在三层。元野这是第二次来米兰家，第一次是初遇，他上次没有上楼看看上面的风景，他总觉得上面有诱惑他的东西。

"能上楼看看吗?"元野看着米兰说。

三楼就像是女人的那第三颗扣子，他一旦上去，米兰感觉自己就在元野面前掏空了，但是她最后还是同意了。人生就是一趟旅程，有些事情不尝试怎么能够知道结局呢。

"你是个像谜一样的女人。"元野对她说，"书对你来说意味着什么呢? 为什么收藏了这么多的书? 《金瓶梅》都有啊?"

"我又不是十一二岁的小女生，有这种书不正常吗?"米兰倚在门框上，她喜欢这种倚门贴柱的感觉。元野回过头来，那一瞬间，元野觉得，忧伤的米兰有种别样的美丽。

"我有时候很难读懂你。你家设计的感觉像是香奈儿的旗舰店，奢华时尚，但是你的书房还有这种古朴的书桌，像是 18 世纪的别墅里的书房，还有这些古玩儿。越了解你，就觉得你越难以了解了。"

"有那么恐怖吗?"

"嗯哼。"

元野说:"你也喜欢周国平的《人与永恒》?"

"嗯。我喜欢哲学的东西，说出来我不怕你笑话，我以前喜欢读叔本华。我还想等以后我真的有了宝宝，不管他是男孩女孩，就叫叔本华了。"

元野没有想到米兰还有这么单纯的一面。

他说:"生命就是一团欲望，得不到就痛苦，得到了就无聊，人生就在痛苦与无聊之间徘徊。"

"叔本华说的。"

"嗯哼。"

第十七章　海又平静了

217

米兰没有想到这个不太爱说话的大男孩居然还这么爱读书。

"知道的挺多嘛。你呢？你有没有喜欢的哲学家？"

"我还是比较喜欢康德。他的思维更加的理性。"

"噢？我不太了解他呢。"

"他的那句话曾经是我高中时代的座右铭：让我敬畏的只有两样东西，心中的道德律例和头顶的浩瀚星空。"

"噢！这就是他的话呢，我听过我听过呢。"米兰兴奋得像个小孩子。

"你为什么会留下来？"米兰突然问元野。她吸了一口烟，其实米兰是不经常吸烟的，在归国后与刘岸青见面的那晚极度的无聊，像是感情的洪水找不到发泄口一般，她点起了她生命中的第一支烟。

有人说，每个吸烟的女人背后都有一个故事。

长久以来不吸烟突然吸，米兰呛得直咳嗽。元野边给她捶背，边问她："你不会吸烟啊？"

"不常吸。"

"我不吸烟。"元野跟米兰说。

"呃？28 岁的男人不会吸烟？你是爷们儿吗？"

"我不吸烟也不喝酒，今天是例外。爷们儿不爷们儿、男人不男人的不是靠吸不吸烟、喝不喝酒来衡量的吧？按照你这个推理下去，那些烟鬼酒鬼就都成纯爷们儿了。"

"也是，但哪有男人不吸烟的呢？"米兰还是不解。

米兰虽然心里并不否认他的观点，但是元野不吸烟还是让她着实有些吃惊。做艺术搞创作的人需要经常地思考，吸烟就是思考的媒介，寻找灵感的载体，她有些不太懂他。

"有什么特别的原因吗？"

"也没有。就是不太喜欢那种烟草烧焦的味道，只要那种味道一进入我的身体，我的头部就开始起抵触反应。还有我很讨厌因为长期吸食尼古丁，食指和中指之间有了发黄的烟草味儿，更不喜欢牙齿因为长期吸烟而变成了烧焦的礁石的颜色。"

"你是个挑食主义的傻瓜。"米兰看着滔滔不绝的元野说。

"我能问你个问题吗？"米兰把嘴巴一歪。

"问吧。"

"你有没有爱过什么人？"

"应该爱过吧，但是很短，很快就忘了，时间久了就记不清了。"

"你很诚实，但是我觉得你那不算是真的爱过。"

元野以前总觉得男人像是《西西里的美丽传说》中所说的那样，当沉浸在爱河中的时候，当时是爱的，但是很快就会忘记，而这点可能跟像荆棘鸟一样的女人是不同的。

"我不轻易给，因为我觉得它们弥足珍贵。"元野看着米兰说。

"那你若是永远都找不到自己想给的人呢，你就把它们藏一辈子吗？那样不会很辛苦吗？"

"可是我的运气并没有那么糟糕，我已经找到了我想要给的人了。"

"那祝福你啊。"米兰把烟头掐灭。

"真是的，明明不擅长此道，还要吸。不过我挺高兴，因为对于挑食主义的你来讲，这说明你已经开始尝试去随波逐流了。"

"能够开始尝试一些自己不擅长甚至是抵触的事情并不是什么坏的事情，如果连尝试都不尝试一下的话，以后会后悔的。"

"你觉得我退出 ROSE 黑遗憾吗？"

"看你自己怎么看，如果你想要事业的成就感和满足感，可能有一点吧。但是你若是想要做个完美女人的话，我觉得不遗憾。人的精力就那么多，事业和财富多了，感情和享受就少了。"

"服装设计是我的爱好，如果是把它当事业来做，很多时候我不能全力以赴去想我的创意。再说了，我觉得合适的衣服应该只给合适的人穿，但是做生意就必须有太多的包容。"

第十七章 海又平静了

"能否继续我的电影里的故事？"

"我不知道我能做什么？"

"什么都不需要，只要去做你自己，因为你本身就是一个传奇。"

"那你先做我的模特吧。很快就巴黎时装周了，我以前在巴黎上学的时候画了很多的设计图纸，我打算等我哪一天江郎才尽了，可以拿出来补差，但是现在看来竟全是些落伍的东西了。时尚就是不断地推陈出新，我打算根据这些年的经验创作一批新的作品出来。"

米兰去工作室拿了卷尺，给元野量了身高，还有胸围、腰围、臀围的尺寸。她想要记住这个男人的尺寸，有些事情是注定的，她希望能给他幸福。

"你结婚的时候我给你做件衣服吧。除了刘岸青我还没有给别的男人做过衣服呢。"

"你爸爸你也没有给做过吗？"

"我爸爸在我大学毕业的时候就患肝癌去世了，以前上学的时候不懂事没有给他做过，等我想做了，他已经不在了。"

"对不起，提起了你的伤心事。"

"没事。"米兰耸耸肩。

"你的身材很标准。"

"我从中学时代就开始注意我的身材了，到现在为止也一直坚持每天晨练。米兰……"

"怎么了？"

"我若是能再早几年认识你就好了。"

"为什么这么说？"

"我现在有时候感觉自己老了，经常地开始听些老歌，看些老照片，不像青春期的男孩子那样有活力了，自己的好时候都给了不想给的人。"

"不是老了，是成熟了。我喜欢成熟的男士。"

"你永远都这么乐观吗？"

"你相不相信成熟也是一种本能？其实我挺感谢刘岸青的，毕业时，他的话醍醐灌顶，像是一盆冷水浇在了发高烧的额头上，我瞬间清醒了。他本性就是一个小男孩，永远需要有一个母亲一样角色的女人包容着他。他也永远像是一个小孩子一样伸手要这要那，但是从来都没有想过要付出什么代价。所以毕业的时候，他选择了赵小曼，少奋斗几年可以提前过上不错的物质生活，我都能理解他。有时候我想，那会就算是我很有财富，很完美，也不见得和他就能很幸福，因为他还会去憧憬更完美的。"

元野看着眼前的这个尤物，知性，性感，他想要抱着她，不是雄性动物的动作，就是单纯地抱着他。他第一次有这种纯粹地想要去保护一个女人的冲动，他也好想现在就跪下单膝来向她求婚，但是他答应了万国梁要在北京 ROSE 黑新品发布会上一起向她和广美求婚的。

等待有时候是痛苦的，每一秒都像是在身体上扎的针，但是毕竟是扎一针就少一秒，这就是有盼头的日子，虽然身体痛苦，但是满心的却是欢喜。

现在的窗外完全黑了，黑得彻底的夜才算是真正的夜。

在元野看来，真正的夜晚就是从凌晨开始的。米兰已经在他的怀里疲惫地睡去，他把香烟盒子从她身上拿开，然后把她抱上了床，从三楼到二楼，他却走了像是整整一个世纪。

那晚，元野失眠了，他一个人在三楼的露台上安好吊床，开始点了一支烟。

第十八章
婚礼

　　周末，北京的 ROSE 黑新品发布会如期而至，这也是 ROSE 黑的品牌复出的新闻发布会，北京的媒体把现场挤爆了。

　　元野怕米兰顶受不住媒体的压力，他跟米兰说："要不你先去后台避一避。"

　　"避什么呢？避得了一时，避得了一世吗？早晚会有这么一天的。该来的终究要来的。"米兰坚定地看了元野一眼。

　　"请问米兰小姐，听说这是你退出 ROSE 黑的新闻发布会，费了那么大的力气好不容易从对手 LILI 白手里抢回来的东西为什么马上又要丢掉呢？你急流勇退是害怕再次失败吗？"

　　这些记者唯恐天下不乱似的问这样刁钻的问题。元野为米兰捏了一把汗。

　　"很感谢所有媒体朋友对我们 ROSE 黑品牌的关注，我在 3 年前从巴黎回国的时候心里就装着一个梦，就是要做中国最好的奢侈服装品牌。中国一直没有自己的本土服装大牌，中国这么多优秀的服装设计师，但是却没有在世界上数一数二的服装大牌。很多人动不动就古奇、范思哲、阿玛尼，但是一提中国国产的牌子就很颓。我当时就想一定要做一个能够在国际上数一数二的大品牌，中国人自己的服装大品牌。我很高兴我刚回国就遇到了我的金牌搭档，中国最棒的服装品牌策划人万国梁先生，他给予了我很大的帮助。最意想不到的是，他就是我恩人潘忠良的嫡孙。今年 ROSE 黑 3 岁了，它经历了娃娃起步期，然后开始了少年成长期，在刚刚开始青春期的时候，因为一些误会，它曾经流落街头差一点破产，但是就在最艰难的时候，我和万国梁都没有放弃它。为什么？因为心中还有梦，还有要做中国奢侈服装大牌的一个梦。"

"那为什么还要退出呢？请您解释。"

元野真想上去砸了那个记者的话筒。

"退出的只是职位，ROSE 黑从来就不是我一个人的，今天虽然我不再是 ROSE 黑的 CEO，但是我在幕后工作会更加有利于这个品牌的发展，我会将我的重心放到品牌设计和企业文化建设上来。至于市场和运营，其实一直以来也是万国梁在做，所以我宣布退出的只是一个躯壳。"

"听说你退出是为了寻找爱情，一个真正有使命感的女人怎么可以像一般女人一样以家庭为重？你不觉得这样太浪费上帝赐予你的才华了吗?"

米兰轻轻一笑，她接着说："不管外界给我的光环是什么样的定位，我终究还是我，我不会因为我是 ROSE 黑的执行总裁，就成了不食人间烟火的女王。我做总裁的时候，我依然需要每日三餐，我也依然需要友谊和爱情。现在退出，确实有年纪大了力不从心的感觉。但是这只是一个方面，我还有自己另外想要完成的梦想。像马云在他 40 岁的时候，让自己退休，他会去做环保、做公益，大家都为他祝福。那为什么我一个女人在 30 岁的时候，我想去做一些自己更想要做的事情就这么不被理解呢?"

一个娱乐杂志的记者突然看到了元野，就问他是不是米兰的秘密情人，他们多久了，还威胁说，他相机里可有他们在一起的很多秘密照片。

元野鄙视地看了他一眼，说："我无可奉告。"

他走到万国梁的身边对他说："今天的气氛有些严肃，求婚应该不太适合了。我怕这些八卦记者到时候节外生枝，所以还是低调行事。"万国梁也只能同意。

223

米兰还被在记者八卦地问个不停，发布会现场的闪光灯不断。整整 4 个小时了，米兰中间都没有休息。

元野有些着急了，他给她递了一杯苏打水。天太热，米兰居然晕倒在了现场。元野抱起米兰就冲到了外面，万国梁和广美随后也赶了出来。万国梁开车，他们一起去了望京医院。记者尾随其后。

很多娱乐记者开始喊喊喳喳，有人说："就是他，那个《传奇》的导演，元国强的儿子。我在一年前就拍到他跟米兰一起去西藏的私密照片了呢。在机场，元野还给米兰拎包，推行李箱。"

米兰被送进了急诊室，元野坐在医院走廊的休息室里，有个三流报社的小记者过来采访他，问他现在是不是很心痛，他是不是为米兰很心痛。

元野看了这个小丫头一眼，他本来不打算搭理这些八卦新闻的制造者，但是她的问题打动了他，他的滚滚热泪顺着脸庞流下来："是的，我的心确实很痛，看到她倒下的时候，我的心就开始好痛。"

"米兰是你的新恋人吗？你和以前中戏的那个女朋友分手了吗？你们不是原本打算结婚的吗？米兰是为了你而退出 ROSE 黑的吗？你们会结婚吗？"

医生出来了，元野赶紧擦了眼泪，冲过去问医生米兰的病情。

"没有什么大碍，就是太疲劳了，疲劳过度引起的大脑休克。一定要让她注意休息，你怎么能这么大意自己的女人。她太虚弱了，回家一定要好好补充营养。先住院再观察两天再说。"

元野虽然听到医生的训诫像是个闯了祸的孩子，但是听到医生居然误会自己是米兰的丈夫还是心里有些莫名的开心。知道了米兰的情况没有什么大碍，元野就先让万国梁和广美回去，在发布会现场不能没有 ROSE 黑的发言人。广美执意要留下来，元野拗不过她就让她留下来了。

小记者继续追在元野的屁股后面问东问西，元野只说了句"无可奉告"就冲进病房去照顾米兰了。

米兰刚醒，第一句话就是："这是在哪儿？"

"你刚才晕倒了,是姐夫把你背来的?"广美边削苹果边跟米兰说话,一句姐夫说得元野脸红得像是那红富士的皮。

"你说谁是你姐夫啊?"

"嫁给我吧!"

元野单膝跪下,然后忽然想起没有花儿来,他就转身冲了出去。广美和米兰不知道发生了什么事情。广美跟了出来,她问:"怎么了?"

"稍等,我一会儿就回来。"元野去医院对面的花店看了看老板刚上的鲜嫩欲滴的红玫瑰。他想起了米兰家三楼露台的那花墙来,忽然想起好像米兰不太喜欢红玫瑰,太俗。

他问老板有没有马蹄莲和白玫瑰。老板说得跟他一起去取。他就去开了他的荣威750,说:"我带您去取,我着急,等着求婚呢。"

等元野去把玫瑰花取回来的时候,那个小记者还在医院门口等着他呢。他想这丫头片子这么执着,哥哥今天就奖你个头条了。

他捧着花走上前去跟小丫头说:"有没有单反相机?能不能拍照?"

小姑娘点点头说:"嗯。"

元野说:"我……"话没说完,他用手指了指一下自己接着说,"今天要向ROSE黑的前任CEO米兰求婚,这个独家奖给你了,能不能回去交差了?"

小姑娘感动得要哭,像是啄木鸟一样地直点头。

"嫁给我吧!"

元野又像刚才那样单膝跪下,米兰躺在床上不说话。他擦了一把额头上的汗珠,接着说:"我知道这种求婚方式一点也不新颖,我本来想在今天的新闻发布会上和万国梁一起求婚来着,可是今天的这气场我们看了都怕了,我们都怕了这群狗仔记者的人品,他们那样针锋相对、剑拔弩张的,我们若是现场求婚的话,估计报道出来就成了恶搞。这样神圣的婚礼,我们不想被任何人戏弄。虽然现在是在医院,这里充斥着死亡和疾病,但是我等不及了。前几天在你家的那个晚上我就差一点没有憋住,我必须要告诉你,我要向你求婚!嫁给我,好吗?"

那天晚上，当米兰听到元野说有了心上人并准备结婚的时候，心里咯噔一下像是丢了什么东西一样，但是女人的矜持让她伪装得没有任何破绽。今天一个华丽的转身，原来那个幸福的女主角就是自己，她真的有种出门捡到钱包的开心。

"咔嚓！"

门上的窗子外面闪光灯晃了一下，广美心想不好，然后喊了一声"狗仔队"，就跟着冲了出去。

第二天，元野拿着一大捧马蹄莲和白玫瑰单膝跪着求婚的照片就在网上被疯狂转载，各报纸杂志紧跟着也爆出一些捕风捉影的报道。

"你小子行啊！在医院里的时候还乘人之危。"万国梁羡慕嫉妒恨地挖苦元野。

"别没良心啊，我也帮你求了。"

"什么？"

"我跟广美说你本来打算在新闻发布会现场和我一起向米兰和她求婚来着，她当时小脸就红了。有戏。路哥哥我给铺好了，接下来你自己看着走吧。"

第三天，米兰就出院了，元野去接她。他没有接她回德国印象，而是接她去了自己望京桥北的阿波罗1号。

"你知道我为什么给自己的工作室起这个名字吗？"

"为什么啊？"

"阿波罗在希腊神话里面是太阳神的意思，长久以来，我喜欢、我想要的东西都可以得到。我是狮子座的 AB 血型的男人，狮子座的男人本来就霸气，我又是狮子座里面最霸气的 AB 血型的人。有时候我不太相信这些西方命理的东西，但是有时候我们的人生轨迹好像又真的带着那么点道理。我就是那种不太喜欢表现出来，其实骨子里总爱争第一、特别争强好胜的男人，所以我起的名字就叫阿波罗1号，就是狮子座中 AB 血型男人的意思。"

"能不能抱紧我。"

元野每次抱紧米兰的时候，都感觉像是抱着整个世界。

"还冷吗？"

"那天晚上我特别害怕。"

"怕什么?"

"你说你有了心上人,然后也准备结婚了。我不知道是怎么了,那会儿心里就空落落的。"元野把米兰抱得更紧了。

"告诉我你为什么退出 ROSE 黑?"

"为了一个人。"

"你这么有才华,应该会是个贤惠的好妻子。如果你想写写小说,就给我做编剧吧,我们做中国最好的导演编剧金牌搭档。"

"我的命为什么这么好?我想做 ROSE 黑的时候,我遇到了中国最好的服装品牌策划人万国梁,他还是我恩人潘忠良的后代。我想开始写作当作家的时候,我又遇到了你。当我的感情已经破产的时候,你让我又复苏了新感情。谢谢你。"

"因为你值得。上帝最懂得怎么分配这个世界的爱。"

"你在想什么呢?"

"想去哪里举行我们的婚礼?你有想去的地方吗?"

"南欧。我想像你一样到处走走,好好看看这个世界的模样。我们先去希腊,我想看看希腊的爱琴海,然后我们再去意大利的西西里岛。说出来都不怕你笑话,我在巴黎两年,除了法国,整个欧洲就只去过伦敦和佛罗伦萨。接下来我们再去罗马看看,可以吗?"

"好。"

"你为什么总是这么好说话?总是什么都说好。你不会觉得我很贪婪吗?就是结个婚,还要去这么多地方。"

"连我自己都很纳闷,我这个人可不是个好商量的人,经常对别人做的事情挑三拣四,有时候别人做得已经很好了,但是到我这里了还是不合我意。唯独对于你,我就莫名其妙的什么都觉得好,我也感到很奇妙呢。呵呵。"

旅行终于出发了。

第十八章 婚礼

这是广美和米兰第一次坐邮轮，他们想要穿过整个太平洋、印度洋，然后穿越红海。

"真没有想过我们会这样举行婚礼，像是在泰坦尼克号上。旅行婚礼是我觉得最浪漫的婚礼。"广美和米兰在甲板的太阳椅上吹着海风晒太阳。

自从那件事情之后，米兰的心就很痛，她虽然不再记恨广美和 MARRY，但是她的心想起来就还是有种揭开伤疤一样的疼。

"你还恨我吗？"米兰问广美。

"这话应该我来问你，米兰，你还恨我和 MARRY 吗？我时常在晚上的时候被噩梦惊醒，想想当时就像是着了心魔一样地做了错事，我就从梦中惊醒。有时候也担心记忆这东西有些该忘记的却总是能记忆得非常清晰，但是有些该记住的却总也记不住。我怕我们永远也回不到从前了，想到这些我就沮丧。"广美说着就浑身颤抖地啜泣起来。

"我不怪你们。人这一辈子这么漫长，难保谁都能一辈子不开小差儿，走点岔道，只要走错了路再折回来重新走对的路就好了。没有什么恨不恨的，能相遇，还能一起牵着手继续走下去就是缘分。我最近时常会梦到小曼和刘岸青，谁能在最美的青春年纪里说死就死了呢？只有他们。既然没有说死就死的勇气，那就好好地活着。"

"那你是真的原谅我们了？"广美看着米兰说。

"嗯。傻丫头，我们是美院的'美丽烂漫'四枝花啊！就算是小曼走了，我们剩下的还要努力地绽放啊。"

"嗯。努力绽放。"

"你们看前面就是曼德海峡了，过了曼德海峡就是红海了！"万国梁兴奋地对她们俩说。

"想什么呢？"元野过来抱住米兰。

"感觉毕业这 5 年像是做了一场梦，还是连环梦。"

"噢？那是好梦还是噩梦？"

"开始是一个噩梦，但是中间是好梦，好梦还没有做完噩梦就又开始了，最后又是好梦。"

元野捏了一下米兰的下巴。"现在醒了吗?"元野说，"宝贝你记住，你的人生是好梦开场，好梦收场的。"

米兰说:"慕矫健和韩迳图怎么没有来呢? 真是可惜了，面对这么浩瀚的海洋，再痛苦的人也会心旷神怡的。"

"韩迳图哥哥结婚了。"元野的脸突然变得有些忧郁。

"什么时候的事情? 他不是信奉独身主义吗? 怎么这么快就闪婚了?"

"王姨，就是广美的妈妈，给他介绍了个美国建筑世家的女儿，总之对他事业算有帮助，也算是和他们家门当户对的人家。他不是前段时间为了帮你赎回 ROSE 黑接了个设计美国二线城市广场的活儿吗，后来就顺便一箭双雕把这个事儿也办了。"

"他爱那个女人吗? 没有爱情怎么能够结婚呢?"

"爱情从来就是奢侈品，能遇到你是我的运气够好。你不是曾经问我若是一直遇不到我想要给予的人，我会怎么做吗? 我也许也会像韩迳图哥哥一样，没有了感情，随便找个女人，然后没有滋味地活下去。没有爱的升华，只是活得不够滋润而已，但是生活会一直继续。爱情不是生活的必需品，只是调味剂，但是我们就是因为要活得有滋味，所以才必须一定要等到这个心上人出现，等到这种心动的感觉到来。"

"那广美和万国梁也没有爱情吗?"

"爱情有时候也可以培养，看他们的造化了。并不是所有的爱情都是一见钟情，有时候相依为命也是一种爱情。"

"你知道我为什么想要在希腊的教堂里举行婚礼吗?"

"说来听听。"

"我一直相信古希腊和古罗马是人类文明的发源地、人类智慧的发祥地。人的一生这么漫长，就算是一见钟情又相依为命的爱情也会在柴米油盐中消磨掉，我想

第十八章 婚礼

和你在这个最神圣国度的教堂里，一起洗涤掉灵魂上的尘埃。这样当我们以后万一遇到生活琐碎的摩擦的时候，就能一起朝着希腊的方向祈祷，可以吗?"

"好。"

第十九章
永恒的奢侈与最佳选择

"你有没有听说过一句话，如果你要去旅行，这个世界上有两个地方必须去。"米兰问元野。

"一个希腊，一个印度。左眼看天堂，右眼看地狱。柏拉图说的。"元野答。

"真想不到，你知道这么多呢。"

"呵呵，这都是小儿科。我怕一会儿到了希腊我们都不会希腊语，到时候怕打车都打不到。现在就祈祷希腊的司机能说英文就好了。"

然后大家就盘算着谁的英文相对好一些，到时候可以沟通旅馆住宿的事情。广美第一个缴械投降，她说自己虽然是博士生，但是英文只是为了应付考试的哑巴英语，并且是突击考试才临时抱佛脚的，考试过了，哑巴英语的水平也很快又一落千丈。

米兰说："我就上大学的时候那点功底。"

万国梁说，大家不要看他，他也是艺术特长生，虽然是清华美院的，但是跟元野没法比。

元野是北电导演系的，从小按照广美的话说就是不知道第二名是什么的主儿。

　　元野看大家既然这么看好自己就干脆卖弄了一下，他还给他们讲了在希腊打车，司机如果和他们顺路就会摇摇头停下来，否则就会仰仰头继续开走的常识。

　　"这前面就是爱琴海了吧。"

　　"嗯。"

　　"希腊！我们来了！"米兰朝着爱琴海大喊。

　　"所有第一次来希腊的外国人不是看希腊的历史人文就是看艺术古建筑，这里有雅典城的帕特农神庙。希腊的古建筑都是唯美主义的，广美，你这次就当是采风来了。"

　　"是啊！雅典我们来了！你们也喊一下嘛，大声呐喊有助于身体健康呢！"广美让万国梁和元野也呐喊。他们俩一开始很害羞，喊的声音像是蚊子叫。在广美的鼓励下，他们第二次就开始有了雄性的力量。米兰就看着他们笑。

　　以前只是看图片，想不到整个希腊诗情画意竟是这样美。在蓝色和白色中，有些色彩艳丽的门窗和花卉，真是美极了。

　　"你们听说过在希腊有个岛是自由的天堂吗？"

　　"嗯。"

　　"我们先去找住宿的旅馆吧。"半个月的长度跋涉终于可以在地上好好地睡一觉了。

　　米兰和元野开了一个房间，广美和万国梁一个房间。

　　他们留宿的旅馆是家庭式的，里面随意地摆着一些家具，还有很多的花卉。整个旅馆倚山而建，所有墙壁都刷着白色的油漆，在黑色铁栅栏的门上，还有两个大铃铛。露台上有个橘红色的帐篷，以及蓝色的椅子，房东还为他们准备了冰镇奶昔和沙拉。

　　院子里整个景象像是画家笔下的作品。

　　"这就是我想要生活的地方，我都不想回去了，怎么办呢？我太喜欢这里了，所有的颜色都是那么漂亮。海的颜色是那么的蓝，天空的颜色是那么的纯。我不想走了，这里比巴黎还美。"

"那我们使劲儿赚钱，争取早点移民到希腊来。"似乎米兰说的什么事情，元野都很配合。

"好啊，在希腊搞创作那跟北京是没法比的，西方是艺术的发源地啊！"

"要谈历史谈文化哪有一个国家比我们中国古典文化更博大精深，中国甘肃的敦煌壁画、麦积山石窟，真是个崇洋媚外的丫头片子。"这俩人就杠上了，米兰赶紧做和事佬。

"大梁，这次结婚旅行，我突然有个新的想法，可否在雅典开个 ROSE 黑的国外分部，这个城市属于 ROSE 黑，希腊有太多的东西我喜欢。有米开朗琪罗的断臂维纳斯，有智慧女神雅典娜，有写《理想国》的柏拉图，总之，希腊就是理想主义奢侈美的代言，是我们 ROSE 黑的气质。"

"ROSE 黑什么气质？"元野问米兰。

"ROSE 黑啊？奢侈是它的信仰，挑食和贵族是它的代言。它是一股来自 20 世纪二三十年代和七八十年代的风，这个服装品牌的所有设计理念和流行元素都起源于那个时代，一个有信仰的年代，但是我们始终坚信 ROSE 黑的精神将会永存。如果灵魂还有信仰，如果梦想还在坚持，那就继续挑剔吧。就算是暗礁密布，'精神贵族'依然还要起航，像是我们从北京坐邮轮千里迢迢来到爱琴海一样。"

"广美，我们一起好好努力赚钱吧，将来我们一起在这里定居，这里才是人间的天堂嘛，其他地方被比下去了。"

"移民希腊只需要 300 万，但是我们要创造更多的价值。等我们结婚蜜月后，你就负责在这里写一部关于希腊的爱情故事，然后我们再一起移民怎么样？"

那天，他们白天去了教堂，然后一起在游艇上聊未来。游艇上的黑头发很多，他们一起谈论着希腊。

"梅子？"

米兰忽然看到一个人的背影特别像是梅子，她追了过去。

"米兰？"

"真的是你？梅子，你还好吗？"

233

"你们怎么来希腊了?"

"我们是来旅行结婚的,你一直在希腊吗?"

"嗯,自从上次离开就来了南欧,想想满世界流浪过的地方还是最喜欢地中海这一带。旅行结婚?你跟元野吗?"

"嗯。还有广美和万国梁,只可惜慕矫健没有和 MARRY 一起来。"

"MARRY 最近怎么样?"

"她因为在狱中表现很好,获得减刑,明年的这个时候她就可以提前释放了。"

"退而求其次,广美和万国梁结婚了?"

"我们都是退而求其次,不是吗?我和元野也不是那样原装原配的人呐。我最看好的人给了你和赵小曼。你的结婚对象我不知道在哪里,总之,我们大家都是与最佳备胎的结合的,不是吗?"

"最近有什么新的作品吗?"米兰问梅子。有半年的时间没有见到梅子了,她的头发剪短了,人也比离开的时候胖了不少。

"嗯,最近写了一个诗歌散文的集子《凭海临风》,正在准备出版。"

"以前我不懂你,总觉得一个女孩子为什么要满世界的去流浪呢,我自己在法国待了两年我就觉得很孤独了。现在想来你的生命才是真正地拥有张力,你的生活方式非常优雅。"米兰看着比自己还小两岁的梅子,内心满满的欣赏。

"其实每个满世界去流浪的人都是渴望停下来的,渴望被征服的,只是没有停靠的港湾罢了。"

"就不打算再找了吗?"

"再过段时间吧,总感觉还没有忘掉他。"

米兰没有想到梅子对刘岸青的感情陷得这么深,她曾经以为他们只是彼此流浪途中的相互慰藉,就像是寒冬里刺猬冷了暂时抱一会儿取暖一样,没有想到梅子原来已经陷得这么深了。

"走,我们一起去见见他们吧。晚上去我那儿吃饭。"梅子跟米兰说。

那天他们一起在邮轮上说了很多话,梅子跟他们讲了自己这些年从十六七岁就开始离家远行，在世界上的很多角落留下脚印，也在不同的城市遇到过不同的人，留下了不同的故事的往事。

她第一次去埃及，因为没有带足够的防晒霜，结果脸部被头发遮盖的地方就有个白色的印，其余的地方就都成了黑炭。她的眼睛由于总是戴着太阳镜，所以后来就真的成了熊猫眼。

她还说一次她在尼罗河畔，有个当地的埃及人，带她去了卖旅游纪念品的地方，她就死活不买，结果那人就一直在说"one dollar"，她不明白是什么意思。后来旁边的一个黑眼睛黑头发的男孩说"他的意思是，你不买东西就先把打车的费用给我吧，一美元。"她这才明白原来埃及人民是这么的精打细算会讨赏。

大家从来没有发现原来梅子这么健谈。元野说，他还想跟她继续合作，明年想要打造一部同名的院线电影和电视剧，现在米兰也从 ROSE 黑辞职了，以后就指着他养家过日子了，还承蒙大家以后多多照顾，然后朝着大家扮了一个无奈的鬼脸。

梅子说："没问题，多大点儿事儿。"

万国梁一看梅子这么好说话，就说："能否赶紧找个老公，最好是希腊人。因为他想在希腊开个 ROSE 黑的国外分部。"

梅子一样还是好说话。

她说："没问题，多大点儿事儿。"

梅子把刘岸青的遗留作品全部运来了希腊，一幅都没有舍得卖，她是用自己书的版税买了这栋房子。

小院非常的漂亮，整个小院是天蓝色的油漆门，墙壁是清一色的纯钛白，窗子是黄色的，院子里还种着些说不上名字来的蔬菜，还有两个西瓜大、有白麻点点的绿皮花瓜。院子里有原木色的复古桌椅，梅子说希腊的阳光非常的明媚，阳光率真得像是邻家的女孩。平时她喜欢醒了就在这个院子里活动。这张桌子既是她的工作案台，又是她的餐桌。

梅子还养了一只狗狗，梅子给她起了个名字叫阿圆。

"阿圆？怎么起个这么古怪的名字?"广美问她。

"阿圆是钱钟书和杨绛的女儿的名字，钱钟书是我的偶像，我喜欢有才华又带着点痴痴的傻气的男人。"她把自己的狗狗当女儿来养了。

米兰说："你过得真是奢华，像是美国的绘本插画作家塔莎·杜朵。"梅子就只是笑。

梅子还给她看自己做饭的一些照片，希腊餐馆的饭她经常吃不习惯，她还是喜欢自给自足地做些中国餐，然后她就开始抱怨在雅典若是想吃顿中国的正宗水饺是多么的困难。她自己做奶酪，像是塔莎·杜朵一样。梅子说："有时候想仅仅活着就值得感恩了，不是吗?"

屋子里面梅子也是设计成了18世纪的别墅的样子，几乎所有的东西，包括家具都是手工的。她自己做了很多的插花、装饰，书柜居然也是她自己定做的。她还自己做了很多的玩偶，她说这些小玩偶真的是拥有魔法的。壁柜上有很多的陶瓷小玩具，还有一些画了图案的花石头。刘岸青的画被摆在了房间的各个角落，房间里除了数量庞大的书，还有很多的手稿和画板。

"自从我开始思念刘岸青，我就开始画画了。"梅子对米兰说。

桌子上还摆放着梭罗的《瓦尔登湖》。

晚上，躺在床上，米兰跟元野说："是希腊这个自由的天堂治愈了梅子的忧伤。希腊算是没有来错。都有些不想去西西里岛和罗马了。"

元野说："不要留恋，勇敢地走下去，不去看看别处怎么能保证不后悔呢?"

在希腊待了20天，他们就又启程去了西西里岛。西西里的建筑都是灰白色的，没有希腊那么明亮，但是很有历史感觉，依旧很古老，断瓦残垣的古城堡和石板路的旧街道，像是穿越到了中世纪。

"你喜欢看《西西里的美丽传说》吗?"元野问米兰。

"喜欢。总感觉导演朱塞佩·托纳多雷是个天才，他的寻找三部曲《真爱伴我行》、《天天电影院》、《海上钢琴师》我都喜欢。只要真性情的人都是天才，我都喜欢。我觉得接下来你也创作个三部曲吧。"

"好。"

"你为什么总是我说什么就都是好呢?"

"因为你是我的妻子啊。妻子和丈夫应该是一体的。"

"今天广美跟我说,如果真的还有下辈子,她下辈子一定近水楼台先得月把你收服了,不给我留机会。她喜欢了你那么多年,想想真是不容易。"

"她还说什么?"

"她还守着万国梁,说这辈子就只能将就了。'挑食主义者'也会有肚子饿的苦恼,所以没有最佳人选,最佳备胎就得上路。"

"我还对他们说,我和你也是最佳备胎,我们看上去的最佳人选永远是个永恒的奢侈,永远得不到或不合适。我们这群人,大家都在挑,徐敏选择了万国梁,万国梁选择了广美,广美挑了你,你选择了我,我选择了岸青,岸青选择了小曼,小曼选择了死亡。"

米兰提到了徐敏,元野说:"这个丫头不知道怎么样了。"

"那会儿其实在 ROSE 黑我们三个一起共事,我能感受到万国梁的心情起伏,他一开始从我们创立品牌就那样竭尽全力地帮我,我也不是没有感觉。但是我当时内心的伤痕太重了,他后来也就慢慢地转移了,其实徐敏若是不这么冲动的话,他们也许后来能够在一起也不一定。总之,生命就是这样地充满了无限可能性。"

"我喜欢这种可能性。"

"我也是。"

第十九章 永恒的奢侈与最佳选择

第二十章
梦才开始

　　罗马有些让米兰失望，整个城市感觉灰蒙蒙的，像是撒了一层灰，相比起来她更加确定了对希腊的热爱。

　　广美倒是很兴奋，因为古罗马城几乎到处充斥着文艺复兴时代感觉的雕塑和古建筑。罗马她是来对了。

　　欧洲的蜜月很快就过去了，快乐的日子总是像白驹过隙，大家都开始为打道回府做准备了。米兰一个人却郁郁寡欢起来。

　　"你怎么了，米兰？为什么看起来这么沮丧？玩得不开心吗?"元野问米兰。

　　"我爱上希腊了，怎么办？我是不是一个不够专一的人？以前我总觉得世界上最美的人间天堂明明是西藏的，怎么会又爱上希腊了呢?"

　　元野非常理解米兰现在的心情。

　　"有些时候，人要学会放下，才能重新拿起。米兰，尽量简化你的生活，你就会发现那些被挡住的风景。千万不要太挑食、太执着，让自己背上沉重的包袱。如果你喜欢希腊，我陪你在这里留下来，我们一起搞我们的剧本。"

　　"谢谢你，元野，能遇到你真好。"

"都老夫老妻了，别那么客气好吗，宝贝！你这一客气，我都不知道该怎么接茬儿了。"

米兰笑了，元野也笑了。

广美不想走。米兰想回希腊。最后大家在罗马分开。

广美和万国梁从罗马转机回了北京。

米兰和元野坐火车又回了希腊。他们在梅子的隔壁租了个有院子的房子，和梅子成了邻居。楼上生活，楼下工作。二楼有个看台，可以俯瞰整个小镇。

米兰说："这就是我们的阿波罗 1 号希腊工作室。"

元野自从跟米兰在一起之后就总是笑。他好久没有这样就是自己什么都不做也能笑出来了。

那是一个好久没有人住的老房子了，打扫起来着实费了些功夫。元野想要请保洁，米兰拿起扫把就爬墙上了屋。元野去集市买了很多的油漆。米兰刷窗子里面，元野刷窗子外面。看着元野大滴大滴的汗珠，米兰过去为他擦拭。

"这是真的。"米兰说。

"你说什么?"元野问他。

米兰用舌尖舔了一下元野脖子上流下来的汗渍。

她说："这是真的。你现在为了布置我们的新家而汗流浃背，这是真的。我们现在的美好生活也是真的。"

元野不顾现在满身的汗臭味，一把把米兰抱起来。

"米兰，我最最亲爱的，告诉我，你还有什么梦想，让我和你一起完成你的梦想。"

"身上很脏啦。我只想好好装扮一下我们的新家啦。"

米兰爱花，在希腊几乎每户人家都会在家门口种一种花团锦簇的各种颜色的三叶梅，米兰和元野家成了一个花园洋房。米兰把整个窗台都放上了各种颜色的花盆，花盆里放上了白色的鹅卵石。

她开始尝试着种各种花：康乃馨，月季，象征着和平的希腊国花油橄榄花，坎

239

图花，铃兰，大花绿。她开始变得包容，不再是固守着白玫瑰和马蹄莲，而看不到整个世界的美。

元野整天在院子里面敲敲打打，一周下来自己做了很多非常漂亮的凳子、椅子。他和米兰亲自给它们刷上了普蓝和橘红的油漆。他们从来都没有想到，自己有一天会在这样一个地中海沿岸的小城镇过上这种快乐似神仙的日子。

元野在院子里做了一个像是葡萄架一样的植物架天棚吊顶，阳光透过植物架斑驳鬼影地泄下来，他像是个小孩子在透明的水里面梦游。

地上是高到人腰的栅栏。栅栏旁边是一把摇椅。

"真是太不可思议了，我从小生在北京，长在北京，从来都没有想过要离开北京，但是你让我在希腊心安理得。"

广美正式转正成了美院的讲师。

万国梁的 ROSE 黑在秋天的时候开始进军化妆品和高端家居行业，ROSE 黑成了一个跨行业的高端国际奢侈品牌。他也经常去墓地给潘忠良扫墓，偶尔跟他絮叨一下小时候和父亲在吕梁相依为命的那段日子。

广美回国后在郦城庄园万国梁的新家里把一个备用的卧室改造成了一个雕塑工作室，还有一个小卧室打造成了婴儿房。广美度假回来就去欧尚买了很多的婴儿用品：尿不湿，婴儿衣，各种又能响又好看的玩具，还有能够自动调温试温的奶瓶。

万国梁看到在屋子里面忙得团团转的妻子，既开心又心疼。

"这宝贝还不知道是男是女，你装扮的房间粉嫩粉嫩的，万一是个男孩子，岂不是还要重新收拾？"

"如果是男孩子，我就当女孩子养还不行啊！"

广美喜欢小女孩，她总觉得女儿是妈妈的小棉袄，也没理由地就坚定自己肚子里的宝宝是个女儿。她自己有时候天真得就像是个小女孩，万国梁和她偶尔也拌两句嘴。

她停下来搂着万国梁的脖子说："你喜欢姑娘还是小子？"

本来万国梁是希望她能生个儿子的，这么大的家业，若是没有个儿子岂不是亏了？但是一想自己的妻子这么重女轻男，于是就说自己喜欢姑娘。

韩迈图的婚礼在美国洛杉矶低调地举行，妻子是个精明能干的女强人。广美经常和他们在网上视频聊聊天，广美很快就跟嫂子比哥哥亲了。

日子在琐碎中平淡着，广美的肚子很快就大了起来。万国梁还是一如既往地加班挣奶粉钱。

慕矫健把米兰和广美欧洲旅行结婚的照片拿给还在监狱中的 MARRY 看，她哭得稀里哗啦的，并说一定要早点出去，然后跟他也把米兰他们去过的地方重走一遍。

"模仿别人的多没劲儿！等你出来我带你去撒哈拉！"慕矫健什么时候都忘不了他的冷幽默。

MARRY 突然剧烈地抽噎起来，说她后悔没有在进来的时候给他生个孩子。这样的话，等她出去的时候她们的孩子就都会唱歌跳舞叫妈妈了。

慕矫健说："一辈子时间这么长，快 30 年我都等了，不差这几年。"

"杂志社最近还好吗？" MARRY 问慕矫健。

"提起这个真的有点惭愧。本来是一个舞刀弄枪的人，非得让我去舞文弄墨。不过幸好还有白姐，基本都是白姐执行，我督查。这种赶鸭子上架的差事真的有些折磨人，所以你就算是为了你孩子他爸的健康着想也要赶紧出来啊！"

经历了这么多，MARRY 才真正明白：自己许多年来苦苦追逐的刘岸青原来只是个美丽的错误，和杰克的这几年也像是两个小丑在玩过家家。

"年底的时候，我们就在香蜜湾有自己的家了，前几天我跟白姐去看房子了，是你喜欢的那种大复式，我们跟白姐对门。白姐离婚了，找了个作家，专门写历史人物传记的。我们的房子是有开放厨房的那种，我好好努力，争取等你出来的时候，我就把全款付完。"

慕矫健像是下级向领导汇报工作一样向 MARRY 说着最近的生活和未来的打算。

电话那头的 MARRY 拿着电话筒直哭。

"别哭啊，哭花了脸可就不好看了。"

"你瘦了。" MARRY 心疼地说。

"衣带渐宽终不悔。"

几乎每次来探望 MARRY 之前，慕矫健都先在家里演习好几遍，试穿每一件衣服，想象见到 MARRY 她看自己的眼光，练习跟她说话的各种台词和语气，生怕哪句话说不好会惹得她掉眼泪。但是几乎每次他来，MARRY 都会哭，说好了不哭的，但是说着说着就又哭了。

"我这辈子唯一做对并且不后悔的事情就是遇到了你。"隔着玻璃的 MARRY 对着外面的慕矫健说。

"我也是。"

慕矫健一个人走在初秋的马路上，擦肩而过的风像是内心的呼唤，帆布鞋的橡胶底踩在干枯的落叶上踩出"咔嚓咔嚓"的声音，像是一曲忧伤恬静的音乐。回到家里，他换下了自己永远像个男孩一样的休闲运动衣，穿上了柜子中刚买的七匹狼男装，换上了希努尔的男士黑皮鞋，去了理发店。

"先生，您想要什么样的发型？有自己中意的发型吗？"理发店的小妹问他。

"成熟男人都是什么样的发型？"

慕矫健的话让年轻的理发师着实一惊。

她说："成熟男人一般都讲求简约硬朗，不喜欢花哨，长头发肯定是不行的。保养得这么好的长头发剪了怪可惜的。你想好了吗？"

"剪吧。"

"陈道明那种平头可以吗？"

"来吧。"

一个男人到底要经历怎样的痛才能从一个男孩蜕变成男人？从现在起，慕矫健决定不再留着像是青春期男孩一样的长头发了，他要为了一个心爱的女人洗心革面，学习怎么做一个男人了。

看着躺在地板上横七竖八曾经自己像是宝贝一样珍惜的青丝，幕矫健想：就让改变从头开始吧。

"往东点。"

"好了吗?"

"不行，再往西边点。"

"这会儿呢?"

"再往东一点点。"

"这会儿呢?"

"我看看啊……哇哈，这会儿才正了嘛!"

"累死我了!"元野从红色的梯子上跳下来瘫在沙发上。

"米兰，你对什么事情都这么苛刻吗? 不就是张照片吗? 搞得像是科学家造原子弹一样的精确无误。"

"这就是我米兰啊! 现在就后悔了，好梦才开始就后悔了啊?"

"噩梦的前奏啊!"

米兰和元野在希腊的日子也没有像他们婚前想象的那么相敬如宾，每个人都慢慢暴露了自己性格缺陷的一些小尾巴。米兰时常也像别的恋爱中的女孩一样黏着他，让他喂自己吃冰淇淋。他们也一起手牵手去海边看日出日落，一起步行走长长的看不到头的台阶，一起去雅典卫城，一起去看宙斯和波塞冬神庙，一起去博物馆看展览。还有，一起跟集市上卖花的阿姨大砍特砍价钱，他们在砍价中感受生活的真实。

元野也从内向不爱说话变得非常健谈。他有时候跟隔壁的梅子一聊就是一下午，有时候就是跟梅子家的阿圆也能对话，更让米兰想不到的是，他有时候就是一个人在院子里面看书都能自言自语起来，有时候还夹杂着偷着乐的笑声。

第二十章 梦才开始

米兰还保持着每天早睡早起的习惯。唯一变化的就是每天她起床的时候，元野就已经把早餐做好了。那都是他自己研究的中西合璧的一些早点。煎蛋放在中西合璧的比萨上，还有一些希腊特产小吃，像用醋和酒腌制的小咸菜。

偶尔米兰也会跟着元野一起去晨练，看着像是油画颜料一样明亮的天空和海水，他们觉得自己也像是掉进了画儿里成了画中人。

元野教米兰学做又好看又好吃的饭菜，米兰教元野认识油画颜料的色彩。

"在这个世界上，所有千变万化的颜色都是由三对互补的颜色组成的。"米兰说。

"哪三对?"元野问她。

"红绿、蓝橙、黄紫。当极端的互补色相遇就会中和成最和谐的高级灰。高级灰是世界上最优雅的色彩。"

"那我和你、广美和大梁、慕矫健和 MARRY 算不算是三对互补色?"元野问米兰。

米兰笑而不语。

元野的绘画水平比米兰的厨艺进步得快，语言学得也快，他的希腊口语水平短短一个月的时间就已经跟梅子不相上下了。

梅子开玩笑说："怕是用不了多久就可以在希腊举办个人画展了。"

米兰问元野："你真的是天才吗? 这么聪明。"

"你听说过恩格斯会多少种语言吗?"

"多少种?"

"26 种。我小时候看了一篇关于马克思和恩格斯友谊的文章，其中就说了家境富裕的恩格斯是怎么锲而不舍地帮助马克思的。那时候我就特别喜欢恩格斯这个人，我最佩服他的就是他居然会 26 种国家的语言。我常常想，每种语言都有属于自己的语法，26 种语言的语法在他的脑海中一起飞舞，他不晕吗? 后来我想明白了一件事情。"

"什么事情?"

"就是人的脑袋是越用越聪明的啊！像是爱因斯坦也不过是只开发了人脑的30％的智慧。西方书上说，人的智慧都存在于人的潜意识之中，我们之所以看书学习都只是在唤醒我们潜意识里的知识罢了。所以区区一门小希腊语言，还不就像是老虎吃豆芽！"

梅子的新书《向往希腊的日子》又成了畅销书。这部作品被文艺批评家称为梦摇女士"堕落后的新生"。

元野想拍部跟小说同名的电影和电视剧，让梅子和米兰给他做金牌编剧。

"梅子做编剧，我做艺术指导，我不跟她抢饭碗。"米兰说。

"好。"元野说。

秋天又来了，很快就又到了佛罗伦萨男装展的日子。米兰设计了一批关于希腊的男装作品，这是她第一次设计男装。她给她的作品取了个浪漫的名字，《柏拉图的永恒》。

"想什么呢？"元野对着出神的米兰说。

"来尝尝我自制的高级订制的冰镇奶昔。"

"你生命中有没有特别美好的时光？"米兰问他。

"嗯。如果有的话，就是认识你之后，并来到希腊后安家在这个地中海小镇吧。为什么问这些？你呢？你生命中最美好的时光是什么时候？"

"童年。我觉得每个与众不同的人都应该拥有一个与众不同的童年。我小时候有个小伙伴叫露露，我们两个总是形影不离的，像是连体人。我们一起在江城的夏天躲在树林子里面听知了没完没了地叫，一起偷看大人的杂志，她总能给我带来很多新鲜刺激的东西。那个时候我是通过她来了解整个世界的，我以为她一定是一个拥有大梦想的人。我有一天就问她，露露，你长大了想做什么？你猜她怎么说？"

"做个女模特！"

"去你的。她说，她想做个理发师。"

"好奇怪的梦想，为什么会想要做理发师？"

"我也很纳闷，我也这样问她。她说，她喜欢我让她帮我梳头发编小辫子，她享受这种指尖触摸发丝的感觉。是不是好单纯的梦？"

"嗯哼。"

"你怎么不问我小时候的梦想？"

"你小时候的梦想是什么？"

"露露问我同样的问题，我看着天空的星星说，我想像妈妈一样做个漂亮的女裁缝，世界上的所有人都来找我做衣服。"

"你是从很小的时候就找到了你的裁缝梦了的吗？"

"嗯哼，是露露帮我找到的。你的呢？你是从什么时候想要做一个好导演的？"

"这个嘛，我从来都没有怀疑过我会做别的。我爷爷是导演，我父亲也是，我从小就以为在这个世界上人活着就是要当导演的，因为不知道还有什么别的职业嘛。是不是很好笑？"

"嗯哼。其实本来每个人都是自己人生的最佳导演嘛。"

"那你知道接下来男女主角发生了什么故事吗？"元野突然凑过来邪恶地说。

"什么故事？"米兰惶恐地问他。

"男女主角在希腊有了属于他们自己的孩子啦，笨蛋！"

那天元野和米兰睡了，后来验孕棒上出现了两道杠。元野兴奋地抱起米兰来，说："我终于当爸爸喽！"

米兰突然很严肃让他坐下，对他说："有件事情很严重，没的商量。"

元野说："什么事情？"

米兰说："是关于我们的孩子。"

元野被米兰吓得小脸像是屎壳郎的那绿壳："我们的宝宝怎么了？"

他几乎跳了起来。

"我们的孩子必须叫叔本华。"

元野这才松下了一口气。

"嗨！多大点事儿！"

就是这孩子叫土坷垃都行，只要是他和米兰的孩子就行，只要别不让他当爹就行！

（全文终）

后记
写完这个故事，我哭了
——致"挑食主义者"与"精神贵族"

多年以后的夜里，我们掩面哭泣。青春的灯火若即若离，那个身影却已经远去。

青春是什么？一生一世一双人的誓言它又去了哪里？疼痛和遗憾像是朱砂红的琥珀一样定格在了青春的画卷里。岔路了的一双人像是永远都对不上频道的两个电台，播出的永远是些扑朔迷离的信号。如今还有谁守着最初的誓言，还站在那原地，是谁还在后悔的梦里继续找你？

故事里，我很想让米兰和刘岸青破镜重圆。生活中的悲剧已经够多，我想让我的故事多一些完美，但是我发现就应该让刘岸青很惨，因为他罪有应得。他用自己的一生救赎了自己年轻的错误。人生的路这么漫长，谁都保不准会中途开起了小差，谁都应该有知错就改的几次机会。但是犯了错误的人总应该付出某种程度的代价，这是我想用故事表达的。

我总觉得人是有罪的，如果只是追求享受而不能担当责任，这样的人生不配拥有幸福。人总归应该拥有属于自己的一个小梦想、小天地，但是"挑食主义者"只在自己的小世界里面遨游是需要付出代价的。

如果是爱情，你想做精神的贵族，那你就必须要忍受孤独的煎熬，等待和挑剔是孤独的；如果是事业，那就必须要拥有非凡的才气。总之，孤独这是为自由和挑剔所付出的代价。

　　"挑食主义者"也必定要拥有瑕疵。故事中的元野是一个完美的符号，但是他也有过挑剔失败的尝试，尽管他不愿意去接受，并为此麻木不仁，但最后他还是接受了。在公平的上帝面前，我们都必须缴械投降。

　　这个故事像极了米开朗琪罗的断臂维纳斯雕塑，一个断臂的女神，却被世界公认是最美的形象之一。几百年来，人们总是试图在她残缺的双臂上安装各种姿势，但是却都会破坏掉断臂固有的残缺的完美与和谐。

　　小时候，我在海边听说了一个关于渔夫和珍珠的故事。一个渔夫一天在海边捞到了一颗很大的珍珠，他爱不释手，但是遗憾的是珍珠上有个小黑点。他想如果把这个黑点去了的话，那一定可以卖个好价钱，所以他就用刀子开始刮黑点。刮了一层小黑点还在，于是他就继续刮。后来等他把小黑点完全刮掉的时候，珍珠也没了。

　　对"挑食主义者"和"精神贵族"来说，追求完美是人生的极致，然而完美却只存在于理想之中。米兰是"金牌挑食者"，但是最后她却放弃了财富；刘岸青是"极端挑食者"，但是他最后走向了自己选择的毁灭；MARRY是"伪挑食主义者"，但是在最后忏悔的监狱里，她却意外地收获了爱情；元野是"残缺的挑食主义者"，但是他却收获了自己完美的人生；赵小曼是"华丽的挑食主义者"，不节制的奢侈最终也将她送上了断头台。

　　"水至清则无鱼，人至察则无徒"。善待缺憾才能令人生完美，生活中的许多痛苦都是由于过分追求完美所造成的。如果说上面的人物都是"大挑食主义者"，那故事中万国梁、韩广美、赵子民和韩迂图他们这些"小挑食主义者"都也在自己的食谱里找到了自己带着黑点的那颗大珍珠。

　　写完这个故事的时候，我哭了。我为人生的不完美而哭泣，我为青春的总有遗憾而哭泣。就这样吧，一个不算长的故事，探索了关于青春宝盒里面所有的东西：

后记　写完这个故事，我哭了

青春、梦想、财富、爱情、友谊、人性、城市。故事还会继续，朝着维纳斯启示的方向继续发展下去。

米娜

2013 年 9 月 25 日夜东方美墅